KB253789

우리 역사 속 숨은 이야기
名妓 일화집

이 도서의 국립중앙도서관 출판시도서목록(CIP)은
e-CIP 홈페이지(http://www.nl.go.kr/cip.php)에서 이용하실 수 있습니다.
(CIP제어번호 : CIP2008002959)

우리 역사 속에 숨은 이야기

名妓 일화집

■ 황충기

푸른사상

序文

　여인의 이미지를 가장 잘 대변하는 것이 꽃이다. 미인을 형용하는 말로 흔히 "화용월태"(花容月態)를 쓰고 있다. 꽃의 아름다움과 달의 애상적이고 차가운 것처럼 느껴짐에서 이런 표현을 쓴 듯하다. 누가 뭐라고 해도 여인은 우선 예뻐야 하고 몸가짐은 어딘가 이지적이며 절조 있는 자태를 이상형으로 그리고 있다.

　당명황(唐明皇)도 양귀비(楊貴妃)를 꽃에 비유하여 해어화(解語花)라 불렀다. 양귀비가 기생이었을지언정 이후에는 기생을 조금은 멋스럽게 부르는 명칭으로 이 말이 쓰이고 있다. 예전부터 모란(牧丹)은 화중왕(花中王)으로 불렀고, 연화(蓮花)는 군자(君子)로, 국화(菊花)는 은일사(隱逸士), 매화(梅花)는 한사(寒士)로 불렀다. 그러면서 해당화는 창기(娼妓)나 간나희라 하였다. 아마도 해맑게 웃는 모습의 상징이 기생에 비유된 것이 아닌가 한다.

　기생은 신분상 천민(賤民)에 해당하나 시대에 관계없이 그 신분과는 관계없는 대접을 받은 경우가 있다. 그 상대가 누구냐에 따라 신분상승이 가능했고, 빈(嬪)의 지위까지 오르기도 하였다. 그러나 일반적으로 기생에 대한 대접은 "노류장화"(路柳墻花)임을 벗어나기가 어려운 실정이었다.

  우리나라에서 기생은 고려시대 유민(流民)인 양수척(揚水尺)에서 시작되었다고 하지만 신라시대 김유신과 천관녀(天官女)의 일화를 기생의 기원으로 보아도 좋을 것이다. 사회생활이 복잡해짐에 따라 기생도 있어야 했고, 그 수많은 유명, 무명의 기생들의 이야기가 작금까지도 전해지고 있다.

  편자는 기생에 대한 특별한 연구가 있는 것은 아니나 여러 화두(話頭)를 제공하고 있는 기생에 대해 관심을 갖고 이들에 대한 관련된 일화들을 수집하였다. 우선은 이들이 남긴 문학유산을 정리하여 『기생 時調와 漢詩』란 책을 상재한 바 있다. 계속하여 이들에 관한 이야기들을 한곳에 모아 "明妓逸話集"(명기일화집)이란 이름으로 각종의 문헌에 수록되어 있는 이야기들을 모았다. 앞으로 가능하면 기생을 대상으로 한 시조나 한시들도 정리해보고 싶다.

  기생에 관한 이야기는 구전되는 것도 있겠지만 대부분 야담(野談)이나 설화집(說話集)에 수록되어 있고, 이런 책들의 편자가 대부분 사대부 계층의 사람들이고 그들이 견문한 바를 수록한 것이기 때문에 남성중심의 입장에서 한문으로 기록되어 있다. 번역과 동시에 원문(原文)도 같이 수록하는 것이 원칙이겠으나 책의 분량이나 독자층을 생각할 때 적당치 않아서 원문은 수록하지 않기로 했다.

번역을 제2의 창작이라 한다. 번역이 원문의 뜻을 얼마나 충실하게 살렸는지 알 수 없는 일이나 이렇게라도 읽을 수 있도록 번역해주신 분들의 노고에 감사를 드린다.

끝으로 기생 일화집을 책으로 엮어서 읽을 수 있는 기회를 만들어 주신 출판사 韓鳳淑 사장님을 비롯한 여러분들께 고마움을 표한다.

2008년 8월 20일

편자 적음

■ 일러두기

1. 『계서야담(溪西野譚)』을 비롯한 다수의 자료 가운데 기생과 관련 있는 것만을 뽑아 엮었다.
2. 『청구야담(青邱野談)』을 비롯한 몇몇을 제외하고는 거의가 원문이 한문으로 되어 있다.
3. 번역문의 경우 원문을 같이 수록하는 것이 원칙이겠으나, 책의 분량으로 부득이 생략할 수밖에 없음을 양해 바란다.
4. 수록은 생몰연대나 수록문헌에 관계없이 가나다 순으로 하였다.
5. 동명이인(同名異人)의 경우에는 '가, 나'의 구분을 하였고, 같은 사람의 일화가 여럿인 경우는 '1, 2, 3'으로 하였다.
6. 현대의 이야기가 아닌 옛 이야기이기에 어려운 낱말 등 몇 가지는 해당 이야기 끝에 간단한 주석을 달아 이해에 도움이 되도록 하였다.
7. 대본이 되는 자료는 대략 다음과 같다.

  『계서야담(溪西野譚)』, 유화수, 이은숙 역주 (2003)

  『청구야담(青邱野談)』, 최웅 주해 (1996)

  『대동기문(大東奇聞)』, 김성언 역주 (2001)

  『태평한화골계전(太平閑話滑稽傳)』, 朴敬伸 대교 역주 (1998)

  『고금소총(古今笑叢)・명엽지해(蓂葉志諧)』, 정용수 역 (1998)

  『금계필담(錦溪筆談)』, 金鍾權 校註 (1985)

  『국역 소문쇄록』, 정용수 번역 (1997)

  『용재총화(慵齋叢話)』, 南晚星 역 (1978)

  『조선해어화사』, 李在崑 옮김 (1992)

목차

유명기(有名妓)

可憐(가련) 가 1

  이광덕(李匡德)은 전주 이씨로 호는 관양(冠陽)이다. 문
과에 올라 벼슬을 하여 참판을 지냈고 대제학을 역임하였다. 함경도 암
행어사가 되어 행선지를 감추고 다니면서 지방 수령들의 선악과 풍속의
문란함을 캐내었다. 함흥 고을에 당도하여 어사출두하려고 종자(從者)와
함께 저녁 무렵 성안에 들어섰는데, 주인이 이리저리 뛰어다니며,

  "암행어사가 온단다."

하고 외치는 것을 보았다. 이공이 의아해 하며,

  "여러 고을을 두루 다녔으되 알아차리는 자가 없었거늘 여기선 이리
떠들썩하니 필시 종자(從者) 놈이 누설한 게라."

하고는 성 밖으로 도로 나와 종자를 힐문했으나 전혀 실마리를 잡을 수
없었다. 며칠 후에야 다시 성안으로 들어가서는 관아에 출두하여 공무를
처리하였다. 그리고 나서 고을 아전에게,

  "너희들이 내가 오는 줄을 어찌 알았느냐?"

고 물어보았다.

  "온 성안에 소문이 쫙 퍼졌는데, 그 말이 어디서 나온 지는 모르겠나

이다.”

라고 아전이 대답했다. 이공이 이를 듣고 그 뿌리를 캐어보라고 명하자, 아전이 물러나와 자세히 알아본즉, 일곱 살 난 어린 기생인 가련이가 먼저 발설했음을 알아내었다. 그 전말을 보고하자, 이공은 가련이를 오라 하여,

“포대기에 싸인 어린애가 내가 오는 줄을 어찌 알았는고?”

하고 물어보았다.

가련이는 이렇게 대답하였다.

“제 집이 큰길가에 있사온데, 저번에 창을 열고 밖을 내다보니 거지 두 사람이 나란히 길가에 앉아 있더이다. 그 중 한 사람은 입성이 헤어지긴 했으나 두 손이 매우 희기에 속으로 생각하기를, ‘춥고 배고픈 사람이 어찌 저리 손이 희고 살쪘는고?’ 하며 의아해 했사옵니다. 그 사람이 옷을 벗어 이를 잡고는 도로 입는데, 곁에 있던 사람이 옷을 입혀주면서 어찌나 예를 공손히 차리든지 마치 상전과 같았습니다. 그래 암행어사일 거라 짐작되어 사람들에게 자세히 이야기해 주었더니 순식간에 이야기가 퍼져나가 떠들썩하게 된 것이옵니다.”

이공이 가련이의 영리함을 너무나 기특히 여겨 매우 아끼고 사랑하다가 돌아갈 즈음에 시 한 수를 써 주었다. 어린 기생 가련이 역시 공의 글 솜씨와 재주에 탄복하여 시를 몸에 늘 지니고 다니면서, 자라서 그에게 몸을 맡길 뜻을 갖게 되었다. 나이 과년해지자 일편단심으로 수절하며 다른 사람에게는 절대로 몸을 허락하지 않겠다고 맹세하였다. 그러나 공은 이미 가련이와의 일을 잊어버렸다. 그 뒤, 공이 어떤 사건에 연루되어 함경도로 귀양와 함흥에 우거하게 되자, 가련이가 달려와 뵙고는 조석으로 부지런히 그의 시중을 들었다. 공도 그 정성에 깊이 감동되었으

나, 큰 죄에 얽힌 몸으로 여색을 가까이 해서는 안 된다고 스스로 다짐하였다.

이렇게 그를 시중든 지 다섯 해 되도록 공은 한 번도 난잡한 짓을 하지 않았고 이러한 그의 높은 덕에 가련이도 또한 마음으로 감복했다. 공이 언젠가 다른 사람에게 시집가라고 권했으나 가련이는 한사코 듣지 않았다. 가련이의 성품이 정의롭고 활달하여 제갈공명의 출사표 읊기를 즐겼고, 달 밝고 맑은 밤이면 공을 위해 읊곤 했다. 그 맑은 소리가 유창하고 여리어 마치 학이 우는 듯하니, 공이 듣고는 눈물을 흘리며 시 한 수를 지었다.

> 치렁치렁 검은 머리 함경도 여 협객
> 날 위해 소리 높여 양 출사표 읊누나.
> 노래 가락 삼고초려 장면에 이르니
> 쫓겨난 신하 맑은 눈물 만 줄기 흐르네.

> 咸關女俠滿頭絲　　爲我高歌兩出師
> 唱到草廬三顧地　　逐臣淸淚萬行垂

드디어 공이 귀양에서 풀려 돌아가게 된 날, 처음으로 둘은 남녀의 사랑을 나누게 되었다. 그리고 나서 공은 가련이를 타일렀다.

"내 돌아갈 날이 멀지 않았으니 비록 너를 데려가고 싶으나, 용서받고 돌아가는 죄인이 뒤에다 기생을 달고 가는 일 따위는 차마 못할 바다. 집에 돌아간 뒤에 반드시 너를 불러올리도록 힘을 다할 것이니 너무 원망하지 말고 조금만 기다리도록 해라."

가련의 얼굴에 기쁜 빛이 떠돌다가 이 말을 듣고 비통해하며 하는 수 없이 고개를 끄덕여 승낙하였다. 그러나 공은 돌아간 지 몇 달 안 되어 세상을 떴고, 그 흉보를 들은 가련은 제삿상을 차려놓고 통곡하고는 그 길로 자결해버렸다. 그 집 사람들이 가련이를 길 옆에다 장사지냈는데, 뒤에 영성군(靈城君) 박문수(朴文秀)가 함경도 관찰사로 와 그 길을 지나다가 가련의 이야기를 듣고는 '함경도 여자 협객 가련의 묘'라고 비석을 세워주었다.

　　－『대동기문(大東奇聞)』 제643화 ＜이광덕감가련송출사표(李匡德感可憐誦出師表)＞

可憐(가련) 가 2

가련은 함흥의 이름난 기생으로 재주와 용모가 뛰어났다.

그녀는 항상 출사표를 노래하였는데, 문득 감개하여 눈물을 흘리곤 하여 사람들이 모두 그녀를 칭송했다.

참판을 지낸 관양(冠陽) 이광덕(李匡德)이 영종 때 북관으로 귀양을 갈 때에, 함흥을 지나다가 가련이가 이미 늙었다는 말을 듣고 그녀에게 시를 주어 말하기를,

> 함흥의 여자 협객은 흰 머리가 가득하나
> 술을 마신 뒤 소리 높여 전후출사표만 노래하네.
> 삼고초려라는 대목을 노래할 때면
> 맑은 눈물이 천 줄 만 줄 줄지어 흐른다지.

라고 하였다.

영조는 즉위하기 전에 수차에 걸쳐 관양을 방문했다. 그러므로 이 시 가운데 이것을 말하였다.

－『금계필담(錦溪筆談)』 제105화

可憐(가련) 가 3

함흥 기생 가련이 나이 84세에 출사표(出師表)와 옛사람의 시를 외웠는데 한 자도 틀리지 않았다. 그리고 또 외우는 사이사이에 말로 풀이했으니 모두 이치에 맞아서 사람을 깨치기에 족했다. 사람들이 여협(女俠)으로 일컬었으니 실로 마땅한 것이리라. 그러나 내가 가련을 칭찬하고 사랑하는 데에는 달리 느끼는 바가 있기 때문에 이것은 가련이와 나만이 알 뿐이다.

봄밤 외로운 여관에 앉아 있노라니
인경 울리고 거리는 고요하네.
비장할쏜 출사가 한 곡조
팔순 나이에도 호기가 사라지지 않네.

春星孤館坐迢迢　鍾罷街塵遂寂寥
悲壯出師歌一関　八旬豪氣未全消
　　　－『조선해어화사(朝鮮解語花史)』,『번암집(樊巖集)』

可憐(가련) 나

김삿갓이 금강산을 구경하고 통천(通川)을 거쳐 안변(安邊)에 이르렀다.
그곳에서 시문으로 인연이 되어 일 년간 고을 사또의 아들을 가르치는
독선생으로 들어앉게 되었다. 그러던 중 가련이라는 기생을 알게 되었고,
그와 함께 객지의 외로움을 달래었다.

그런데 예정한 일 년이 다 되어 가련과 이별하지 않으면 안 되었다.
삿갓과 가련은 헤어질 수밖에 없는 운명을 한탄하며 밤을 지새웠다. 오
다가다 맺은 인연이었지만 일 년이란 세월은 거미줄처럼 깊은 정을 얽어
놓았기 때문이다.

아침이었다.

"막상 길을 떠나자니 서글프구나. 붓을 주게."

삿갓은 가련이 넘겨준 붓을 들어 먹물을 듬뿍 찍어 한지 위에 시를
써 내려갔다.

가련의 문전에서 가련과 이별하니
가련한 행객이 더욱 가련하구나.
가련아 떠남을, 가련아 슬퍼말게

가련을 잊지 않고 가련에게 돌아오리.

可憐門前別可憐   可憐行客尤可憐
可憐莫惜可憐去   可憐不忘歸可憐

이 시를 보고 가련이는 하염없이 눈물을 흘렸다. 이토록 큰사람이 다시는 돌아오지 않을 것을 알고 있었기 때문이다. 또한 내일 어떻게 될지 모르는 것이 자신의 운명이 아니던가.

가련이는 멀어져가는 김삿갓의 뒷모습이 보이지 않을 때까지 가슴에 품은 시를 부여안은 채 자리를 뜰 줄 몰랐다.

－김의숙, 『김삿갓 구전설화』

* 이 시와 약간 다르게 된 시가 있어 참고로 제공한다.

가련한 행색과 가련한 몸이
가련 문전에서 가련을 찾았다
가련한 이 뜻을 가련에게 전하면
가련은 능히 내 가련한 마음을 알겠지.

可憐行色可憐身   可憐門前訪可憐
可憐此意傳可憐   可憐能知可憐心

－홍영선, 『한시작법(漢詩作法)』

佳貝(가패)

천흥철(千興喆)은 김상국(金相國) 익(熤)의 집 청지기였
다. 얼굴이 아름답고 유협(遊俠)을 좋아하였다. 나이 15살 때 초립을 쓰고
한 기녀의 집에 놀러가니, 기녀가 희롱하여 말하기를,

"너무 빠르다."

하였다. 흥철이 말하기를,

"해가 이미 기울었는데 무엇이 빠르다고 하는가."

하였다. 그의 민첩한 말솜씨가 이와 같았다.

붉은 지분(脂粉) 속에 유랑하였으나 일찍이 한 계집도 친압(親狎)하지
않았으며 기절(奇節)을 숭상할 뿐이었다.

조그마한 원한도 반드시 갚았으며 옛날 유협의 기풍이 있어서 남들이
감히 업신여기지 못하였다.

비록 곤궁할지라도 일찍이 남의 물건 하나도 감히 취하는 일이 없었
다.

일찍이 밤에 기녀 가패의 집에 가니, 가패는 홍국영(洪國榮)의 애첩이
다. 자신이 소리치면 다른 사람의 목숨이 위태롭고, 사리를 타일러 보내려

고 하니 그에게 환(患)을 당할 것이 두려웠다. 그래서 술과 안주를 공궤(供饋)하고 함께 잠자리를 하자고 하였다. 홍철이 화를 내며 말하기를,

"네가 비록 천한 창녀이나 남의 첩이 되었으면 마땅히 한 지아비을 좇는 것이 도리이거늘, 이것이 어찌 대장부를 대우하는 뜻이란 말이냐. 너를 못 본 지가 오래되었으므로 한 번 옛일을 이야기하고 싶어서 왔을 뿐이다. 어찌 딴 마음이 있겠는가."

하고 크게 웃으며 문을 나갔다고 한다.

-『호산외사(壺山外史)』

可香(가향)

　　내가 통영으로부터 거제에 들어와 산천을 유람할 때, 가향이란 기생이 있어 나이가 가히 이팔이 되었으니, 비록 가무는 못하나 예쁜 얼굴과 빼어난 용모, 말씨와 행동거지가 일세에 뛰어나 참으로 아름다웠다. 이런 곳에 이와 같은 아름다운 여인이 있으리라 어찌 짐작이나 했겠는가? 내가 차마 버리지 못하고 십여 일을 머물다 작별하니 고인(古人)이 이르는 바 '꽃이 향기로우면 나비가 저절로 온다'는 말이 거짓말이 아님을 믿겠다.

　　그를 두고 지은 시조는 다음과 같다.

　　汚泥(오니)에 天然(천연)호 꼿치 蓮(연)꼿 밧긔 뉘 잇는가
　　遐陬(하추)에 네 날 줄을 나는 일즉 몰낫노라
　　至今(지금)의 쩌나는 情(정)이야 엇지 그지 잇스리.
　　　　　　　　　　　　　　 ─안민영, 『금옥총부(金玉叢部)』

可喜兒 (가희아)

강계(江界) 기생 가희아는 미모와 기예(技藝)가 아울러 출중하여 선상기(選上妓)로서 서울에 뽑혀 올라갔다가, 태종대왕의 눈에 들어 혜선옹주(惠善翁主)라는 칭호로 궁녀가 되었는데, 그 후에 첫아들 경녕군(慶寧君)을 낳음으로써 정식으로 빈(嬪)으로 책봉된 여자다.

세종의 아버지인 태종대왕은 정력이 어지간히 절륜했던지 왕비 민씨의 몸에서 4남 4녀가 있었는데, 아홉 명의 후궁 몸에서도 8남 12녀를 두어서 자녀가 도합 12남 16녀였다.

기생 출신인 가희아는 후궁으로서는 첫 번째였고, 그녀가 낳은 경녕군은 서자로서는 첫째 아들이었다. 그리고 서열로 보아서는 다섯 번째의 아들이었다. 조선 왕조 오백년 동안에 기생 출신으로 임금님의 정식 후궁이 된 여자는 오직 가희아 한 명뿐이다.

— 정비석, 『명기열전』

慶仙(경선)

노기(老妓) 경선이 북청(北靑)으로부터 와서 뵈었다. 경
선은 바로 고(故) 이상국(李相國)이 귀양 가 있을 때의 집주인 딸이었다.
스물 나이에 능히 전립을 쓰고 말을 달렸다. 이상국께서 시를 지어주셨
으니 그 문집 속에 아래의 시가 실려 있다. 경선은 올해 나이가 73세라
고 하였다. (이상국은 백사(白沙) 이항복(李恒福)을 말한다.)

네가 연소했을 때 말을 잘 타서
귀양하시던 오옹의 시를 얻었네.
오늘 만나 옛일 말하면서
말안장에 걸터앉으니 아직도 호기가 남아 있네.

爾曾年少能騎馬　賭取鰲翁謫裏詩
此日相逢談昔事　據鞍豪氣未全衰

(이항복은 공신으로 오성부원군(鰲城府院君)에 봉해졌으므로 오옹(鰲翁)으로 일컬음)
                                   —『조선해어화사(朝鮮解語花史)』,『구당집(久堂集)』

瓊春(경춘)

정비석의 『명기열전』에서 경춘을 "명(名)은 경춘, 성(姓)은 고(高)씨. 아명(兒名)은 노옥(魯玉). 영조조(英祖朝) 영월(寧越)태생. 임진왜란 때의 의병장 제봉(霽峰) 고경명(高敬命)의 후예. 열 살 때 고금의 경서사적(經書史籍)에 통효하고 비록 기녀일망정 부덕이 몸에 배어 죽음으로써 절개를 지켰음"이라 소개하고 있다.

영월의 낙화암 절벽 위에 "영월기경춘순절지처"(寧越妓瓊春殉節之處)라는 비석이 있는데, 이 비석은 영조 48년(1772), 그녀가 16세 때 순절한 것을 기념하는 것이다. 순절비를 세워 준 것은 이보다 23년 후인 정조 19년으로, 비문에 의하면 도순찰사(都巡察使) 손암(巽菴) 이공(李公)이 돈을 내고, 평창군수 남의로(南義老)가 비문을 쓰고 영월부사 한정운(韓鼎運)이 글씨를 쓴 것으로 되어 있다.

– 정비석, 『명기열전』

瓊貝(경패)

　　　　　내가 진주(晉州)에 있을 때 그곳의 물과 풍토가 맞지
않아 풍병(風病)이 들었다. 의원들에게 널리 물어 여러 약을 썼으나 조금
도 약효를 얻지 못하여 죽을 지경에 이르렀다. 한 의원이 와서 이 병은
매우 위중해서 만약 동래 온천에 가서 삼칠일 동안 목욕을 하면 다시 회
복될 수 있다고 말한 고로 즉시 동래로 향하였다. 창원에 도착하여 마산
포(馬山浦)에 머물었는데 비록 병중이나 마산포에는 가야금을 잘하고 편
시조를 잘 부르는 최치학(崔致學)과 창원 기생 경패가 가무를 잘한다는
말을 듣고 창부(唱夫)의 귀신같은 가악의 훌륭한 이름을 듣고자 했다. 사
람을 시켜 최와 만나 가야금으로 신방곡(神房曲)을 청하여 듣고 편시조
(編時調) 창을 들으니 과연 놀랄 정도로 오묘한 명금이요 명창이었다.

　　대저 영남에 편시조 명창이 셋이 있으니 하나는 마산포의 최치학이요,
하나는 양산(梁山) 이광희(李光希)요, 다른 하나는 밀양 이희문(李希文)이
다. 지금 경패가 있는 곳이 어디냐고 묻자 지금 부중(府中)에 있다고 하
였다. 이튿날 아침에 최와 더불어 부중에 들어가 경패의 집에 가니 마중
을 나오는 모습이 비록 사람을 놀랠만한 색태는 없었다. 그러나 은연중

에 무한한 취미와 언어 행동거지가 도무지 천연 그대로 순수했다.

내 비록 병중이나 이 사람을 한 번 보고 마음이 움직이지 않으랴. 그러나 반신불수의 병객이 어찌 능히 의사가 생기겠는가? 다만 온천 목욕한 다음 귀로에 서로 만나기를 기약하고 최와 더불어 김해부에 도착하여 방사(方士) 문달주(文達周)를 찾아 머무르고 이튿날 아침에 동래온천에 도착했다. 이내 21일을 머물러 목욕하니 병에 차도가 있고 음식의 절제가 가능하며 행동거지가 전일과 같이 강장하게 되었으니 그 기쁨을 어찌 다 헤아리랴. 온천으로부터 유람의 여행을 시작하여 명산대천을 두루 답사하지 않은 곳이 없다.

다시 창원 경패의 집에 도착하여 여러 날을 머물면서 지난날의 미진한 정을 풀고 같이 30리나 되는 칠원(漆原) 송흥록(宋興祿)의 집에 도착하니 맹렬(孟烈)도 집에 있다가 나를 보고 흔연했다. 사오일 질탕하게 놀고 이별하니 과연 이별이 어려운 줄을 이때에 알았다.

이 때의 감회를 지은 시조가 아래와 같다.

青春 豪華日(청춘호화일)에 離別(이별)곳 아니런듯
어늬덧 늬 머리의 서리를 뉘리치리
오날예 半(반)나마 검은 털이 마츳 셰여 허노라.

－안민영, 『금옥총부(金玉叢部)』

桂梅(계매)

멀리 떨어져 있으며 오랫동안 소식이 막혀 안부조차 모르니 답답하기 이를 데 없구나. 나는 네가 못내 그리우면서도 그런대로 별고 없이 지내고 있으니 이는 네가 염려해 준 덕택이로다. 그 옛날 우리가 팔뚝에 글자를 새겨 맹세하던 정리를 너는 잊었느냐 어쨌느냐.

나는 자나 깨나 네 생각뿐이어서 그리움을 말로 표현하려니 눈물이 먼저 솟고, 잊어버리려고 애써도 마음이 괴로워서 어쩔 수 없구나. 이 안타까운 심정을 하늘에 물었으나 하늘은 대답이 없고, 땅에 물었으나 땅은 망망하기만 할 뿐 그 역시 대답이 없느니, 이를 어찌했으면 좋을 것이냐.

동녘 산마루에 떠오르는 달이 마치 분단장한 네 얼굴같이 보이고 창문을 흔드는 바람결이 마치 네 발자취 소리로만 여겨져서 푸른 산도 어두워만 보이고, 햇빛도 빛을 잃은 듯하구나.

아침을 먹으나 저녁을 먹으나 밥이 목구멍을 넘어가기가 어렵고, 잠자리에 누워 잠을 자려고 해도 잠을 이루기가 어렵다. 너를 그리워하는 내 마음은 한겨울에 털모자를 쓴 것 같이 항상 뜨겁건만, 나를 생각해 주는 네 마음은 마치 늙은 중이 얼레빗을 생각하듯 대수롭지 않으니 어찌 안타까운 일이 아니겠느냐.

너는 본디 관에 매어 있는 몸인지라 오늘은 동쪽 집에서 먹고 내일은 서쪽 집에서 자며, 높고 낮은 벼슬아치들의 사랑을 끊임없이 누리고 있을 터이니, 하물며 옛날에 물러간 서울 나그네 따위야 생각해 줄 겨를조차 없으리로다. 그러나 연잎은 둥글둥글 저쪽도 둥글고 이쪽도 둥근 법이니, 나의 전날의 맹세를 어찌 한낱 희롱의 말로만 여기느냐. 의심치 마라. 의심치 마라. 너의 아리따운 자태가 지금도 눈앞에 삼삼하고, 너의 웃으면서 지껄이든 고운 목소리가 아직도 내 귀에는 쟁쟁하게 울려오고 있다. 너에 대한 추억이 너무나도 많아서 영남 지방의 그 많은 대나무들을 산가지로 만들어 헤아려 본다 해도 이루 다 헤아릴 수가 없을 것이며, 동해 바다 물로 씻어 버린다 해도 깨끗이 씻어 버리기가 어려울 것이로다. 말로는 다할 수 없을 만큼 그리움은 한이 없다는 말이로다.

너에게 패물 한 개 보내니, 나를 본 듯이 두고두고 보아주기 바란다.

天長地地 音信相束 未知安否 固戀戀而我之姑安 專恃汝念之所懷也 昔年相誓刻臂之情 忘耶否耶 我憶十二時中也 雖欲言淚先流情欲忘 心欲腐 問於天而天默默 問於地而地茫茫 月出東嶺 擬汝面粉白 風來北窓 想汝踪 趙趄 靑山兮忽暗 白日兮無光 朝食暮食 雖合口難下 昏來夜靜 欲一臥難眠 我之念汝 若冬日之毛冠 汝之念我 若老僧之雄梳 汝官妓之物 東家食西家宿 大小別星 來若不絶 況日月滔滔 何暇念長 安之退客也 團團荷葉 彼邊圓而此邊圓 何留信 我前言戲之而已 勿訝勿訝 汝之嬌姸之態 森森於眼前 汝之笑語之聲 錚錚於耳邊 雖算嶺南之竹 記憶難盡已決東海之水 洗滌難乏 言無窮 義無盡 佩物一封送汝 汝我見留捧焉

-정비석, 『명기열전』

* 정비석의 『명기열전』에서 계매를 "기명은 계매. 성(姓)과 본명은 미상. 선조
  조 평양 태생. 오성(鰲城) 이항복(李恒福)의 '정신서'(情信書)를 통해 그가
  열애한 기생이었다는 사실만 알고 있을 뿐이다"라고 소개하였다. 정신서는
  "오성대감증평양기계매정신서"(鰲城大監贈平壤妓桂梅情信書)로 오늘날 사본
  으로 전하며, 정비석의 번역은 위와 같다. 참고로 원문도 적는다.

<h1 style="text-align:center">桂生(계생) 1</h1>

부안(扶安) 기생 계생은 시를 잘 짓고 노래와 거문고
도 잘했다. 태수 한 사람과 친하게 지냈는데, 태수가 떠난 후에 고을 사
람들이 비석을 세워서 사모하였다. 하루 밤에는 계생이 비석 옆에서 거
문고를 타면서 노래로 호소하였다. 이원(李元)이란 자가 지나다가 보고

한 곡조 거문고 자고를 원망하는데
거친 비석 말이 없고 달도 외롭다
현산 그날에 세운 정남석에도
또한 가인이 있어 눈물 흘리던 일이 있던가.

一曲瑤琴怨鷓鴣　　荒碑無語月輪孤
峴山當日征南石　　亦有佳人墮淚無

라는 시를 지으니 그때 사람들이 절창이라 하였다. 이(李)는 나의 관객(館
客)이다. 젊어서부터 나와 이여인(李汝仁)과 함께 있었으므로 능히 시를
지었는데 좋은 것이 있었다. 석주(石洲)는 그 사람됨을 좋아해서 칭찬하

였다.

-『호외시화(惺叟詩話)』

* 현산(峴山)의 정남석(征南石) : 진(晉)나라 양호(羊祜)가 오(吳)지역을 평정하
고 덕으로 다스렸다. 오 지역 사람들이 심복했는데, 호가 죽은 후에 현산에
다 비석을 세웠고, 그 비석을 바라보는 자도 추모의 눈물을 흘렸으므로 그
비석을 타루비(墮淚碑)라 하였음.

桂生(계생) 2

　　부안기(扶安妓) 계생은 시에 뛰어났으며 노래를 잘하고, 거문고도 잘 탔으며, 호를 매창(梅窓)이라고 하였다. 뽑혀서 도성으로 올라오니 귀한 집 자제들이 다투어 초청하여 함께 노닐었다. 하루는 유사문(柳斯文) 도(塗)가 찾아갔는데 한량으로 자부하는 김가(金哥)와 최가(崔哥) 두 사람이 자리에 먼저 와 있었다. 계생이 나와서 술을 대접하였다. 술이 거나해지자 세 사람이 일제히 시선을 계생에게로 보내며 욕망의 불꽃을 보냈다. 계생이 웃으면서 조건을 내세웠다.

　　"여러분들께서 각각 풍류장시(風流場詩)를 읊어 흥을 돋우도록 하시오."

　　　　옥 같은 흰 팔은 뭇사람의 베개
　　　　붉은 입술은 뭇님의 향기
　　　　네 몸이 잘 드는 칼도 아닌데
　　　　어찌 그다지도 굳센 창자 끊나

　　　　玉臂千人枕　　丹脣萬口香

爾身非利劍　　何遽斷剛腸

또 외우기를

다리는 삼경 달빛 아래 춤추고
이불은 한바탕 바람 일으키네
이때의 무한한 즐거움
오직 두 사람만이 같이 있네.

足舞三更月　　衾生一陣風
此時無限味　　惟有兩人同

이러한 시는 천한 노예나 교군꾼 들이 외우는 것으로서 족히 귀를 기울일 것이 없었다. 계생이 이번에는
"만약 이제까지 들어보지 못했던 시를 외워서 내 마음에 드는 것이 있으면 그와 함께 즐길 것입니다."
하였다. 세 사람이 일제히
"좋다."
하고 응낙하였다. 김생이 김명원(金命元)의 칠언절구를 읊었다.

밤 삼경 창 밖에 부슬비 내릴 때
두 사람 마음 두 사람만이 아네.
환락의 정 아직 흡족치 않아 날이 새는데
나삼 소매잡고 다음 기회 묻네.

窓外三更細雨時　　兩人心事兩人知
歡情未洽天將曉　　更把羅衫問後期

최생이 그 뒤를 이어서 심희수(沈喜壽)의 칠언절구를 읊었다.

몸 껴안고 사창을 향하여 희롱을 쉬지 않네.
반은 교태를 부리며 반은 수줍음을 먹어
낮은 목소리로 가만히 사랑하는 지 물으니
손으로 금비녀 매만지며 머리 끄덕이네.

抱向紗窓弄未休　　半含嬌態半含羞
低聲暗問相思否　　手整金釵乍點頭

그러자 계생이 말하기를

"앞의 시는 너무 졸렬하고, 뒤의 시는 약간 묘합니다. 그러나 솜씨가 모두 낮아서 족히 들을 만한 것이 못 됩니다. 무릇 율(律)이라는 것은 시의 정교한 것이고, 칠언절구는 운율과 의취가 모두 어렵습니다. 나는 마땅히 그 어려우면서도 정묘한 것을 취하겠습니다."
하고 정자당(鄭子當)의 칠언율시를 읊었다.

나이 겨우 열다섯의 아름다운 아가씨
이름이 장안의 제일로 들리네.
탕자의 은정은 깊이가 바다 같고
화장의 위령은 엄하기가 서리 같네.
난창에 해 늦으니 아침 화장 급하고
송현에 바람 거세어 저녁 걸음 바쁘네.
헤어지는 때가 많고 만나는 일 드물어
양대의 운우가 양왕의 넋을 불사르네.

年纔十五窈窕娘　　名聞長安第一場

蕩子恩情深似海　　花長威令嚴如霜
蘭窓日晏朝粧急　　松峴風高夕履忙
相別每多相見少　　陽臺雲雨惱讓王

최가 말하기를

"이 시가 비록 좋기는 하나 이것보다 더 좋은 것이 있다."

하고 이어서 고제봉(高霽峰)의 '말은 강변에 서 있는데 이별은 더디고'(立馬沙頭別故遲)라는 시를 읊었다.

말은 강변에 서 있는데 이별은 더디고
버드나무 가지는 미움만 낳네.
임과의 인연은 박한데 새로운 자태 머금었고
탕자의 깊은 정 뒷날의 기약 묻네.
복사꽃, 오얏꽃 떨어지니 한식절이고,
자고새 날아가니 석양인 것을
강남의 이슬비 봄 물결 푸르고
손에 꺾어든 꽃으로 생각에 잠기네.

立馬沙頭別故遲　　生憎楊柳最高枝
佳人緣薄含新態　　蕩子情深問後期
桃李落來寒食節　　鷓鴣飛去夕陽時
江南雨歇春波綠　　手折蘋花有所思

이에 계생이 말하기를

"이 시는 참으로 노위(魯衛) 이하의 시입니다. 비록 맑은 빛과 풍운이 있기는 하지만 역시 사람의 마음을 움직이기에는 부족합니다."

하였다. 그리고 유생을 돌아보고 말하기를

"당신께서는 외우는 시가 없습니까?"

하였다. 유가 말하기를

"나는 글을 외우는 것이 없다. 다만 여자의 몸을 잘 다루는 재주가 있을 뿐이다."

하니 계생이 미소를 지었다. 최가 화를 내어 말하기를

"그대가 비록 좋은 재주를 가졌다지만 오늘은 시를 가지고 다투는 것이다."

하였다. 김생이 매우 자만하는 낯빛으로 좌우를 돌아보며 말하기를

"한 율시가 모든 시를 압도할 것이다."

하고 정지승(鄭之升)의 칠언율시를 드높이 읊었다.

가을밤이 새기 쉬워 길다고 말 마오.
재촉하여 등불 앞에서 비단치마 벗기네.
한 눈 지그시 떠서 묘미에 잠기는데
두 가슴이 어울리자 땀에서 향내 나네.
다리는 청개구리 같아서 숨 거칠고
허리는 잠자리가 바쁘게 물을 찍는 듯
굳셈을 언제나 마음으로 자부해
애정의 얕고 깊음을 아가씨에게 묻네.

秋宵易曙莫言長　促向燈前解繡裳
獨眼微開睛昧氣　兩胸纏合汗生香
脚如螻蟈飜波急　腰似蜻蜓點水忙
强健向來心自負　愛娘深淺問娘娘

계생이 읊어보고 마음에 든다고 했다. 유생이 말하기를

"그대들이 외우는 것은 모두 진부한 것들이라 족히 눈에 뜨일 만한

것이 없다. 내 새로이 한 율시를 지어서 오늘의 자리 위에 기록을 세우
겠다."
하고 계생으로 하여금 운자를 내게 해 즉석에서 읊었다.

　　봄을 찾는 호방한 사나이의 기운이 높으니
　　비취 이불 속에는 좋은 인연이 있어라
　　옥같은 팔 베고 누우니 두 다리 높아라
　　붉은 구멍을 꿰었으매 두 끈이 둥근 것을
　　교안을 얼핏보니 안개처럼 희미하고
　　차츰 깨달으니 하늘이 돈짝만하다
　　이 속의 특별한 맛을 논한다면
　　하룻밤 값어치 천금에 해당하리

　　探春豪士氣昂然　　翡翠衾中有好緣
　　撑去玉臂兩脚屹　　貫來丹穴兩絃圓
　　初看嬌眼迷如霧　　漸覺長天小似錢
　　這裡若論滋味別　　一宵高價値千金

　계생이 감탄해서 말하기를
　"높으신 어른께서 이처럼 누추한 곳에 왕림하실 줄 몰랐습니다. 사모
한지 오래되었는데 오늘에야 다행히 만나게 되었습니다."
하고 술잔에 술을 가득 부어 올렸다. 그리고 나서 말하기를
　"그 가치가 어찌 천금에 그치겠습니까. 아까 여러분께서 읊으신 것들
은 한 잔 냉수의 가치도 없는 것입니다."
하니, 김·최는 모두 무안해서 자리에서 물러갔다.

─『조선해어화사』, 『속고금소총(續古今笑叢)』

<h1 style="text-align:center">桂蟾(계섬)</h1>

심합천(沈陜川) 용(鏞)이 의를 좋아하고 재물을 흩어 스스로 풍류를 즐기니 일세의 가희(歌姬) 금객(琴客)과 주도(酒徒) 시붕(詩朋)이 복주병진(輻輳幷臻)하여 날마다 당(堂)에 가득하니 장안의 연석 놀이에 공을 청(請)치 않는 즉, 가히 판비(辦備)치 못하더라.

때에 한 도위(都尉) 압구정(狎鷗亭)에서 심공에게 의논치 아니하고 가금을 다 부르고 빈객을 크게 모아 놀 새, 명정추야에 월색이 수파에 비치니 흥이 정히 도도하더라. 홀연 들으니 강상의 통소소리 요량하거늘 멀리 보니 작은 배 한척 물에 떠오니, 배 안에 노옹이 머리에 화양건(華陽巾)을 쓰고 몸에 학창의 입고 손에는 백우선을 들고 홀연히 앉았다. 빈발이 표표하고, 두 소동이 청의를 입고 좌우에 시립하여 옥저를 비껴 불고 배에 실은 쌍학이 편편히 춤추니 분명한 신선이라. 정상(亭上)의 모든 사람들이 생가(笙歌)를 머물고 난간에 족립(簇立)하여 칭선하기를 마지아니하고, 만목이 강중을 쏘아 보매 석상에 사람이 없는지라. 도위 그 패흥(敗興)함을 분히 여겨 소선을 타고 나아가니 이 곧 심공이라. 서로 더불어 일소하고 도위 가로되,

"공이 나의 승유를 압도하도다."

즐김을 다하고 파하니라.

때에 또 한 재상이 기백(箕伯)을 하여 발행할 쎄 그 중형(仲兄)이 수상(首相)이 되어 전송을 홍제원에 베풀어 써 보낼 새 도문 밖에 헌초(軒軺)가 수삼 십이요, 인마가 병전(騈闐)하니 행로에 관광하는 자가 다 책책(嘖嘖)하여 그 복력(福力)을 일컬어 가로되,

"장하다. 공의 복력이여!"

하니라. 이때 홀연 송림 사이로 일필 준구(駿駒)가 나오니 마상인이 몸에 누비 양색(兩色) 단 갖옷을 입고 머리에 칠색 촉모피 이엄(耳掩)을 쓰고 손에 일조 항금편을 쥐고 회안(靴鞍)에 앉아 좌우로 고면(顧眄)하니라. 풍채 동인(動人)하고, 선연한 가인 삼사인이 머리에 전립을 쓰고 몸에 자지 전복을 입고 허리에 수록(水綠) 남전대(藍纏帶)를 띠고 발에 화문수운혜를 신고 양항(兩行)으로 작대(作隊)하여 뒤를 따르고, 또 오륙 동자가 청삼자대(靑衫紫帶)로 각각 악기를 가지고 마상에서 아뢰고, 엽인(獵人)이 보라매를 팔에 받고 방울 단 사냥개를 불러 수풀 사이로 나오니 관광하는 자가 다 가로되,

"이 반드시 심합천이로다."

가까이 보매 과연 기(其)러라.

행인이 차탄하여 가로되,

"사람이 세간에 있으매 백구(白駒)가 틈 지남 같은지라. 진실로 마땅히 심지의 소락을 궁진히 하며 이목의 소호(所好)를 다하리로다. 홍제원상 성연이 어찌 좋지 않으리오마는 자고로 공명이 패함은 많고 이룸이 적은지라. 그 참소를 근심하고 꺼림을 두려하므로 더불어 어찌 마음을 쾌히 하고 뜻을 잊게 하여 스스로 즐겨 신외에 근심 없음과 같으리오."

장안 제인이 서로 희언(戲言)하여 가로되,

"전송이냐. 사냥이냐. 차라리 사냥할지언정 전송은 않으리라."

하니, 그 흠탄함을 가히 알지라.

일일은 심공이 가객 이세춘(李世春)과 금객 김철석(金哲石)과 기아 추월(秋月), 매월(梅月), 계섬(桂蟾) 무리로 더불어 초당에 모이어 금가로 즐기다가 공이 제인더러 일러 가로되,

"너희 무리 서경(西京)을 보고자 하느냐?"

다 가로되,

"뜻이 있으되 이루지 못 하였나이다."

심공이 가로되,

"평양이 단기(檀箕)로부터 써 오므로 오천년 번화한 땅이라. 그림 가운데 강산과 거울 속 누대 국중 제일이로되 내 또한 보지 못한지라. 내 들으니 기백이 회갑연을 대동강상에 베풀어 도내 수령을 청하고 명기 가객이며 육산주해(肉山酒海)로 노는 선성(先聲)이 전파하여 장차 모일에 개연한다 하니 한 번 가면 크게 소창할 뿐이 아니라 반드시 금은 재백을 많이 얻으리니 어찌 양주학(揚州鶴)이 아니리오."

제인이 용약하거늘 드디어 행장을 차려 발행할 새, 금강산 행리(行李)로써 일컫고 종적을 감추어 가만히 평양 외성 유벽한 곳에 이르러 머무니 익일은 잔칫날이라. 드디어 일척 소선을 세내어 위에 청포장을 베풀고 좌우를 막아 주렴을 드리우고 기객(妓客)과 관현을 감추고 배를 능라도 부벽루 즈음에 숨기고 기다리니, 아이오 고악(鼓樂)이 훤천하고 주즙(舟楫)이 폐강(蔽江)한대 순상이 높이 누선 위에 앉았다. 수령이 다 모이고, 연석을 대장(大張)하매 녹의홍상이 좌우에 나열하여 청가묘무로 낙사(樂事)를 돋우니 성두(城頭) 강변에 사람이 산 같은지라. 심공이 이에 노

를 저어 앞으로 나아가 상망지지에 배를 머무르고 서로 수단을 겨루니 피선(彼船)에서 검무하면 차선(此船)에서 검무하고, 피선에서 노래하면 차선에서 노래하여 피차 겨루니, 저 선상 제인이 괴(怪)히 여기지 아니할 이 없어 빠른 배를 보내어 잡으려 한 즉, 심공이 노를 재촉하여 달리니 능히 따르지 못하였다. 돌아오매 다시 노를 저어 나오니, 또 따른 즉 또 돌이켜, 이같이 한 자(者)가 수삼번이라. 이에 심히 괴히 여겨 멀리 그 선중을 바라본 즉 검광이 번개를 번뜩이고 가성이 구름을 머무르니 결연히 심상한 사람이 아니라. 또 주렴 안에 학창의 입고 화양건 쓰고 백우선 든 일 노옹이 올연단좌(兀然端坐)하여 담소가 자약(自若)하니 어찌 이인(異人)이 아니리오.

드디어 가만히 선장(船將)에게 분부하여 작은 배 십여 척으로써 일제히 에우고 끌어 큰 배에 대이니 심공이 발을 걷고 대소하니 순상이 본대 숙친한지라. 한 번 보매 경희함을 이기지 못하여 그 놀음을 차리고 내려온 뜻을 물으니 대개 선중 제자와 좌우 막빈과 순상의 자서(子壻) 제질(弟姪)이 다 낙양사람이라. 경성 기악을 보고 다 환희치 않을 이 없어 서로 더불어 손을 잡고 회포를 펴니 이에 기가금객(妓歌琴客)이 그 평생 재주를 다하여 날이 맞도록 즐기니 평양 가무가 돈연(頓然) 안색이 없더라.

순상이 천금으로써 경기(京妓)를 주고 수령이 또 각각 행하(行下)하니 거의 만금에 이른지라. 심공이 일순을 유련(留連)하다가 돌아오니 이제 이르기를 풍류 남자를 칭하더라.

및 심공이 몰하매 파주 쇠곡에 영장하니 가금 제객이 서로 낙루하여 가로되.

"오배(吾輩) 다 심공의 풍류 중 지기(知己)며 지음(知音)이라. 이로조차 노래 쉬고 거문고가 쇠잔하니 우리 장차 어찌하리오."

쇠곡에 회장(會葬)할 새 일장가(一場歌) 일장금(一場琴)으로 일장통곡하고 각각 흩어지되 오직 계섬은 수묘하여 가지 아니하고 묘측(墓側)에 종신(終身)하니라.

-『청구야담』 권18 <유패영풍류성사(遊浿營風流盛事)>

* 양주학(揚州鶴) : 옛날에 객들이 모여 자신들의 소망을 말하는데, 어떤 사람은 양주자사(揚州刺史)가 되고 싶다고 했고, 어떤 사람은 많은 재화를 가지기를 원했고, 어떤 사람은 학을 타고 하늘로 오르고 싶다고 했음. 그런데 또 한 사람이 자신은 허리에 십만 금의 돈궤미를 차고서 학을 타고 양주에 오르고 싶다고 했는데, 이는 먼저 말한 세 사람의 욕망을 다 합한 것이었으므로, 이러한 고상에서 연유하여 '양주지학'(揚州之鶴)은 모든 세속적인 즐거움을 한 몸에 다 모으려는 짓을 비유하는 뜻으로 쓰이게 됨.

桂心(계심)

정비석의 『명기열전』에 강원도 춘천 태생의 창기(娼妓) 계심에 대해 다음과 같이 적고 있다.

지나간 1965년에 나는 『팔도여성풍물지(八道女性風物誌)』의 자료를 모으려고 강원도 일대를 돌아다니다가 춘천 시내 봉의산(鳳儀山) 기슭에서 기생의 고분과 묘비 일 기를 찾아낸 일이 있었다. 무덤의 소재를 명확하게 밝히자면 … 춘천시내에서 소양강에 나가려면 봉의산 기슭인 소양로를 반드시 거쳐 가야 하는데, 그 무덤은 소양로 2가를 우측으로 감돌아가는 산기슭, 인가와 연접된 곳에 있었다.

무덤 자체는 오랜 세월이 흘러서 간신히 형태만이 남아 있을 뿐이었으나, 비면에 "춘기계심순절지분(春妓桂心殉節之墳)"이라는 여덟 글자가 뚜렷하게 새겨져 있는 것으로 보아, 그 무덤이 기생 계심의 무덤인 것은 의심할 여지가 없었다.

묘비의 후면에 새겨져 있는 비문은 오랫동안 비에 씻기고, 바람이 닳아서 판독하기가 매우 어려웠으나, 건립연월이 "가경원년(嘉慶元年) 병진

"

(丙辰) 오월일(五月日)"로 되어 있는 것으로 보면, 지금부터 180여 년 전인 정조(正祖) 21년에 세워진 묘비임을 알 수 있었다.

그리고 비문 말미에 '글은 박종정이 짓고, 글씨는 유상륜이 썼다(柳尙綸書)'로 되어 있는데, 박종정은 그 당시 판서 벼슬을 지낸 사람이었다.

비문에는 그 밖에도 춘기 계심에 대한 사연이 상세하게 새겨져 있었으나, 워낙 마멸이 심하여 알아볼 수가 없었다.

나는 계심의 사록을 어떡하든지 알아보고 싶어서, 그 후 여러 해를 두고 이 책 저 책을 뒤져 보다가, 수년전에 우연하게도 청오(靑吾) 차상찬(車相瓚)이 저술한 『해동염사(海東艶史)』라는 책에서 계심 묘비의 원문(原文)을 전문(全文) 찾아낼 수 있었다. 그 원문에 의하면, 계심의 묘비가 세워지게 된 경위는 이러하였다.

순찰사 이공랑(李公閬)이 그 여인의 비단결 같고 구슬 같은 행적에 탄복하여 정문(旌門)을 내리게 했고, 묘비의 공비(工備)는 감영에서 지출한데다가, 새로 부임해 온 명철한 부사가 부족한 비용을 기부하여, 이에 무덤 앞에 석 자 높이의 묘비를 세운다.

巡相李公閬 其事錦水瓊娘雙表旌 工備辨紛出上營 新任明府且捐捧 墳前標立三尺銘

이상의 경위문으로 보면, 계심의 묘비를 위로는 판서에서부터 아래로는 춘천 부사에 이르기까지 모든 고관들이 뜻을 모으고 힘을 합하여 세워준 것임을 어렵지 않게 짐작할 수 있었다. 일개 기생의 묘비를 세우는 데 그렇듯이 상하 고관들이 협력했다는 것은 그 예를 찾아보기 어려운 일이었다고 할 수 있을 것 같다.

─정비석,『명기열전』

桂月香(계월향) 1

　　김장군(金將軍) 경서(景瑞)는 처음 이름을 응서(應瑞)라고 했으며, 신라 명장 김유신의 후예이다. 장군은 나면서 두 겨드랑이에 이상스런 뼈가 나 있어서 마치 새 깃과 같았으며 용력이 집을 뛰어넘을 정도였다. 자라면서 손오(孫吳)의 병서(兵書)를 읽고 말 타기와 활쏘기를 익혔다. 선조(宣祖) 계미에 무과에 올라 절충장군으로 품계가 올랐으나 부친상을 당해 벼슬에서 물러나 집으로 돌아왔다. 임진년에 왜군이 대거 침입하자 경서는 대가(大駕)를 받들어 의주로 갔다. 왜군이 승승장구하여 평양을 점령하자, 임금께서 경서의 이름을 들으시고 기복(起復)하여 별장으로 삼아 용강(龍江) 강서(江西) 삼화(三和) 증산(甑山) 네 고을 군대를 이끌고 대동강 서안에 진을 치게 하였다. 평양성에 웅거한 왜장은 효용하여 당할 자가 없었으며 부(府)의 기생 계월향을 사랑했다. 경서가 겉으로 계월향의 친척임을 빙자하여 밤에 적의 진영으로 들어가 적장의 목을 베어 가지고 나왔다. 경서가 적진을 나올 때에 계월향이 옷을 붙잡고 따르려 했으나, 경서는 발각될 것을 두려워하여 검을 휘둘러 계월향을 죽인 뒤에 성을 뛰쳐나왔다.

－『조선해어화사』, 『이계집(耳谿集)』

桂月香(계월향) 2

　　　　　　선조 임진년 8월에 일본 사람이 평양을 함락시켰다.
이는 소서행장의 부하 중 용력이 뛰어나서 어디에서나 앞장서서 진을 함
락시키는 자가 있었기 때문에 행장이 신임하여 평양성 공격의 중책을 맡
겼던 것이다. 그는 계월향을 지극히 사랑하여 사로잡았고, 이에 계월향은
적진을 벗어날 수 없었다. 하루는 서문으로 가서 친척의 상을 위문하기
를 청하니 일본 장수가 이를 허락하였다. 계월향이 성 위에 올라 슬피
부르짖어 말하기를

　"우리 오라버니 어디에 계세요?"
했다. 계속해 부르니 김응서가 소리 나는 곳을 향하여 달려갔다. 계월향
이 반갑게 맞이하며 말하기를

　"나로 하여금 몸을 벗어나게 해주신다면 죽음으로써 은혜를 갚겠습니
다."
하였다. 응서가 이를 허락하였다. 그리고는 계월향의 친오빠임을 자칭하
고 성 안으로 들어갔다. 계월향은 한밤중 일본 장수가 깊이 잠들기를 기
다렸다가 응서를 인도하여 방으로 들어오게 했다. 일본 장수가 의자에

걸터앉아 두 눈을 부릅뜬 채 손에 검을 쥔 채 잠을 자고 있었다. 온 얼굴이 시뻘겋게 되어 마치 당장에라도 사람을 찌를 것만 같았다. 응서가 검을 뽑아 목을 베었다. 일본 장수의 목이 이미 땅에 떨어졌는데도 오히려 검을 던져서 하나는 벽을 맞히고, 하나는 기둥을 맞혔으며 칼날이 반이나 그 속에 들어갔다. 응서가 그 머리를 가지고 문을 나오니 계월향이 뒤를 따랐다. 응서가 두 사람이 다 온전할 수 없음을 알아차리고 검을 휘둘러 계월향을 베고 성을 넘어서 집으로 돌아왔다

-『조선해어화사』, 『평양지(平壤志)』

桂香(계향)

농암(農巖) 김창협(金昌協)은 색을 좋아하지 않았다.

관서(關西)관찰사로 있을 때 자못 자색이 뛰어난 기생이 많았다. 대개 그에게 사랑을 얻고자 원했지만 한 번도 돌아보거나 곁눈질하지 않았다. 그 기생 가운데 시 짓는 재주가 있는 계향도 작은 뜻으로나마 유혹을 해보았지만 되지 않았다.

임기를 마치고 떠날 때 향이 소회를 말하니 공이 마지못해서 손잡는 것을 허락하고, 한삼으로 손을 가리고 내미니 김계향이 문득 한 구를 읊었다.

시심 없는 저 사객 채색에는 장님이요
색을 멀리하는 저 남자 부귀한 중일세.

無詩使客丹靑瞽　　遠色男兒富貴僧

한스럽게 술로써 전송하고 끝내 뜻을 얻지 못하고 죽으니 그 매몰됨이 이와 같다.

—『조선해어화사』,『양강잡화(陽江雜話)』

冠紅粧(관홍장)

관홍장은 장안의 명기였다. 사인(舍人) 한수(韓澍)가 맞이하여 첩으로 삼아 딸 하나를 낳았다. 을사사화에 주가 죄를 입어 멀리 남해로 귀양갔으나, 관홍장은 신의를 지켜 혼자 살았다. 부유한 사람이나 조정의 인사들이 다투어 사랑을 호소해 왔으나 관홍장은 이에 응하지 않았다. 오랜 세월이 흘러갔는데도 조정 의론은 주를 심하게 공격하였기 때문에, 관홍장이 어미를 거느리고 살면서 먹을 것이 없어 매우 곤궁하고 그 괴로운 생활을 할 수밖에 없었다. 이때에 이천군(伊川君)이 매파를 시켜 관홍장에게 구혼하였다. 관홍장이 말하기를

"내 비록 창가의 여자이기는 하나 이미 한사인(韓舍人)에게 몸을 허락했으니 다른 데로 갈 수 없습니다. 그러나 늙은 어미가 배고파하는 괴로움을 견딜 수 없어 공자(公子)의 말에 따르겠습니다. 다만 한사인이 풀려서 돌아온다면 비록 나으리 댁에서 아홉 아들을 낳았다 하더라도 구애받지 않겠습니다. 이 약속이 이루어진 뒤에야 나으리의 말에 따르겠습니다."

하였다.

이천군이 응낙하여

"약속하겠다."

하였다.

관홍장이 20여년 동안 이천군 집에 살면서 많은 자녀를 나은 뒤에야 한주가 비로소 귀양이 풀려 돌아왔다. 관홍장이 이천군과 결별하고 이천군과의 사이에 낳은 자녀들을 버리고 그 전집으로 돌아왔다. 먼저 딸을 시켜 길 위에서 한주를 맞이하게 하였다. 딸이 아버지를 위하여 옷과 버선을 만들어 가지고 갔으며, 또 어머니가 이천군을 버리고 돌아왔음을 말하니 주(澍)가 말하기를

"네 어미가 늙어서 망령들었단 말이냐? 내 어찌 감히 공자의 부실을 차지한단 말이냐, 다시 말하지 말라."

하였다.

딸이 주의 말을 그의 어머니에게 전하였다. 관홍장은 목을 놓아 크게 울었다. 이천군은 홍장을 나무라지 못하였다.

한주의 딸이 홍인경(洪仁鏡)의 부실이 되었다. 그 혼인에 있어 이천군이 자기 딸과 다름없이 혼수를 마련하여 주었다. 이천군의 아들은 모두 수(守)가 되고 자손이 현달하였다.

―『조선해어화사』

九簫(구소)

구소는 오무근(吳武根)의 첩이 되었다가 뒤에 김홍조(金弘祚)의 사랑을 받았다. 시가 '신해음사'(辛亥吟社)의 『을묘집(乙卯集)』에 실려 있다.

甁花(병화)

깨끗한 금병의 물에
고운 철죽꽃
봉이가 비록 좋아 보이진 않지만
어찌 아름다움을 덜랴.

淨淨金甁水　　妍妍鐵竹花
封姨雖是惡　　那得減芳華

시가 원고와 조금 다르다. 봉이(封姨)란 소녀풍(少女風)을 말한다.

무능자(無能子)가 말하기를, 구소의 자는 호경(護卿)인데 언양(彦陽) 기

생으로 시에 능하여 이름이 있었다. 내 족제 이봉화(李鳳和 : 호가 동련
(東蓮)으로 학성(鶴城) 수령으로 있으면서 거리가 언양과 가까워 자주 상
종하여 시를 읊었다. 구소가 오무근과 인연을 끊고 학성의 추전(秋田) 김
홍조에게 시집가서 반구정(伴鷗亭)에서 살았다. 동련이 김추전과 사귀어
구소가 때때로 술자리에 배석했는데 불행이도 추전이 죽고 동련은 함양
고을 수령으로 옮겼다. 구소는 다시 자기 고향인 언양 정모와(鄭某窩) 태
균(泰均)의 부실이 되었으며, 모와는 또한 연제(蓮弟)의 친한 벗이었으므
로 다시 시 짓는 인연을 계속하게 되었다. 구소가 작천정(酌川亭)에서 지
었다는 시를 동련이 외워서 들려주었다.

천고에 난정이 있은 뒤에는
작천이 으뜸가는 정자일세.
이처럼 흰 돌 찾아볼 수 없어
맑은 흐름이 밑을 감도네.
달빛 비치는 땅을 눈인 양 의심해
여름날이 가을을 연상하네.
아름다운 경치 이루 다 표현키 어려워
붓을 들고 생각에 잠기네.

千古蘭亭後　　酌川第一樓
白無如許石　　淸有此間流
月地飜疑雪　　夏天仍得秋
難收多少景　　把筆惹紅愁

내가 이 시로 지정(之亭) 선생께 묻기를
"어리석은 생각에는 첫 구가 공소(空疎)한 것이 병입니다."
했더니, 선생이 말하기를

"그렇다. '천고'(千古)는 '천재'(千載)로 고치고, 여섯째 구의 '하천잉'(夏
天仍)을 '염천잉'(炎天剩)으로 고치는 것이 좋을 것 같다."
고 했다. 내가 동련을 통하여 구소의 시를 구했더니 구소가 시 10여수를
보내왔는데 절묘한 것이 많았다. 그러나 졸저인 『조선해어화사』를 이미
인쇄에 넘겼기 때문에 추가시킬 수 없게 되었다. 뒷날 기회가 있으면 다
시 수록하여 동호에게 널리 알리겠다.

－『조선해어화사』

*소녀풍(少女風) : 비가 오기 전에 솔솔 불어오는 바람.

君山月(군산월)

조선 가사 중에 '북천가'(北遷歌)라는 노래가 있다. 그 노래는 철종 때의 선비 김진형(金鎭衡)이 지은 것이다.

김진형은 함경도 명천(明川)에 귀양을 가 있을 때, 귀양살이의 서러움을 북천가라는 노래로 읊었는데, 그로 하여금 이와 같이 유명한 노래를 읊게 만든 사람은 명천기(明川妓) 군산월이었던 것이다.

김진형이 홍문관 교리로 있을 때, 이조판서 서기순(徐箕淳)의 배공당사(背公黨私)하는 행실을 몹시 못마땅하게 여겨 정면으로 논책을 한 일이 있었다. 그것이 동티가 되어, 김진형은 철종 4년에 억울하게도 명천으로 귀양을 가게 되었다.

김진형은 워낙 산수 섭렵을 좋아하는 풍류객이었다. 그러기에 그는 귀양살이를 하는 동안에도 명천 일대의 산수를 골고루 편답하였다. 다행히도 명천 군수가 그와 뜻이 통하는 후배였기 때문에 그의 귀양살이는 매우 자유로웠다.

명천 고을에서 동쪽으로 50여리 쯤 떨어진 곳에 칠보산(七寶山)이라는 경치 좋은 산이 있다. 어느 날 김진형이 칠보산 구경을 떠나려고 하자,

명천 사또가,

"깊은 산중을 혼자 다니시기가 매우 고적하실게요. 그래서 기녀 한두 명 보내 드리오니 그 아이들과 함께 다니십시오."

하는 글발과 함께 매향(梅香)과 군산월이라는 두 기생을 보내 왔다. 두 기생은 모두 소문난 아이들이었지만, 특히 군산월은 명기로 이름이 높은 기생이었다. 김진형은 그들과 만났을 때의 광경을 다음과 같이 읊고 있다.

> 개심사(開心寺) 들어가서 밤 한 경 새운 후에
> 미명에 일어나서 소세(梳洗)히고 문을 여니
> 기생들이 앞에 와서 현신하고 하는 말이
> 본관사또 분부하되
> 김 교리님 칠보산에 너 없이 놀음 되랴
> 당신은 사양하되 내 도리 그럴쏘냐
> 산신도 섭섭하고 원학(猿鶴)도 슬프리라
> 너희들을 송거(送去)하니 나으린들 어찌하랴
> 부대 부대 조심하고 칠보청산 거행하라
> 사또 분부 끝에 소녀들이 대령이요
> (중략)
> 방으로 들라하여 이름 묻고 나 물으니
> 한 년은 매향인데 방년이 18이요
> 하나는 군산월로 19세 꽃이로다.

이 노래 중에 '한 년은 매향'이라 하고, '하나는 군산월'이 '19세 꽃이로다'라고 표현한 것을 보아, 김진형은 군산월에게 첫눈에 반했음을 알 수 있다.

김진형은 그날부터 두 기생들과 어울려 칠보산을 탐방했는데, 그중에서도 군산월에게 특히 마음이 쏠렸다. 군산월 역시 김진형의 고고한 인격에 경모의 정을 마지못하다가 마침내 그를 사랑하게 되었다. 그리하여 칠보산 구경을 마치고 돌아와서부터는 서로간에 마음과 몸을 허락하는 사이가 되었고, 그로 인해 김진형은 귀양살이를 하면서도 매우 행복스러운 나날을 보낼 수가 있었다.

그런데 그로부터 몇 해 후에 김진형이 귀양살이에서 풀려나 서울로 돌아올 행장을 차리고 있는데, 그 소식을 들은 군산월이 부랴부랴 달려왔다. 김진형은 북천가(北遷歌)에서 그 광경을 이렇게 노래하고 있다.

> 행장을 재촉할 제 군산월이 대령한다
> 선연한 거동으로 웃으면서 치하하되
> 나으리 해배(解配)하니 작작히 감축할까
> 칠보산 우리 인연 춘몽이 아득하오
> 이날에 너를 보니 그것도 군은(君恩)인가
> 그렸다가 만난 정이 만나고도 향기롭다.

사태가 이렇게 되고 보니 사랑하는 여인을 버리고 떠날 수가 없어 결국은 그를 데리고 떠나게 되는데, 그때의 광경을 북천가 속에서 이렇게 노래하고 있다.

> 군산월을 앞세우니 목전에 꽃이 피고
> 군산월을 뒤세우면 후면에 선동(仙童)이라
> 단천에서 중화하고 북청에 숙소하니
> 우야(牛夜)에 깊은 정은 금석같은 언약이오
> 태산같은 인정이라.

사랑하는 여인과 함께 나들이를 하면 산천도 더욱 아름답게 보이는지라, 북천가에는 이런 대목도 있다.

　　　　마옥(馬沃) 역서 중화하고 마천령 다다르니
　　　　안팎재 60리라 하늘에 바쳐있고
　　　　공중에 걸린 길은 참바같이 서렸고나
　　　　다래 덤불 얽혔으니 천일이 밤중 같고
　　　　층암이 위태하니 머리 우에 떨어질 듯
　　　　하늘인가 땅이런가 이승인가 저승인가
　　　　상상봉 올라서니 보이기는 바다이오

　가슴에 사랑을 품으면 누구나 시인이 된다고 한다. 김진형은 본디부터 시재가 뛰어난 사람이기는 했지만 마천령의 그 험준한 풍경을 짧은 글로 써 이렇듯이 절묘하게 표현할 수 있었던 것은 역시 군산월이라는 사랑하는 여인과 함께 바라본 덕택이 아니겠는가. 그러나 사랑에는 반드시 번뇌가 따르게 마련인 법. 그들에게는 어떤 슬픔이 있었을까. 북천가를 좀 더 읽어 보기로 하자. 북천가의 후반에는 이런 슬픈 구절이 나온다.

　　　　주막집 깊은 밤에 밤 한 시경 새운 후에
　　　　계명시에 소세하고 군산월을 깨와 내니
　　　　몽롱한 해당화가 이슬에 휘지는 듯
　　　　과하고 아름답다 유정하고 무정하다
　　　　옛일을 이를 테니 네 잠깐 들어 봐라
　　　　예전에 장대장(張大將)이 제주목사 과만 후에
　　　　정들었던 수청 기생 버리고 나왔더니
　　　　바다를 건넌 후에 차마 잊지 못하여
　　　　배 잡고 다시 가서 기생을 불러내어
　　　　비수 빼어 베인 후에 돌아와 대장 되고 만고명인 되었더라.
　　　　나 본대 문관이라 무변과 다르기로

너를 도로 보내는 게 그것이 비수로다
내 말을 들어 보라 내 본대 영남 있어
선비의 졸한 몸이 삼천리를 시생 신고
천고에 없는 호강 끝나게 하리로다.
협기(挾妓)하고 서울 가면 분의에 황송하고 모양이 고약하다
부대부대 잘 가거라 다시 볼 날 있나니라.

귀양살이를 하던 몸이 기생을 데리고 돌아갈 수는 없으니 중도에서 되돌아가 달라는 말이었다. 무정하고도 냉혹하기 짝이 없는 말이었지만, 그 당시의 인습으로는 가히 있을 법한 일이었다. 군산월도 김진형의 딱한 사정을 모르는 바는 아니나 너무도 억울하고 안타까워 앙탈을 아니할 수가 없었다. 북천가는 군산월의 안타까운 심정을 이렇게 노래하고 있다.

군산월 거동 보소 깜짝이 놀라면서
원망으로 하는 말이
버릴 심사 계셨다면 중간에 못 하여서
어린 사람 호려다가 사무친척 외론 곳에
게 발 물어 던지듯이 이런 일도 하나이까.
나으리 성덕으로 사랑이 배부르나
나으리 무정키로 풍전낙화 되었구나.

거기 대해 김진형이 노래로 이렇게 답하고 있다.

오냐 오냐 나의 뜻은 그렇지 아니하여
십리만 가잤더니 천리나 되었구나.
승교에 담아내어 너 먼저 회송하니
천고에 악한 놈 나 하나뿐이로다

말 타고 돌아서니 이목이 삼삼하다
남자의 간장인들 인정이 없을소냐
삼천리 장풍류(長風流)를 일조에 놓쳤으니
풍정도 잠깐이라 홍진비래 되었구나.

　명천 명기 군산월과 풍류객 김진형의 슬픈 사랑의 노래는 여기서 끝
나는데, 그 후에 그들이 다시 만났는지는 알 길이 없다.

－『명기열전』, 『북천가(北遷歌)』

錦江仙(금강선)

선비인 이몽(李蒙)이 창기(娼妓)인 금강선(錦江仙)을 사랑다. 금강선은 미색과 기예(技藝)가 있어 이름이 한때에 드날려, 명문대가의 큰 연회와 성대한 모임이나, 뛰어난 호걸들의 작은 연회와 비밀스런 자리에 불려가지 않는 곳이 없다. 이를 이(李)가 매우 심하게 질투했다.

금강선이 말하기를,

"저를 믿지 못하시니, 그대께서 마땅히 몸소 따라가 보시겠습니까?"

라고 하니, 이(李)가

"그러자."

라고 했다.

하루는 금강선이 육조낭관(六曹郎官)들의 모임에 가게 되었는데, 이(李)가 종의 옷을 입고, 종의 모자를 쓰고 종들 틈에 끼어 있었다.

낭관 가운데 김씨 성을 가진 사람이 있어 본디 몽(蒙)을 알고 있었는데, 이윽히 보다가 말하기를,

"이 사람은 이몽이 아닌가?"

라고 했다.

　금강선이 말하기를,

　"이몽이 아닙니다. 제 종인 몽동(蒙同)입니다."

하고는, 갑자기 이름을 부르더니 남은 음식을 챙겨서 그에게 주는 것이
었다. 몽이 짐짓 한 눈을 가늘게 뜨고는 즉시 앞으로 나와 그것을 받는
데, 나오고 물러가고 하는 것이 조금도 어색함이 없었다.

　김이 탄식해서 말하기를,

　"내가 처음에는 이몽인가 의심했다. 천지간에 사람의 모습이 비슷한
것이 마침내 이에 이르다니! 다만 이 종은 눈이 작은 것이 다를 뿐이로
다."

라고 했다.

－『태평한화골계전(太平閑話滑稽傳)』 제35화

今介(금개)

      가정(嘉靖) 경신년 겨울에 전라감사로 나갔다가, 신유
년 봄에 병을 얻어 벼슬이 갈리고 전주에서 휴양하게 되었다. 거기서 나
이 스물에 매우 총명하고 영리한 금개라는 기생과 함께 달포를 지내었
다. 전주를 떠나 돌아오는 날 한낮에 우정(郵亭)에서 몸을 쉬었는데, 기생
도 따라와서 송별하였다. 내가 시 한 수를 지어주었으니

    한 봄을 병 가운데 보냈는데
    이별을 생각하니 마음 서글퍼
    베갯머리에서 몇 번이나 눈썹을 찡그렸던가.
    술자리에서 부질없이 눈길 보냈던가.
    객사에서 실버들 보는 것이 괴로워
    차마 양관의 가곡을 들을쏜가.
    문 밖엔 해가 기우는데 아직도 떠나지 못해
    좌중에서 누가 가장 마음이 어두운가.

    一春都向病中過　　離思無端奈爾何
    枕上幾回眉蹙黛　　酒邊空復眼橫波

愁着客舍千絲柳　　忍聽陽關一曲歌
門外日斜猶未發　　座間誰是暗然多

하였다. 그로부터 20년 뒤 내가 첩을 잃었다. 금개가 전날의 애정을 되찾으려 해서 내가 허락하려 했으나 때마침 일이 있어서 뜻대로 되지 못하였다. 깨어진 거울이 다시 둥글게 되는 것 또한 운수가 있어야 되는 것인가.

-『조선해어화사』,『견한잡록(遣閒雜錄)』

金蘭(금란)

전목(全穆)이 충주 기생 금란을 사랑하였다. 목이 장차 서울로 떠나려 할 때에 금란에게 타이르기를

"조심하여 경솔하게 남에게 몸을 허락하지 말아라."

고 하였다. 금란이 말하기를

"월악산(月嶽山)이 무너질지언정 내 마음은 변치 않습니다."

고 하였다. 뒤에 금란이 단월역(斷月驛)의 역승(驛丞)을 사랑하니 시를 지어 보내어 말하기를

들으니 네가 단월역의 역승을 사랑하여,
깊은 밤에 항상 역을 향하여 달음질을 친다니
언제 내손에 세모난 형장을 잡고, 돌아가
네가 월악산 무너지기를 맹세하던 마음 물어 볼고

聞汝便憐斷月丞　　夜深常向驛奔騰
何時手執三稜杖　　歸問心期月嶽崩

라고 하였다. 금란이 시를 지어 대답하기를

북쪽에는 전서방이 있고 남쪽에는 역승이 있어서,
내 마음 정함이 없는 것, 구름이 내 솟 듯하네.
만약 맹세란 것 때문에 산이 변한다면
월악산은 지금까지 몇 번이나 무너졌을까.

北有全君南有丞　　妾心無定似雲騰
若將盟誓山如變　　月嶽于今幾度崩

라고 하였다. 다 양사문(梁斯文) 여공(汝恭)이 지은 것이다.

—『용재총화』 권6 제9화

錦香仙(금향선)

내가 시골 오두막에 있을 때 이천(利川)의 오위장 이기풍(李基豊)이 퉁소로 신방곡(神方曲)을 잘 부는 명창 김군식(金君植)과 노래를 잘 부르는 아가씨를 보냈다. 그녀의 이름을 물으니 금향선이라 하였다. 외양이 추악하여 상대하고 싶지 않았으나 당대의 풍류랑이 지명해서 보냈기에 업신여기기가 어려웠다. 즉시 모모(某某)의 여러 벗들을 청하여 산사(山寺)에 오르니 모든 사람들이 아가씨를 보고 얼굴을 가리고 비웃지만 이미 시작한 춤판이라 중지하기가 어려웠다. 차례가 되어 아가씨에게 시조를 청하니 얼굴을 단정히 하고 앉아 창오산(蒼梧山)이 무너지고 상수(湘水)가 끊어졌다는 구절을 노래하였다. 그 소리가 애원하고 처절하여 구름이 멈추고 티끌이 날리는 것을 깨닫지 못하고 눈물을 흘리지 않는 사람이 없었다. 시조 삼장을 부르고 우계면(羽界面) 한 편을 계속해서 부르고 또 잡가를 부르니 모송(牟宋) 등 명창들의 조격(調格)보다 뛰어나며 묘함이 뒤지지 않으니 참으로 절세의 명인이라 이를 만하였다. 자리에서 눈을 씻고 다시 보니 조금 전의 추악하고 무시했던 것이 이제는 예쁜 얼굴로 보여 비록 오월(吳越)의 미녀라 하더라도 이보다 나을 수는 없었다. 자리에 있는 소년들이 다 눈길을 주며 정을 보내고 나도 또한 춘정을 금하기 어려워 먼저 채를 쳤다.

대저 외모를 보고 사람을 취할게 아니라는 것을 처음으로 깨달았을 따름이다.

이때의 심회를 아래와 같이 읊었다.

가막귀 속 흰줄 모리고 것치 검다 뭐 무여하며
갈먹이 것 희다 스랑허고 속 검운쥴 몰낫더니
이졔야 表裏黑白(표리흑백)을 씨쳐슨져 허노라.
-안민영, 『금옥총부(金玉叢部)』

金蟾(김섬)

김섬은 함흥 기생으로 천곡(泉谷) 송상현(宋象賢)의 첩
이었다. 임진란 때 천곡이 동래부사가 되었는데 김섬이 따라가서 초가
몇 칸을 사서 거처하며 공청에는 나가지 않았다. 왜장 평의지(平議智)가
성을 함락시키기에 앞서 부사가 순절하였다. 이날 밤에 붉은 기운이 부
(府)의 동문에 뻗쳤다. 김섬은 천곡의 죽음도 알지 못한 채, 포로의 몸이
되어 바다를 건넜다. 이때 우리나라 여자로서 포로가 되어 바다를 건너
간 자가 무려 수천 명에 이르렀다. 이들은 목숨을 탐해서가 아니라 죽고
싶어도 죽을 수 없어서 어쩔 수 없이 잡혀갔던 것이다. 이들 중에는 일
본에 가서 음식을 전폐해서 죽기도 하고 목을 매어 자진하기도 하였다.
그러나 정조를 잃은 자도 없지 않았다.

풍신수길이 송부사의 측실 중에 유한정정한 자태가 있다는 말을 듣고
불러서 보았다. 몹시 용모가 아름다웠으나 늠름하여 감히 범할 수 없는
위의가 있었다. 김섬이 문장에 조예가 깊었으므로 풍신수길은 초빙하여
여교사로 삼았고 막부 관벌들의 자녀들이 모두 찾아와 배웠다. 왜인들의
규방 풍속은 남자와 함께 놀기를 좋아했는데 김섬을 찾아 배운 자는 모
두 그와 같은 버릇을 고쳤다. 포로의 신세에서 해방되어 본국으로 돌아

오기에 앞서 배 안에서 천곡이 이미 순절했다는 소식을 듣고, 몸을 물에 던지려 했으나 뱃사람들의 만류로 뜻을 이루지 못했다.

때마침 수은(睡隱) 강항(姜沆)과 함께 한 배에 탔는데, 수은도 포로의 몸이 되어 일본으로 갔었다. 풍신수길이 그의 글재주를 중하게 여겨 등용하려 했지만 완강하게 거절하여 굽히지 않았다. 수은이 일본에 있으면서 그 풍속과 정치를 빠짐없이 기록하고, 그 종이를 꼬아 노끈삼아 망태기를 만들어 가지고 돌아왔다. 김섬의 일도 그 안에 기록되어 있었다. 김섬과 같은 배에 탔으면서도 김섬을 알지 못했다가 배가 초량에 닿고 나서야 비로소 그를 알아보았다. 김섬이 몸을 던지려는 광경을 보았기에 그 까닭을 물으니 내답하기를

"도호부사가 순절하신 것을 첩은 알지 못하고 있었습니다. 풍신수길의 집에 몸을 의탁하고 있을 때에도 수길이 이 일을 숨겨 말하지 않았기 때문에 구차스럽게 실낱같은 목숨을 보전해왔던 것입니다. 삼강(三綱)이 엄연히 존재하온대 죽지 않고 살아 무엇 하겠습니까."
하였다.

수은이 깨우쳐 말하기를

"만일 이제 자진한다면 누가 섬랑(蟾娘)이 몸을 깨끗이 보전해 돌아오는 것으로 인정하겠는가. 오늘의 일행 중에는 몸을 보전해서 돌아오는 부녀자가 없지 않다. 그러나 그 후손들이 왜인의 종자라는 비평을 면키 어렵다. 천도가 소소하여 승옥(蠅玉)이 자연히 가려질 것이니 참고 죽지 말라."
하였다. 김섬이 그 말을 옳게 여겨 시를 지어 자신의 처지를 하소연하였다.

그 뒤 김섬은 송씨의 집으로 들어갔으나 자신의 입으로 몸을 보전하

여 절개를 지켰음을 말하지 않았다.

강수은(姜睡隱)의 일기에 의해서 세상 사람들이 그 결백함을 알게 되었다.

-『조선해어화사』

 * 승옥(蠅玉) : 옥의 티를 말함.

耐寒梅(내한매)

양씨(楊氏) 성을 가진 어떤 선비가 처음에 삼관(三館)의 선비가 되었는데, 관기(官妓)인 내한매를 좋아하여 꾀어보고자 했으나 뜻을 이루지 못했다.

뒤에 전중(殿中)이 되자, 관직의 세력을 빙자하여 그를 꾀어보고자 하여, 하루는 일찍 일을 마치고는 내한매의 집으로 갔다. 옛날의 관례에 대관(臺官)은 개인 집에 드나들지 못하게 되어 있었기 때문에, 양은 은밀히 말과 종을 담 뒤에다 숨겨 두고, 혼자 내한매와 더불어 비밀리에 앉았다. 미처 이야기를 나누지도 못했는데, 난파(欒坡)의 여러 선생들이 갑자기 들이닥쳐 양은 다급하게 평상 밑에 숨었다.

내한매도 모든 선생들을 맞아 한 상에 함께 앉아 있는데, 이때 한 각로(閣老)가 내한매와 더불어 좋아지내는 사이였으므로 그를 위해 술과 음식을 차렸다. 여러 선생들은 차례에 따라 술을 돌리며 웃고 이야기했다. 시간이 흘렀어도 양은 소리를 삼키고 숨을 죽이며 스스로 몸을 돌리지 못했다. 마침 몹시 더운 때라, 찌는 듯한 열기가 뚫고 들어오니 정신과 뼈가 풀어지는 듯하고, 모기, 등에, 벼룩, 이 등이 모두 달겨들어 물어뜯으니 그 고통과 괴로움을 견딜 수 없어 거의 죽은 개처럼 되었다.

여러 선생들은 저녁이 되어서야 취하여 흩어졌다. 그제서야 양은 평상 밑에서 기어 나왔는데, 땀이 줄줄 흘러내리고 옷에 먼지를 뒤집어써서 사람 꼴이 아니었다. 내한매가 그를 위로했으나, 양은 크게 부끄러워하며 나와 바로 가버렸다.

―『태평한화골계전(太平閑話滑稽傳)』 제113화

*난파(鑾坡) : 옥당(玉堂)을 다르게 일컫는 말.

蘆兒(노아)

　　장성현(長城縣)에 노아라는 기생이 있었는데 용모와 재예가 당시에 으뜸이었다. 읍재(邑宰)가 내색들을 떠나지 못하게 온 읍의 큰 폐단이 되었다. 어사 노모(盧某)가 남으로 내려면서 노아를 곤장으로 쳐 죽이는 것을 자기의 소임으로 삼았다는 소리가 먼저 먼 데까지 퍼졌다. 읍재가 이 소문을 듣고 식음을 폐하고 눈물을 흘리고 있으니, 노아는 웃으면서

　　"나한테 한 가지 꾀가 있으니 공은 근심 마시오."

했다. 노아는 오라비와 누이동생을 데리고서 과부된 촌여인으로 차리고 어사의 종적을 알아보며 이웃 읍의 여관에 가서 어사 오기를 기다렸다. 어사는 과연 그 여관에 들었다. 노아는 엷게 화장하고 소복으로 물동이를 이고 뻔질나게 그 앞을 왔다 갔다 했다. 그 아리따운 태란 정말 선녀같았다. 어사는 정욕을 못 이겨 몰래 주인 아이한테 물었다.

　　"바로 제 누이동생이온데 남편을 잃은 지 겨우 삼 년이 지났습니다."

하고 대답했다. 밤이 깊어진 후에 그 아이를 시켜 노아를 불러 왔다. 밤새도록 정다워 떨어지지 못했다. 노아가 말했다.

　　"저는 시골의 천한 여인으로 이미 귀하신 분의 총애를 받았으니 이제는 다시 다른 사람한테 시집갈 수 없습니다. 꼭 죽음으로 몸을 지키겠습

니다. 팔에다 이름을 남겨 후일의 증거로 삼고 싶사온데 어떠신지요?”

노는 흔쾌히 자기의 이름을 팔에다 써 주었는데 종내 범저(范雎)가 장록선생(張綠先生) 노릇을 한다는 것을 몰랐다. 어사가 장성에 들어가 무서운 형장을 차려놓고 노아를 잡아들여

“계집을 보아서는 안 된다.”

하고 휘장으로 사이를 가리우게 하고 그 죄를 꼽아 내려갔다. 노아는 급한 소리로

“공술장이나 드리고 죽고 싶소이다.”

하고 크게 외쳤다. 어사가 지필을 주게 하니, 이러한 절구 한 수를 썼다.

<blockquote>
노아의 팔에 있는 건 누구의 이름일까?
먹 얼음 같은 살에 베어들어 글자 분명도 하네.
차라리 수원에서 흘러오는 강물을 말리우지
이 마음은 죽어도 처음 맹세 저버리지 않으리.
</blockquote>

<blockquote>
蘆兒臂上是誰名　墨入氷膚字字明
寧使川原江水盡　此心終不負初盟
</blockquote>

어사가 그것을 보고서는 노아의 꾀에 넘어간 것을 알고 찍 소리도 못하고 그 날 밤에 도망가 버렸다. 어사가 조정에 돌아가자 임금이 그 이야기를 듣고는 웃으며 특명을 내려 노아를 노공(盧公)에게 하사했다. 노공은 데리고 가서 살겠다고 한 약속을 이행할 수 있게 되었고, 장성에서는 읍폐(邑弊)가 영영 없어졌다. 다들 임금의 둘러치는 재주에 탄복했다. 때는 성종조였다고 한다.

―『시화휘성(詩話彙成)』 제397화

* 범저(范雎)의 장록선생(張綠先生) : 범저는 전국시대 위(魏)나라 사람으로 위
  대부(魏大夫) 밑에서 일하다가 잘못하여 매를 맞고 쫓겨났다. 그리고는 장
  록이라 성명을 바꾸고 진(秦)나라에 가서 원교근공의 정책을 가지고 소왕
  (昭王)을 설복시켜 재상이 되고 응후(應侯)에 봉했다.

鹿鳴兒(녹명아)

정선공(靖宣公) 김하(金何)가 통역을 잘 하니 영묘(英廟)의 총애하심이 남달랐다. 그가 판사가 되었을 때, 녹명아라는 한 창기를 좋아하게 되었다.

한 종실 재상과 도승지로서 성이 안(安)이라는 자가 있었는데 모두 그녀를 좋아했다. 이로 인해 서로 다투다가 힐책하게 되었는데, 종실 재상이

"내가 먼저 눈길을 주었다."

고 했다. 왕이 그에게 깨닫도록 해서

"너같이 나라에 대해서 족히 아무것도 한 일이 없음은 김하가 남들에게 능히 하지 못하게 된 일만도 못하다. 상국을 받들어 섬기는데 이 사람이 없어서는 안 된다. 또 김하는 자식이 없으니 마땅히 창기를 첩으로 삼도록 주는 게 좋겠다. 네가 혹 그와 다투면, 마땅히 너를 벌하리라."

하고는 도승지에게 선지(宣旨)를 내리도록 하여

"네가 이 창기를 첩으로 삼을 수 있느냐?"

하니, 김이 우물쭈물 대답하였다. 뒤에 김이 일이 있어 창기의 집에 갔다가 사헌부에 적발당했다. 왕이 용서하면서

"내가 전에 준 것이다."

했다. 그가 물론 비록 보잘 것 없는 기예를 가졌더라도 영묘가 아끼고
사랑하심이 이와 같았다.

―『소문쇄록』 제37화

論介(논개) 1

논개는 진주(晉州) 기생이었다. 임진란 때, 판관 김시민(金時敏)이 수천 명밖에 남지 않은 군사로 수십만에 이르는 큰 적을 물리치고 진주성을 온전히 지켜내었다. 정유재란(丁酉再亂) 당시 목사 서원례(徐元禮)와 창의사 김천일(金千鎰)이 거느린 군사가 육 만에 달했으니 과거에 비한다면 열 배였다. 사람들은 다들 성을 지키는데 아무 걱정할 게 없다고 말했으나, 논개만이 유독 걱정을 감추지 못하자 천일이 그 까닭을 물어보았다.

"비록 전에는 병력은 적었으나 장수와 재상이 서로 아껴 군령이 한군데서 나왔으니 이것이 승리를 거둔 근본 이유입니다. 지금은 병력은 많으나 군대가 통솔되지 않고 장수가 군졸을 모르니 걱정하는 것입니다."

천일이 요망한 말이라 하여 목을 베고자 했으나 좌우에서 말려 그만두었다. 성이 함락되자 군사와 백성과 군관들이 모조리 무참한 죽음을 당하였다. 논개는 화장을 하고 옷을 잘 차려 입고는 촉석루 아래 가파른 바위 꼭대기에 서 있었다. 적장이 보고는 음란한 짓을 하려하자 논개는 그 놈의 허리를 안고 깊은 물에 투신하였다. 후세 사람들이 그 바위를 '의기암'(義妓巖)이라 부르게 되었고 촉석루(矗石樓) 곁에 사당을 세워 매년 봄 가을에 기생들이 여기 모여 제사지낸다.
-『대동기문』 상 제349화 <논개포장어초암(論介抱將於哨巖)>

  *『부계기문(涪溪記聞)』에는 논개가 아닌 무명의 노기(老妓)로 되어 있고 노기가 한
  말을 듣고 김천일이 요망하다 하여 죽인 것으로 되어 있다.

論介(논개) 2

논개라 하는 자는 진양(晉陽) 명기라.

임진에 왜적이 진주를 치니 상락군(上洛君) 김시민이 성을 굳게 지키고 여러 번 싸워 다 파하고 왜적 구만을 죽이니 도적이 감히 호남을 엿보지 못하더라.

이듬해 계사 유월에 왜장 청정이 평수길의 뜻을 받아 반드시 진양을 설치(雪恥)코자 하여 군사 십만을 거느리고 와 에우니, 본도 병사 최경회(崔慶會)와 충청병사 황진(黃進)과 창의사 김천일과 김해부사 이종인(李宗仁)과 복수장(復讎將) 고종후(高從厚)와 사천현감 장윤(張潤) 등 모든 사람이 들어가 지키거늘, 홍의장군 곽재우(郭再祐)가 가로되.

"이 성은 반드시 왜적이 다툴 것이니 호남 영남 관애(關隘)의 제일 긴한 곳이라. 약한 군사로 강적을 만나면 반드시 패하리라."

하고, 마침내 성에 들어가지 아니하니 제공이 촉석루에 모여 한가지로 맹세하고 지킬 일을 의논하더라.

왜장이 하령하여 가로되,

"작년 패한 원수를 정히 금일에 갚을 것이니 이 성을 파치 못하면 맹세코 돌아가지 아니하리라."

하고 성을 치니 제 십일 만에 성이 함락하매 육만 여인이 한 날 다 죽고 제공은 다 남강에 빠져 죽으니라.

이때에 논개 단장을 찬란히 하고 왜장 중의 가장 세찬 놈을 보고 거짓 좋은 뜻으로 아당하니 왜장이 물리치고자 하되 듣지 아니하고 완순(婉順)한 말로 왜장을 유인하여 강변 바윗돌 위에 걸어 나가 더불어 대무(對舞)할 새, 이 바위 강 언덕에 박혔으니 삼면은 다 깊은 소(沼)이라. 드디어 왜장의 허리를 안고 강중에 뚝 떨어져 죽으니 왜진(倭陣)이 크게 놀라더라.

난리를 평정 후에 논개를 정문(旌門)하여 가로되, '의기(義妓)라' 하고 강상에 사당을 세워 제시히고 그 돌은 의기암(義妓巖)이라 하고 '일대장강천추의열'(一帶長江千秋義烈) 여덟 자를 새기니라. 그 바위를 낙화암이라 하니 대개 의기 침강함으로써 떨어진 꽃에 비함이러라.

─『청구야담』 권19 <진양성의기사생(晉陽城義妓捨生)>

論介(논개) 3

임진왜란 때 진주성이 포위되니 박진(朴晉) 김시민(金時敏)이 서로 힘을 합하여 왜군을 막아 쳐부수었다.

이에 왜군이 매우 분해하며 진주성을 전멸시키겠다고 더욱 군사를 일으켜 공격하니, 급기야는 성이 함락되어 최경회(崔慶會), 김천일(金千鎰) 등 많은 장수들이 전사하였다. 이때 죽은 사람은 칠만 명이 넘었다.

기생 논개는 홀로 몸을 아름답게 단장하고 촉석루 아래 남강의 뾰족한 바위 위에 있었는데 누각에서 굽어보니 천 길이 넘는지라 왜군이 감히 범접하지 못하였다. 이때 왜장 중에서 가장 날래다고 하는 놈이 사다리를 걸치고 아래로 내려와서 바위 위에 이르니 논개는 거짓으로 기뻐 반기는 체하고 왜장의 허리를 껴안고 강물에 몸을 던져 죽었다.

후에 사람들은 그 바위를 칭하여 '의암'(義巖)이라고 했다.

이때 조정에서는 특별히 그 옆에 사당을 세우고, 매년 6월 그믐날, 성이 함락된 날에 나라를 위해 순절한 여러 사람과 함께 제사를 지냈다.

내가 남쪽 고을에 있을 때에 일찍 촉석루에 이르러 현판의 여러 시를 두루 살펴보니 한 사람도 의암을 말한 사람이 없는지라 나는 매우 강개하였는데, 이날 밤 꿈에 한 여자가 의암 위에 나타나서 놀았다. 나는 깨

어서 기이하게 생각하고 의암가(義巖歌) 7언시를 지어 현판으로 벽에 걸었다. 이 시에 말하기를,

논개의 의암은 높고 또 높아
석대는 반석같이 남강 언덕에 자리 잡았다.
위에는 백 자가 넘는 누각이 나는 듯이 솟아 있고
아래는 천 길이 넘는 깊은 물이 닿아 있네.
생각하면 임진왜란에 재앙을 당하여서
진양이 포위되어 오래도록 버티었으니
왜적들이 떼를 지어 대포를 날려
육박전으로 성에 올라 마음대로 짓밟았다
시제가 마을을 메우고 피가 강나루처럼 흘렀고
한낮이 밤처럼 어둡고 전화가 고을에 사무쳤다
의사와 충신들이 거의 다 희생되고
7만 명 희생자 중에도 3인을 칭송한다.
이런 때 뛰어난 정열이 기생집에서 나오니
그 이름은 논개로 아름다운 얼굴이 꽃과 같아
목숨 아끼는 것을 도로 부끄러워하여 모욕을 당하며
목을 끌어 차라리 적의 말 맞는 것을 기다린다.
옷을 걷어쥐고 바로 남강으로 달려 나가서
혼자 가파른 바위에서 누구와 대항하자는 것인지?
붉게 단장한 몸매가 물에 비치어 아름답고
푸른 옷자락이 부드럽게 늘어져 바람에 나부낀다.
가파른 언덕에 모여 맑은 물결을 굽어보던
왜적들은 다 돌아보며 머뭇거리기만 하는데
그 중에 왜 우두머리 날랜 장수라고 불리는 놈이
애래 층층이 사다리를 밟으며 박쥐처럼 빨리 오네.
논개는 그놈이 오자 거짓으로 기뻐하는 체 다가가서
그 허리를 껴안고 빙 돌며 물속에 몸을 던져
그 장수를 죽이는데 한 군사도 수고롭게 하지 않으니

어찌 한 기생의 몸으로 이런 큰 일을 할 줄 알았으랴?
예쁜 논개의 의거가 이러니 죽어도 오히려 영광스럽고
지금도 값진 자취는 꽃다운 이름을 남겼구나.
사당 문을 열고 들어가 제사를 드리노라니
교방들의 생색은 신바람 소리를 드날리네.
그대는 보지 못하였는가?
저 송나라 때 기생 모석석이가
나라를 위하여 몸 바칠 때 힘껏 적을 꾸짖던 일을
바른 기운에 모인 사람은 귀천이 없는 것
하물며 논개 아가씨는 여자 관원보다 뛰어났지
지금 나는 촉석루에 올라와서
해가 지도록 가야금을 뜯으니 나그네 설음은 더하는구나.
아직도 논개의 꽃다운 넋은 의암 기슭에 놀겠는데
영원한 산은 푸르르고 강물은 저절로 하염없이 흘러가네.

義娘之巖高復高	石臺如盤面江皐
上聳百尺之飛閣	下臨千尋之層濤
憶昔龍年値陽九	晉陽被圍相持久
羣倭蜎集砲火飛	肉薄登城恣躪蹂
積屍塡巷血流津	白晝昏黑漲烟塵
義膽忠肝凡幾鬼	七萬人中稱三仁
是時英烈出娼家	其名論介顏如花
偸生還耻遭汚辱	引頸寧俟賊刃加
褰裳直到南江上	獨立峭巖誰與抗
紅粧體冶照水姸	翠袖嫋娜隨風颺
緣崖粉堞俯澄湖	賊皆環視空跼躅
中有倭酋號驍勇	躍下層梯捷如鼯
方其來前佯歡喜	抱腰回旋翻投水
殲厥巨魁不勞兵	豈知一妓能辦此
蛾眉到此死猶榮	至今汗靑留芳名

廟文棹楔仍俎豆　　教坊生色揚風聲
君不見
宋朝義娼毛惜惜　　爲國效死奮罵賊
正氣鍾人無貴賤　　又況介娘超巾幗
今我試登矗石樓　　盡日絲管添客愁
尙想芳魂游巖畔　　萬古山靑江自流

라고 하였다.

－『금계필담(錦溪筆談)』 제108화

凌雲(능운) 1

담양(潭陽)의 기생 능운은 자가 경학(卿鶴)이다. 순창 (淳昌)의 금화(錦花), 칠원(漆原)의 경패(瓊貝), 강릉의 영월(影月), 진주의 화항(花香)과 더불어 이름을 날리었는데 유독 능운이 가무에 제일이었다. 나와 이 사람은 사귐이 매우 깊어 여러 해를 서로 따랐다. 시골로 돌아간 다음에도 서로를 생각하는 회포가 없어지지 않았다.

그를 두고 지은 시조는 아래와 같다.

> 杜鵑(두견)의 목을 빌고 꾀꼬리의 辭說(사설) 쑤어
> 空山月 萬樹陰(공산월 만수음)의 지져귀며 우럿스면
> 가슴에 돌갓치 미친 피를 푸러 볼가 하노라.
>
> —안민영, 『금옥총부(金玉叢部)』

凌雲(능운) 2

　　　　　내가 호남에 갈 때 순천(順天)에 가는 길로부터 광주를 경유하여 남양의 능운의 집에 도착하니 능운은 장성(長城)의 김참봉(金參奉)의 청으로 어제 이미 떠났고 능운의 어미만 집에 있었다. 능운의 어미가 말하기를

　“이제 장성에 사람을 보낸다면 내일 아침에 집에 돌아올 것이니 서로 만나보고 떠나는 것이 어떻겠는가?”

하고 말했지만 나의 돌아갈 기약이 매우 바빠 잠시도 머뭇거릴 수가 없었다. 일정의 한스럽고 답답한 심회를 표현하기가 어려움을 알리고 노래 한 수를 적어 능운의 어미에게 주고 돌아왔다.

　그 시조는 아래와 같다.

　　壁上(벽상)에 봉(鳳) 그리고 머뭇거려 도라설졔
　　압길을 헤아리니 말머리에 구름이라
　　잇쩌에 가업슨 나의 회포는 알니 업서 허노라.
　　　　　　　　　　　　　　　　－안민영, 『금옥총부(金玉叢部)』

丹心(단심)

윤자운(尹子雲)의 호는 낙한헌(樂閒軒)으로 윤회(尹淮)의 손자이다. 세종(世宗) 갑자년에 문과에 올랐으며, 좌익좌리공신 무송부원군(茂松府院君)이 되었다. 예종(睿宗) 기축년에 정승이 되어 영의정에 이르렀으며, 시호는 문헌공(文憲公)이다. 공은 신숙주(申叔舟)의 처형(妻兄)이 되어 신숙주와 함께 정승이 되었다. 일찍이 동년회(同年會)에서 신숙주가 시 한구를 읊었다.

　청안의 친구가 모두 백발 되었네.

　靑眼故人俱白髮

그러자 윤공이 즉석에서 대구하여 읊기를

　백발의 어진 정승에겐 단심뿐이네

　白頭賢相只丹心

하였다. 신숙주가 무릎을 꿇고 탄복해서 말하기를
　"내 형의 총명하고 민첩함에는 따라가지 못한다."
하였다. 숙주가 고부(古阜)의 기생 단심을 사랑했기 때문에 이처럼 말한
것이다.

—『조선해어화사』, 『명신록(名臣錄)』

澹雲(담운)

담운은 금릉(金陵) 기생이다. 약간의 시명(詩名)이 있
고, 또 주련(柱聯)을 능히 썼으나 대단치는 않았으며 시인 배차산(裵此山)
의 첩이었다. 갑신년에 내가 금릉의 수명루(水明樓)로 배차산을 찾아갔다.
수명루 벽에 미인도가 걸려 있었는데 눈과 눈썹 사이의 묘사가 매우 자
연스러웠다. 그림 위에 연구(聯句)로 된 화제(畵題)가 씌었는데 바로 담운
의 글씨였다. 연구가 매우 걸작이었다. 내가 연구의 작자를 물으니 자리
에 있는 손님들이 모두 담운이 지은 것이라고 했으며, 차산도 또한 머리
를 끄덕였다. 내가 차산에게 이르기를

"염소(髯蘇)가 조운(朝雲)을 위해서 이름을 내기했다는 말을 못 들었는
가?"
했더니, 다른 사람들은 그 뜻을 알지 못했으나 차산은 부끄러워하는 빛
이 있었다.

화미인(畵美人)

한 있어도 마음속의 일 말하지 못하고
정 없으니 마치 꿈속의 사람 대하는 것 같네

有恨不言內心事　　無情如對夢中人

　이 시는 명청(明淸) 시대 사람의 손에서 나온 것으로 어쩌면 여인의
애수를 읊은 작품인지도 모르겠다.

-『조선해어화사』

　*염소(髥蘇) : 중국 송(宋)나라의 소식(蘇軾)의 병칭. 수염이 많았으므로 붙여
　　진 별명.
　*조운(朝雲) : 소식의 첩의 이름.

待佳期(대가기)

지사(知事) 이자견(李自堅)이 기생 대가기를 사랑하였다. 일찍이 강원감사에 배수되어 갈 때 기생이 한쪽이 떨어진 부채를 선물로 주었다. 일 년이 되어 돌아오는데 다른 부채로 바꾸지 않고 부챗살만 두어 개 붙은 부채를 가지고 돌아오니 듣는 자가 다투어가며 웃었다. 대성(大成)이 이를 듣고 말하기를

"제군은 웃지마라. 이것이 진실로 중용의 도에 능한 것이니라."

하니, 사람들이 말하기를

"어째서 그런가?"

공이 말하기를

"하루 한 번이라도 선(善 : 부채의 선(扇)과 음이 같음)을 얻자면 몸에서 떼지 않고 정성스럽게 해야 잃어버리지 않는 것이다."

듣는 자들이 절도(絶倒)하였다.

-『조선해어화사』, 『사재척언(思齋摭言)』

待重來(대중래)

　　김사문(金斯文)이 일찍이 영남에 봉명사신으로 갔다.

　경주에 이르니 고을 사람이 기녀 한 사람을 바치었다. 김이 데리고 불국사에 갔으나 기녀가 나이가 어려 남녀의 정사를 알지 못하였다. 김을 거부함이 매우 완강하더니 밤중에 도망쳐 간 곳을 알 수 없었다. 여러 하인들이 다 그가 사나운 짐승에게 물려간 것이 아닌가 의심하였다. 이튿날 찾으니 버선발로 경주까지 도망쳐 돌아갔던 것이었다.

　김이 뜻대로 되지 않은 것을 서운하게 여기다가 밀양에 이르러 평사 김계온(金季昷)을 보고 그 심정을 고백하였다. 평사가 말하기를

　"나의 기녀의 아우 중에 이름이 대중래하는 자가 있는데 얼굴이 예쁘고 성질이 또한 그윽하고 한아하다. 내 마땅히 그대를 위하여 중매를 서겠네."
라고 하였다.

　하루는 부사가 영남루에서 연회를 열었다. 여러 기생들이 한 자리에 가득 모였는데, 그 중에 한 여인이 꽤 미인이었다. 물어보니 바로 평사가 중매한다던 여자였다. 김이 비록 눈은 그리로 돌리지 않았으나, 마음은 항상 그 여자에게 쏠려 있었다. 상에 가득한 맛 좋은 음식을 먹어도 단 줄을 몰랐다.

주인과 모신 손들이 다 잔을 주고받게 되니, 김이 드디어 일어나 그들에게 술을 권하게 되었다.

평사가 시켜서 그 기생으로 하여금 술잔을 들고 가 그에게 술을 올리게 하였더니 김이 흔연히 이를 들어내고 웃으며 스스로 만족해했다.

이날 밤에 망호대(望湖臺)에서 둘은 동침하였다. 이로부터 정과 사랑은 깊어져 잠깐 사이도 서로 떠나지 않았다. 비록 대낮이라도 덧문을 닫고 장막을 내리고 이불을 덮고 누워서 일어나지 않았다. 주인이 식사 때 모시거나 와서 뵈옵고자 하여도 할 수가 없었다. 그리하여 서로 보지 못한 것이 여러 날 되었다.

평사가 창문을 밀치고 들어가 보니 두 사람은 껴안고 누워서 손과 발을 서로 감고 있을 뿐이었다. 다른 말은 없고 오직 '나는 너를 원망한다'고 말할 뿐이었다. 온 몸에 글자를 썼는데 다 서로 맹세하는 말이었다.

비록 여러 고을을 순회하였으나 마음은 항상 여기에 있었다. 하루는 사문(斯文) 윤담수(尹淡叟)와 함께 김해(金海)에서 밀양(密陽)으로 돌아오면서 고삐를 나란히 하고 이야기하다가, 장승을 보면 반드시 졸개를 시켜서 이수(里數)의 멀고 가까움을 알아보게 하였다. 채찍을 쳐서 역마를 달리면서도 오히려 빠르지 않은 것을 두려워하였다. 홀연히 평포한 들이 아득히 멀리 보이고 사이에 누각들이 드러나기도 하고 가리어지기도 한 것이 있음을 보고 군졸들에게 묻기를

"여기가 어디냐?"

하였다. 군졸이

"영남루(嶺南樓)입니다."

고 하니 김이 기쁨을 이기지 못하여 새처럼 뛰며 웃었다.

윤사문(尹斯文)이 시를 지어 읊기를

들은 넓고 푸른 멧부리 가로질렀는데
누각이 높이 흰 구름에 기대어 섰네.
길가에 장승이 서 있으니
기뻐라, 관문이 가까웠구나.

野濶橫靑嶂　　樓高倚白雲
路傍長表在　　應喜近關門

라고 하였다.

수십 일 동안을 머물러 있으니 주인이 그의 체류하는 것을 염려하여 영남루에서 송별연을 열어 위로하였다. 김이 부득이 떠나게 되었다.

기녀와 서로 교외에서 작별하는데 기녀의 손에 손톱자국이 들 만큼 잡은 손을 놓지 못한 채 흐느껴 울 뿐이었다.

한 역에 이르러 밤이 깊도록 잠을 자지 않고 뜰에서 방황하다가 눈물을 흘리면서 역졸에게 말하기를

"내가 차라리 여기에서 죽을지언정 서울로 돌아갈 수는 없다. 네가 나로 하여 그 여자와 다시 만날 수 있게 해준다면 죽어도 유감이 없겠다."고 하였다. 역졸이 가엾게 여겨 그의 말에 좇으니 김이 하룻밤에 수십 리를 달려 밀양에 도착하였다. 그러나 부끄러워 부(府)에 들어가지는 못하고 은대(銀臺)를 역졸에게 주고 흰옷으로 갈아입고 걸어서 울타리 사이를 누벼서 가니 한 노파가 우물에서 물을 긷고 있었다. 김이 묻기를

"동비(桐非)의 집이 어디에 있소?"

했다. 노파가 말하기를

"저 집이 우리 집인데 바로 그곳입니다."

고 하였다. 김이 말하기를

"네 나를 알겠느냐?"

하니 노파가 자세히 보더니

"내 알겠소 그대는 작년 가을에 방납하던 이 아닙니까?"

하였다. 돈주머니를 풀어서 노파에게 주면서 말하기를

"나는 방납수(防納叟)가 아니고 바로 경차관이다. 나를 위하여 가서 말 좀 하여 주게."

하니, 노파가 말하기를

"동비는 지금 본부(本夫) 박생과 같이 자고 있으니 갈 수 없습니다."

고 하였다. 김이 말하기를

"내가 비록 낯은 볼 수 없더라도 소식만이라도 얻어 들으면 만족하니 네가 가서 나의 뜻을 말해 준다면 마땅히 후하게 사례하겠다."

고 하였다. 노파가 집에 가서 말하니, 기녀가 머리를 긁으며 말하기를

"가엾어라, 어찌 이렇게 하기까지에 이르렀는가."

하였다.

박생이 말하기를

"내가 저 사람을 욕할 줄 모르는 것은 아니지만 저 사람은 선배이고 나는 유생이다. 후진인 내가 장자를 욕보일 수는 없다. 내가 삼가 피하는 것이 좋겠다."

하고 드디어 피해 가버렸다.

김이 기녀의 집에 들어가니 관사(官司)에서 알고 몰래 반찬과 쌀을 보내 주었다. 수일을 머물고 있으니 기녀의 부모가 미워하며 내쫓았다. 두 사람이 대숲 속에 들어가 서로 붙잡고 울부짖으니 이웃에서 그 소리를 들은 사람들이 다투어 술을 가지고 가서 대접하였다.

기녀를 데리고 가고자하나 말이 다만 세 필뿐이라. 한 필은 김 자신이

타고, 한 필에는 침롱을 싣고, 다른 한 필은 수종(隨從)이 탔다. 수종의 말을 빼앗아 기녀로 하여금 수종이 휴대하였던 활과 화살을 갖고 타게 하였다. 수종이 뒤따라 보행하니 신이 무거워 갈 수가 없었다. 노끈으로 신을 꿰어 말의 목에 걸어 두고 우역(郵驛)으로 돌아와서 모자를 벗어서 섬돌에 던지면서 말하기를

"내가 사람들을 많이 겪어 보았지만 아직 이와 같이 탐착한 사람은 보지 못하였다."
고 하였다.

서울에 돌아온 지 두어 달 만에 아내가 죽으니 김이 영구를 싣고 가서 중모(中牟)에 장사를 지내고, 장차 밀양을 향해 가다가 유천역(楡川驛)에 이르러 시를 짓기를

향기로운 바람이 불어 잿머리의 홰나무에 드는데
꽃다운 소식이 지금까지 돌아오지 않음을 괴로워하네.
달빛은 희게 이십 리의 냇물에 어렸는데
옥 같은 사람 어디에서 거듭 오기 기다리는고.

香風吹入嶺頭梅　芳信如今苦未回
月白凝川二十里　玉人何處待重來

그때의 감사 김상국(金相國)이 바야흐로 그 기녀를 사랑하고 있었더니 김이 왔다는 말을 듣고 내어 주었다.

김이 그를 데리고 서울에 갔다. 그리고 곧 승지에 임명되었으며 벼슬은 높고 녹은 후하게 되었다.

기녀가 아들 형제를 낳았으며, 마침내는 본실부인이 되었다고 한다.

—『용재총화』 권5 제23화

都明珠(도명주)

　　　　　　　　남자가 억세고 여자가 부드러운 것은 하늘이
부여한 성품이다. 성인은 그 성품으로 말미암아 동정(動靜)의 의리를 만
들었으니, 남자는 밖에서 바깥일을 다스리고, 여자는 안에서 안일을 다스
리며, 남자는 처와 첩을 아울러 지니지만, 여자는 한 지아비에게서 삶을
마감한다. 이것이 바로 교화를 베푸는 큰 강령이다. 그럼에도 부녀자 가
운데 더러 불행이도 비껴나와 두 번 초례(醮禮)를 올리고 유녀(遊女)가 된
자도 있는데, 법을 마련하여 그것을 금지했다는 소리는 듣지 못했으니,
왜 그러한가? 천하에서 참으로 어려운 것은 대개 살아가는 도리이다. 두
번 초례를 올리고 유녀가 된 저 무리들의 그 음란하고 선하지 못한 행실
이야 참으로 미워할 만하지만, 마음을 가라앉히고 그 실정을 알아본다면,
그 혈기의 사사로움을 이겨내지 못한 것이 열에 다섯이요, 궁핍하고 고
달파서 살기 위한 것이 열이면 열이다. 거센 바람과 괴이한 비는 하늘도
오히려 서운한 마음이 있음이요, 환과 고독은 인명이 고르지 않은 것이
라, 성인일지라도 일일이 그들을 부유하게 살려낼 수는 없는 법이다. 그
래서 '요순도 널리 베푸는 것을 어렵게 여겼다'고 한 것이다. 그렇다면
어찌 유독 이 무리에게만 그 실정을 살펴서 그 심한 경우를 다스리지 않

고, 무턱대고 일괄적인 방법으로만 처리할 것인가?

창기(娼妓)란 이름은 당나라에서 시작했는데, 곧 옛 유녀의 부류이다. 우리나라에 와서는 그 무리를 입적시켜 관에 소속시키고 달마다 급료를 주어, 공적인 연회에 충당하여 빈객을 접대했다. 아울러 그로써 강간하고 겁탈하는 폐단을 막았던 것이니, 나라 법령에 반드시 없어서는 안 되는 것이었다. 그러나 지금 그 무리의 나이가 더러 불과 10세인 경우도 있으니, 이 어찌 혈기의 사사로움으로 말미암은 것이겠는가? 그들이 밤낮으로 용모를 예쁘게 다듬고, 노래를 익히며, 고운 비단을 두르고, 옥귀걸이를 울리며, 앙징스레 찡그리고 살포시 웃으며, 눈빛으로 도발하고 마음으로 유혹하는 것은, 오직 살자고 하는 것일 뿐이니, 그것을 두고 크게 애처로이 여기지 않을 수 있겠는가?

나(김택영)는 요사이 한 달관이 주선한 자리에서 도명주란 창기를 보았다. 그 여자는 밀양군(密陽郡) 아전의 자식이다. 그 모습이 어여쁘고 성품이 온화하여 양가 규수의 기품이 있었다. 12세에 밀양군의 기생으로 뽑혔는데, 장참봉이란 자가 밀양으로 왔다가 그 여자를 보고 반한 나머지 천금을 내놓고 속신(贖身)하여 서울에 두었었다. 여러 해가 지나 장참봉의 아버지가 이 일을 알고 화를 내며 꾸짖자, 그는 어찌할 수 없이 그 여자를 버렸는데, 그 여자에게 천금을 주고 눈물로 헤어지며 떠나갔던 것이다. 이에 도명주는 혼자 자신의 어머니와 함께 살았다.

하루는 팽별감(彭別監)이란 자가 의관을 번듯하게 차리고 하인을 한껏 딸려서 마치 유한공자로 부귀한 자인 양 하고 와서 그에게 함께 살자고 하니 도명주가 받아들였다. 그러나 그 남자의 집에 이르니, 그저 네 벽만 덩그라니 있을 뿐이었다. 도명주는 자신이 속은 것에 분통했지만 이미 어쩔 수 없었다. 마침내 그 남자와 함께 살면서, 노래와 춤을 배우고 태

의원(太醫院)에 속하게 되었는데, 그의 나이가 지금은 18세이다. 내가,

"너는 창기가 된 것이 즐거우냐?"

라고 묻자 도명주는 눈썹을 찡그리며

"노예입니다. 어찌 이것을 즐기겠습니까? 바야흐로 남의 아내가 되고자 했지만, 아직 이루지 못했습니다."

라고 대답했다. 나는 듣고서 서글퍼졌다. 남의 아내가 되고자 하는 것은 바로 천하의 소원 가운데 참으로 작은 것인데도 그것을 얻을 수 없어 소리를 삼키고 속으로 눈물을 흘리면서 하고 싶지 않은 일을 억지로 하고 있으니, 이런 사람을 성인으로 하여금 보게 한다면 장차 어떻게 처리할 것인가? 우리나라 부녀자들의 교육은 역대에 가장 엄혹하기에, 창기 무리는 기특한 절개가 아니라면 배우는 사대부들이 기꺼이 문자로 천하려 들지 않았다. 그러나 여기에만 거집하여 다시 다른 의론을 용납하지 않는다면, 정(鄭)나라와 위(衛)나라의 음란한 부녀들이 어떻게 경서(經書)에 들어갈 수 있겠는가? 지금 도명주는 그 자취가 매우 깨끗하지는 못하지만, 그 실정은 슬퍼할 만하다. 그래서 특별히 서술하여 천하 고금에 세상을 이끌고 백성을 기르는 것이 어려움을 보이고자 한다.

-『소호당집(韶濩堂集)』

動人紅(동인홍) 1

　　　　　　동인홍은 팽원(彭原) 창기(倡妓)이다. 문구(文句)를 잘 알았디.
　어느 한 병마(兵馬)가 길을 갈라서 태수와 더불어 장기를 두는데 술이 너무 취하여 어찌할 줄 모르니까 시를 읊되

　　　박주에서 도호는 천 잔의 술을 마시고
　　　취하여 동서를 분간 못 하도다

　　都護薄酒千杯酒　　醉未分東西

하니 동인홍이 곁에 있다가 읊기를

　　　태수가 진영을 나누어 한판의 장기를 두니
　　　몽롱하여 생사조차 모르도다.

　　太守分營一局棋　　蒙不知生死

하였다. 일찍이 한 서생을 따라 한퇴지의 문장을 배우고자 하니 서생이

말하기를

"시를 짓지 아니하면 가르쳐 주지 않겠다."

고 하였다. 드디어 팔운(八韻)을 지어 말하기를

　　술을 사려 비단치마를 벗고
　　그대 부르려 옥 같은 손을 흔들다

　　買酒羅裳解　　招君玉手搖

하였다.

　또 조거자(趙擧子)에게 주기를

　　마땅히 진유(溱洧)에서 만나서
　　어째서 작약을 주셨는지?

　　幸逢溱洧會　　芍藥贈何如

하였다. 자서(自敍)하여 이르기를

　　창녀와 양가녀는
　　그 마음 간격이 얼마나 되나
　　가련하구나 백주의 절개
　　스스로 맹세하노니 죽어도 그녀를 따르지 않겠다.

　　倡女與良家　　其心間幾何
　　可憐栢舟節　　自誓死靡他

하였다. 자서의 뜻은 정열을 말함인 듯하다.

-『보한집』 권하 제55화

*진유(溱洧) : 진수(溱水)와 유수(洧水). 정(鄭)나라의 두 큰 강으로, 다 하남성
　(河南省)에 있다.

動人紅(동인홍) 2

동인홍은 팽원(彭原) 기녀였는데 제법 문장을 알았다.
한 병마사 분도(分道)가 태수와 바둑을 두는데 숙취가 깨지 않아,

"도호가 박주(博州)의 천잔 술에 취해
 동서를 구분하지 못하는구나."

라고 하니 홍녀가 곁에 있다가 말했다.

"태수께서 분영(分營)과 한판 바둑을 두는데
 아득하여 동서를 모르십니다."

그가 스스로를 서술한 시에서 말했다.

창녀와 양가집 계집은
그 마음의 간격이 얼마리오?
가련하다. 백주(栢舟)의 절개여
다른 사람에게는 가지 않겠노라 맹세했네.

—『계서야담』 제145화

洞庭春(동정춘)

가정(嘉靖) 신해년 가을에 내가 이부랑으로서 사명을
받들고 관서(關西)로 갔다가 기성(箕城)의 기생 동정춘과 애정이 있었다.
조정으로 돌아온 뒤 동정춘이 편지를 부쳐왔는데 이르기를 '님을 그리워
하지만 뵈올 수 없으니 생이별의 그리움 견딜 수 없습니다. 차라리 죽어
서 묘혈이라도 같이하려 하와 곧 선연동(嬋娟洞)으로 돌아갈 생각입니다.'
하였다. 선연동은 평양 칠성문 밖에 있는데 기생이 죽으면 모두 이곳에
묻힌다. 내가 장난삼아 시 한 수를 지어 보냈다.

종이에 가득한 글은 모두모두 맹세하는 말인데
스스로 다른 날 묘혈을 같이할 것을 기약하네.
장부의 한 번 죽음 면할 길 없어
마땅히 선연동 속의 넋이 되려네.

滿紙縱橫總誓言　自期他日共泉原
丈夫一死終離免　當作嬋娟洞裏魂

그리고 얼마 아니 되어 동정춘이 병들어 죽자, 내가 장난삼아 시 한

수를 지었으니 이르기를

살아 헤어져서는 그리운 회포 간절했는데
죽은 뒤에는 어찌해 소리도 없는가.
흉음을 들었을 때 창자가 끊어지는 것만 같아
그대의 음성과 옛 모습 되새기며 눈물 흘렸네.
서찰은 패수에서 몇 번 전해왔던가
꿈속에서도 기성엘 다시 가보지 못했네.
선연동의 농담이 사실이 될 줄이야
내 천원의 옛 맹세 저버린 것 부끄럽구료.

生別長含惻惻情　　那知死後忽吞聲
乍聞凶訃腸如裂　　細憶音容淚自傾
書札幾曾內浿水　　夢魂無復到箕城
嬋娟戲言還成讖　　愧我泉原負舊盟

하였다. 친구들이 이 시를 보고 모두들 웃었다.

-『조선해어화사』, 『견한잡록(遣閒雜錄)』

杜香(두향)

　　　　　고계(古溪 : 李彙寧) 옹이 여러분과 함께 옥순봉, 구담으로부터 배를 타고 강선대에 이르러 그 밑에 배를 멈추고 장회(長淮) 촌민 박순욱(朴順郁)에게 물어 단양(丹陽)의 고비(故婢) 두향의 무덤에 술잔을 드리며 길이 수호해 주도록 부탁하였다 하니, 내 비록 그들과 같이 배를 타지는 못했으나, 고계 옹의 편지를 읽고 창연히 느끼는 바 있어 율시 한 편을 읊어 그 일을 기록하노라.

　　　그윽한 옛 헌 강선대 향기로운데
　　　석자 외로운 무덤에 물결이 굽이치네.
　　　갯가의 봄 실음에 풀빛조차 어두우니
　　　달이 뜨면 학들도 응당 날아들리라
　　　꽃다운 이름은 시와 노래에 실려 오고
　　　옛일을 서로 전하며 술잔을 올리도다.
　　　마을 사람에게 잘 지켜 주기를 부탁했건만
　　　해는 져도 돌아오는 뱃길이 마냥 더디구나.

　　香魂終古降仙臺　　三尺古墳水上限

南浦春愁草自黯　嵣山月色鶴應來
芳名不沒登歌詠　異事相傳薦酒杯
寄語村民須善護　歸舟日暮却低回

— 李彙載, 『운산집(雲山集)』

* 두향은 일명 두양(杜陽)으로 성은 미상. 중종조(中宗朝) 단양 태생 거문고에 능하고
난과 매화를 사랑했으며 퇴계(退溪) 이황(李滉)을 사모하여 수절하고 종신하였음.

莫從(막종)

가정(嘉靖) 경술년 봄에 일이 있어 벼슬이 떨어지고 대구의 임소로 백부를 찾아가 뵈었다.

가야산에서 놀았다. 목사 조희(曹禧)는 내게 인척으로 웃어른이 되시는데 며칠 체류케 하고, 동기(童妓) 막종으로 하여금 시중을 들게 하였다. 막종은 이팔의 꽃다운 나이였다. 장난으로 시를 지어주었다.

> 뛰어났네, 이원에서 제일가는 미모
> 나그네 되어 우연히 만났네.
> 다른 사람처럼 금석 같은 맹세 없어
> 그 많은 말들을 막종은 조심하네.

> 綽約梨園第一容　　客中今日偶相逢
> 靡他信誓堅金石　　萬語千言愼莫從

그밖에도 많은 시를 지어주었다. 동배(同輩)의 사명을 띠고 남쪽으로 내려오는 자 중에 이 시를 보고 화답하는 시를 짓는 자가 많았다.

계해년 봄에 본도 감사가 되어 성주(星州)에 이르러 막종에 대해 물으니 뽑혀서 경적(京籍)에 올려져 도성으로 올라갔다고 하였다. 곧 내가 벼슬이 갈려 도성으로 갔을 때는 이미 기생도 시골로 돌아간 뒤였다. 서로 어긋남이 이와 같았으니 애석한 일이다. 얼마 아니 되어 병들어 죽었다고 한다. 권송계(權松溪)는 성주 사람으로 그 부음을 전해오고 시를 지어 조상하였다. 내가 그 시운을 빌려서 시를 지었으니 이러하다

늙어가면서 무심히 낙신을 생각해
미인의 모습 보이지 않고, 버선에선 티끌만 움직이네.
당년의 추억 간절한데
이제 그대의 부음에 놀라네.
아침 비, 저녁 구름, 옛 꿈에 사로잡혀
무의와 부채는 누구에게 주었나.
성산의 변화함이 이로부터 줄어드리.
적막한 임풍루에 상빈으로 앉아 있네.

老去無心賦洛神　　凌波不見襪生塵
當年謾憶初呈態　　此日驚聞忽化身
暮雨朝雲迷舊夢　　舞衫歌扇付何人
星山自此繁華減　　寂寞臨風座上賓

-『조선해어화사』, 『견한잡록(遣閒雜錄)』

萬德(만덕)

　　　　　만덕의 성은 김이며, 제주도 양가의 여자이다. 어려서
부모를 잃고 의지할 데가 없게 되자 기녀의 집에 몸을 의탁하여 살았다.
자라서 관가의 기적(妓籍)에 만덕이라는 이름을 올리게 되니, 비록 억지
로 기생 일에 종사하기는 했으나 마음만은 자신을 기생으로 생각하지 않
았다.

　나이 스물이 넘어서 관부에 울면서 정상을 호소하니, 관부에서 이를
가엾게 여겨 기적에서 이름을 빼주고 다시 양민으로 돌아가게 해주었다.

　만덕이 비록 어리석은 자와 한집에 살았으나 제주의 양반이 아니면
남편으로 맞이하지 않았으며, 그 재주가 재물을 늘리는 일에 밝아 시세
의 변동을 알아서 물건을 사기도 하고 팔기도 하여 수십 년 동안에 부자
로 이름을 날렸다. 성상(聖上) 19년 제주에 크게 흉년이 들어서 백성들이
즐비하게 죽어갔다. 임금께서 곡식을 배에 실어와 구제케 하시어 팔백
리 바다 위에 돛단배가 꼬리를 물었어도 오히려 때에 미치지 못하였다.

　만덕이 천금을 가지고 육지 여러 고을에서 곡식을 사들여 십분의 일
은 친족을 살리는 일에 쓰고, 그 나머지는 모두 관가로 보냈다. 굶어서

얼굴이 누렇게 뜬 백성들이 이 말을 듣고 관가 뜰에 구름처럼 모여들었다. 관가에서 더 급하고 덜 급한 정상을 살펴 차등을 두어 나누어 주었다. 사람들이 모두 만덕의 은혜를 칭송하여 '우리를 살려준 사람은 만덕이다'하였다. 임금께서 들으시고 목사에게 명하시기를

  "만일 소원이 있다면 일의 어렵고 쉬운 것을 묻지 말고 들어주도록 하라"

하였다. 목사가 만덕을 불러서 임금의 유시를 전하고

  "너는 무슨 소원이 있느냐?"

고 물었다. 만덕이 대답하기를

  "다른 소원은 없고 한 번 도성으로 올라가서 임금님이 계신 곳을 우러러 뵈옵고, 이어 금강산으로 들어가서 일만 이천 봉우리를 구경할 수 있다면 죽어도 한이 없겠습니다."

하였다.

  제주도의 여인이 바다를 건너 육지로 가지 못하는 것은 나라의 법이다. 목사가 만덕의 원하는 바를 임금께 아뢰었다. 임금께서는 그 소원을 이루어 줄 것을 명하시어 관청에서 역마를 지급하고 각 역원에서 번갈아 가면서 숙식을 제공하였다. 만덕을 태운 배가 바다를 건너 병진년 가을에 도성으로 들어갔다. 몇 번 채상국(蔡相國)을 찾아뵈었다. 채상국이 이 일을 임금께 아뢰니 임금께서 선혜청에 명하시어 다달이 양식을 지급하게 하시었다.

  며칠 뒤 내의원의 의녀에 임명하여 의녀의 윗자리에 있게 하였다. 만덕이 예에 따라 내합문(內閤門)으로 들어가서 각 전에 문안드리니, 전마다 시녀를 시켜 전교하시를

  "네가 한 여자로서 의기로 수많은 굶주린 백성을 구제하였으니 기특

하다.”

하시고 후하게 상을 내리셨다.

반년이 지난 뒤 정사년 늦은 봄에 금강산으로 들어가 만폭동 등 명승을 차례로 탐승하고 금부처를 만나면 곧 정례(頂禮)하며 공양해서 정성을 다하였다. 그때까지도 불법(佛法)이 제주도에 들어가지 않아서 만덕의 나이 쉰여덟 살에 처음으로 사찰과 불상을 본 것이다. 안문령(雁門嶺)을 넘어 유점사로 해서 고성으로 내려와 삼일포에 배를 띄웠다. 그리고 통천 총석정에 올라 천하의 장관을 두루 구경한 뒤에 도성으로 돌아왔다. 며칠 묵은 뒤 고향으로 돌아가려고 내원에 들어가 하직을 고하니 각 전에서 모든 전과 같은 상사(賞賜)가 있었다.

이때에 만덕의 이름이 장안에 퍼져서 공경대부들도 만덕의 얼굴을 한 번 보고 싶어하지 않는 자가 없었다. 만덕이 떠나가기에 앞서 채상국께 하직 인사를 하면서 목메어 말하기를

“이승에서 또다시 대감의 모습을 볼 수 없게 되었습니다.”

하고 눈물을 하염없이 흘렸다. 상국이 말하기를

“진시황과 한 무제도 모두 삼신산이 있음을 일컬었는데, 세상 사람들이 우리나라의 한라산을 영주라 하고 금강산을 봉래라 이르니, 그대는 제주도에서 생장하여 한라산에 올라 백록담을 구경했으며 이제 또 금강산을 두루 보았다. 삼신산 가운데서 두 곳을 둘러보았으니 천하의 수많은 남자 가운데 그대만한 이가 있겠는가. 이제 떠나기에 앞서 아녀자의 나약한 태도가 있음은 무엇 때문인가?”

하고 그 일을 서술(敍述)하여 <만덕전(萬德傳)>을 지어 웃으면서 건네주었다. 성상 21년 정사 하지에 번암 채상국이 78세의 나이로 충간의담헌(忠肝義膽軒)에서 쓰다.

―『조선해어화사』, 『번암집(樊巖集)』

* 『이향견문록(里鄕見聞錄)』에 아래와 같은 것이 더 기록되어 있다.

만덕이 서울에서 왔을 때 기녀 홍도(紅桃)가 시를 짓기를,

여의의 행수 탐라의 기녀
만리의 물결치는 바다에 바람을 겁내지 않았네.
또 금강산 속을 향해 가니
향기로운 이름 교방에 머물러 있네.

女醫行首耽羅妓　　萬里層溟不畏風
又向金剛山裏去　　香名留在敎坊中

이라고 하였다.

―『이향견문록(里鄕見聞錄)』, 『범속기문(凡俗記聞)』

晩香(만향)

　　　　　내 일찍이 함경감사가 되어서 임자년 봄에 남문 밖의 화재를 목격했었다. 불에 탄 집이 1천 호에 가까웠으나 오직 절부 효녀인 만향의 집만은 안일무사했다. 그리고는 그 주위의 집들은 모두 잿더미로 변해서 마치 사나운 바람과 불길이 만향의 집만 피해간 듯한 감이 있었다. 만향은 비록 기적에 올랐고 나이가 많았어도 정조를 지키고 그 부모를 효로 섬겼다. 고(故) 승지 황규하(黃奎河)가 함흥 객사에 머물렀을 때에 비로소 천침하였다.

　황공이 서울로 돌아간 뒤에는 다시 지아비를 고치지 않기로 맹세하고 홀로 있으면서 사람과 접촉하지 않았다. 유혹하기도 하고 위협하기도 하는 자가 날로달로 꼬리를 물었다. 날이 오래가면 횡포를 면치 못할 것을 두려워하여 마침내 스스로 우물에 몸을 던져 죽었다. 물이 마른 우물에서 일어난 일을 사실대로 기록해서 벽에 게시한 것이 있는데, 그 대략이 이와 같았다. 몇 해 뒤 화재가 또 발생하였는데 주위의 집은 모두 탔어도 불길이 만향의 집에는 미치지 않았다. 만향이 죽은 지 이미 백년이 되었는데도 절효(節孝)에 대한 감응이 여러 번 나타났느니 또한 신비스런 일이다.

병인 구월 초하룻날 아침에 분계퇴수(枌溪退叟) 윤정현(尹定鉉)이 기록
하다.

―『조선해어화사』, 『희조일사(熙朝軼事)』

末眞(말진)

　　　　이후백(李後白)이　호남어사로　남원(南原)에　이르렀을 때, 부사(府使)가 기생 말진으로 하여금 후백을 모셔 자게 하였다. 둘은 자못 정이 두터웠었는데, 석별을 하고 떠나 곡성(谷城)에 이르러 비를 만나 사흘을 머물게 되었다. 이에 이후백은 차라리 하늘이 남원에서 사흘 간을 머물게 해 주었으면 하는 안타까운 마음에서 다음과 같이 시를 지었다.

지곡성(至谷城)

어삿도 풍류가 두목지와 비슷하여
어제 대방에서 청루에 묵었었지
춘정은 늙었어도 상기 아니 스러지고
푸른 소매는 첫새벽에도 눈물로 젖었었네.
강물은 무정해서 놀잇배를 흘려보내고
각소리는 노한 듯이 깃발을 보냈었다
욕천에 나리는 비가 사흘 동안 날 묵히니
눈치 없는 하느님이 진정 우습고야

御使風流似牧之　　靑樓昨過帶方時
春心至老消難盡　　翠袖侵晨淚欲滋
江水無情移畫舫　　角聲如怒送旌旗
浴川三日留人雨　　可笑天公見事遲

－韓喆熙, 『한국애정시선(韓國愛情詩選)』

   * 대방(帶方) : 남원의 구호(舊號).
   * 욕천(浴川) : 곡성(谷城)의 구호.

梅花(매화)

매화는 곡산(谷山) 기생으로 자색이 있었다. 어떤 노재상이 해백(海伯)이 되어 순찰하다가 곡산에 이르자 매화를 사랑하게 되었다. 이에 재상은 매화를 감영에 데려다 두고 더할 수 없이 총애하였다. 그 때에 어떤 이름 있는 선비가 곡산 부사가 되었는데, 연명할 때에 언뜻 매화의 아리따운 모습을 보자 가까운 곳에서 보고 싶은 마음이 들었다. 그 어미를 불러서 후하게 재물을 주고 그 뒤로도 무간하게 출입하면서 매번 쌀 돈 고기 비단을 주었다. 이렇게 몇 달이 지나자 그 어미가 몹시 괴이하게 생각하는 마음이 들어 하루는 물었다.

"쇤네처럼 미천한 것을 이처럼 돌보아주시니 황송무지로소이다. 그러나 사또께서 어떠한 일이 있으셔서 이러시는지 모르겠사옵니다."

본관사또가 말하였다.

"네가 비록 늙었으나 본래 명기인 고로 더불어 파적하다 보니 자연히 친숙해져 그런 것이지 다른 일이 따로 있는 것은 아니다."

하루는 노기가 또 물었다.

"사또께옵서는 반드시 쇤네를 쓰실 데가 있어 이처럼 정성을 베푸셨을 것인데, 어찌하여 분명하게 말씀하시지 않는지요? 하교하여 주시면,

쇤네가 받은 은혜가 망극하니, 비록 끓는 물이나 불에 뛰어드는 일이라도 마다하지 않겠습니다.”

본관사또가 이에 비로소 말하였다.

“내가 감영에 갔을 때에 네 딸을 보고 사랑하게 됐는데, 잊을 수가 없어 병이 날 지경이구나. 네가 만일 데려와 다시 한 번 얼굴을 보여준다면 죽어도 한이 없겠구나.”

노기가 웃으며 말하였다.

“그거야 아주 쉬운 일입지요. 어째서 일찍 하교하지 않으셨습니까? 마땅히 데리고 와야지요.”

이러고서 집에 돌아와 딸에게 편지를 썼다.

“내가 이름도 모를 병으로 금방 죽게 생겼다. 너를 보지 못하면 죽어도 눈을 못 감을 것이니, 속히 말미를 받고 내려와 얼굴이나 보고 헤어지도록 하여라.”

사람을 보내 급히 알리자, 매화가 편지를 보고서 울며, 어미에게 돌아갈 겨를을 얻고자 순사에게 청하였다. 순사가 허락하고 노자를 매우 넉넉하게 주었다.

매화가 곡산에 가서 어미를 보자 어미가 그 연유를 말하는지라. 함께 관아로 들어갔다. 그때에 본관사또는 나이가 겨우 삼십여 세라. 풍채와 거동이 동탕하였고 순사는 용모와 거동이 늙고 추한지라, 신선과 범부만큼이나 차이가 있었다. 매화가 한 번 보자 또한 연모하는 마음이 생겨 이날로부터 천침하였는데, 두 사람의 정이 즐겁고도 흡족하였다.

한 달이 지나자 말미를 탄 기한이 찬지라, 매화가 장차 돌아가려고 영문을 향하는데, 본관사또는 연연하여 차마 헤어지지 못하며 말하였다.

“이번에 한 번 이별한 뒤로는 만나기를 기약하기 어려운데, 장차 이를 어찌한단 말이냐?"

매화가 눈물을 뿌리며 말하였다.

"첩이 이미 마음을 허락하였사오니, 이번에 몸을 빼어 돌아올 계책을 행하면, 머지않아 마땅히 다시 돌아와 모실 것입니다."

이러고서 발행하여 해주에 당도하자 관아에 들어가 순사에게 뵈었다. 순사가 그 어미의 병이 어떠한지 묻자 대답하였다.

"병세가 위독하였으나 다행히 좋은 의원을 써서 지금은 나았습니다."

이런 뒤 이전처럼 동방(洞房)에 있었는데, 십여 일이 지난 뒤에 매화가 홀연히 병이 나 침식을 폐한 채 신음으로 날을 보냈다. 순사가 약이란 약을 모두 시험해 보았으나 효험이 없었나. 쇠약해저 일굴에는 때기 낀 채 손뼉을 치고 발을 구르며 미친 듯이 부르짖고 마구 욕하는데, 혹은 통곡하기도 하고 혹은 웃기도 하며 징청헌(澄淸軒) 위로 뛰어다니며 순사 의 이름을 함부로 불렀다. 다른 사람이 붙잡아 그치게 하고자 하면 차고 물어뜯으며 앞에 얼씬도 못하게 하니 바로 미친병이었다. 순사가 놀라 밖으로 내보내기로 하고 다음날 묶어서 가마 안에 넣어 집으로 보냈다.

이는 거짓으로 미친 척한 것이니, 어찌 집에 돌아온 날로 낫지 않았으리 오 곧장 관아로 들어가 본관을 보고 실상을 말한 다음 곁방에 머물러 있었 으니, 정과 사랑이 더욱 도타웠다. 이러할 즈음에 소문이 전파되어 순사 또 한 듣게 되었는데, 그 뒤 곡산 부사가 영문에 가자 순사가 물었다.

"곡산 기녀 중에 수청 들었던 아이가 병으로 집에 돌아갔는데 요즈음 은 병세가 어떻소? 혹시 불러서 보지 않았소?"

"병은 조금 나았다고 합니다. 그러나 순사 나으리의 수청 기생을 하관 (下官)이 어찌 불러서 보았겠습니까?"

순사가 냉소하며 말하였다.

"공이 나를 위해 잘 지켜주기 바라오."

곡산 부사가 그 정황을 알고서 말미를 청해 상경하였는데, 대관(臺官) 하나에게 순사를 탄핵하도록 사주하여 파직시켰다.

이리하여 매화를 데리고 있다가 직무가 바뀌어 돌아올 때에 함께 서울 집으로 돌아왔다. 병신년 옥사를 청함에 이르러 전 곡산 부사도 연루되어 옥에 갇혔다. 그러자 그 처가 울면서 매화에게 말하였다.

"주인께서 이제 이 지경에 이르렀으니, 나는 이미 마음에 결심한 바가 있도다. 너는 연소한 기생이니, 하필 여기에 있어야 하겠느냐? 너의 집에 돌아가는 것이 좋겠다."

매화는 울면서 말하였다.

"천첩이 영감의 은혜를 받은 지 이미 오래 되었습니다. 번화하던 때에 더불어서 편안함을 누렸거늘, 이와 같은 때를 당하여 어찌 차마 저버리고 집으로 돌아가겠습니까? 죽음이 있을 따름입니다."

며칠 뒤 죄인이 매를 맞다 죽자 그 아내는 목을 매어 죽었다. 그러자 매화가 몸소 염을 하여 입관하였고, 죄인의 시신을 내어줌에 이르러 또다시 상을 치렀는데, 부부의 관을 선영 하에 합장하고 이어 묘 옆에서 목숨을 끊어 뒤를 따랐다.

그 절개가 열렬하도다. 순사에게는 꾀를 써서 비루하게 모면하였으나, 뒤에 본관에게는 절개를 세워 의에 따라 죽었으니, 그 또한 여자 중의 예양(豫讓)이로다.

―『계서야담』 제10화

---

* 예양(豫讓) : 전국시대 진(晉)나라 사람. 조양자(趙襄子)가 지백(智伯)을 쳐서 멸하자, 자기를 총애해준 지백의 원수를 갚고자 했으나 뜻을 이루지 못하고 잡히자 자살하였음.

孟烈(맹렬)

우리나라 판소리의 시조(始祖)는 정조(正祖) 때의 완주 (完州) 사람 권삼득(權三得)이라 일러 오고, 판소리의 중시조(中始祖)는 헌종(憲宗) 때의 운봉(雲峰) 사람 송흥록(宋興祿)이라고 일러 온다. 송흥록은 일제 때의 명창이었던 송만갑(宋萬甲)의 종조부이기도 하다.

송흥록은 예부터 전해 오던 모든 가조(歌調)를 집대성하는 데 공로가 컸을 뿐만 아니라, '진양조'의 창시자이기도 하다. 그러기에 사계(斯界)에서는 그를 '호풍환우의 송흥록'이니, '가왕(歌王) 송흥록'이니 하는 존칭으로 불러 오고 있다. 송흥록이 판소리에 있어서 그와 같이 신의 경지에까지 도달하게 되는 데는 대구(大邱) 명기 맹렬의 숨은 공로가 컸던 것을 세상에서는 널리 알지 못한다.

송흥록은 어려서부터 소리 공부에 전념하여 30이 되었을 때에는 이미 자타가 공인하는 명창이 되었다. 그는 특히 '적벽가', '수궁가', '변강쇠타령', '옥중가' 등을 잘 불렀는데, 그중에서도 비곡(悲曲)에 능하여 노래를 하다가 귀곡성(鬼哭聲)을 울릴 때면 듣는 사람들이 모두 눈물을 흘렸으며 소름이 끼쳤다.

송흥록은 어느날 밤에 진주 촉석루에서 노래를 부른 일이 있다. 수천

청중을 상대로 '옥중가'를 부르는데, 옥에 갇혀 있던 춘향이 변 사또 앞
에 끌려 나와 장형을 당하는 대목에 이르러서는 노래를 얼마나 슬프게
불렀던지 수천 관중이 한결같이 흐느껴 울었다. 그러다가 그 노래가 절
정에 당했을 때, 별안간 일진광풍이 불어와 수많은 촛불이 일시에 꺼지
며 공중에서 귀신의 울음소리가 들려오기까지 했다. 그야말로 귀신이 통
곡을 할 기적이었다. 그런 일까지 있고 보니 송흥록은 교만한 마음이 생
겨서 노래에 있어서는 더 이상 공부할 것이 없다고 자만하게 되었다.

　얼마 후 한번은 경상감사(慶尙監司)의 특청으로 대구 감영에 불려와
노래를 부르게 되었다. 이날도 청중은 감영 넓은 뜰에 넘치도록 많았는
데, 그의 노래를 듣고 만좌가 절찬을 마지않았다. 그러나 수많은 사람들
중에서 오직 한 사람, 아무 표정도 없이 덤덤히 앉아 있는 여인이 있었
으니, 그는 다른 사람 아닌 감사의 수청 기생 맹렬이었다. 맹렬은 춤도
잘 추었지만, 특히 소리를 잘 하기로 소문난 기생이었다. '그거 참, 이상
한 일이다. 저애쯤 되면 누구보다도 나의 노래를 잘 알아들었을 터인데,
오히려 아무 감흥도 느끼지 못한 듯이 덤덤히 앉아 있는 것은 무슨 까닭
일까?' 송흥록은 무시를 당한 것만 같아 모욕감을 금할 길이 없었다. 게
다가 노래가 끝나자, 맹렬은 송흥록 따위는 거들떠보지도 않고 사라져
버리는 것이 아닌가.

　송흥록은 모욕감을 참다 견디지 못해 마침내 그날 밤 맹렬의 집으로
찾아갔다. 천하의 명창인 자기가 천하의 명기인 맹렬에게 왜 그다지도
무시를 당해야 하는지 그 연유를 직접 따져 보고 싶었기 때문이다. 맹렬
은 마침 집에 있었다. 그러나 송흥록이 찾아와도 별로 반가워하는 기색
도 보이지 않았다.

　"조금 전의 노래는 잘 들었어요 그런데 무슨 일로 나를 찾아오셨지

요?"

질문하는 말투부터가 대단히 냉담하였다.

"나는 도무지 이해할 수 없는 일이 있어서 그대를 찾아왔다. 오늘 저녁에 내 노래를 듣고 모든 청중이 감탄해 마지않았는데, 유독 그대만은 아무 감흥이 없어 보였으니, 그것은 어찌된 연유인가. 그 일이 못내 궁금하여 일부러 찾아왔노라."

송흥록이 단도직입적으로 따지듯이 물었다. 그러나 맹렬의 안색은 여전히 신푸넘스러웠다.

"그 이유를 몰라서 일부러 찾아오셨다는 말씀인가요? 노래를 들어서 감흥이 니게 히러면 노래를 잘 불러야만 할 게 아니겠어요."

"아니 그럼, 그대는 내 노래가 돼먹지 않았다는 말인가?"

그러자, 맹렬은 서슴지 않고 이렇게 말하는 것이었다.

"노래 소질은 풍부하지만, 목이 아직 트이지 않은 노래에 무슨 감흥을 느낄 수 있겠어요. 목이 제대로 트이려면 목에서 피를 세 동이는 토해 놔야 해요. 시험 삼아 폭포 앞에서 노래를 불러 보세요. 목이 트이지 않은 노래는 폭포소리에 지워져서 아무것도 들리지 않아요. 그러니까 정말로 명창이 되시려거든 이제부터라도 깊은 산중으로 들어가 폭포 앞에서 목이 트이는 공부를 하세요."

그 소리를 듣고 송흥록은 등골에서 식은땀이 쭉 흘렀다. 그리하여 그날로 고향인 운봉으로 돌아와 지리산 속에 있는 폭포 앞에서 소리 공부를 다시 시작하였다. 맹렬의 말대로 폭포 앞에서는 소리를 아무리 힘차게 불러도 폭포소리에 지워져서 아무 소리도 들리지 않았다. 송흥록은 교만했던 자신을 뉘우치며 밤과 낮을 가리지 않고 노래를 불렀다. 며칠이 지나니 호흡이 곤란할 정도로 목이 꽉 잠겨버렸다. 그래도 소리 공부를 계속하였다. 그렇게 소리 공부를 맹렬히 계속하기를 석 달이 넘은 어느 날, 목에서 조약돌 크기의 새까만 핏덩어리가 치밀어 나오더니, 뒤미처 붉은 피가 세 동이나 목에서 쏟아져 나오는 것이 아닌가. '이제 됐다. 이제야 목이 제대로 터졌구나.' 크게 기뻐하며 폭포 앞에서 소리를 내어 다시 불러보니, 지금까지는 폭포소리에 지워지던 소리가 이제는 폭포소리를 꿰뚫고 쩡쩡하게 울려 퍼지는 것이 아닌가.

송흥록은 뛸 듯이 기뻤다. 그리하여 그 길로 대구로 달려와 맹렬을 다시 찾았다.

"자네 덕택에 내 목이 이제야 터졌네. 내 소리를 한번 들어 주게나."

"한번 들려주세요."

맹렬은 송흥록의 소리를 듣고 나더니, 감격에 넘친 얼굴로 큰 절을 올리며 말한다.

"선생은 이제 누구도 따를 수 없는 천하의 명창이 되셨습니다. 오늘의 이 기쁨을 진심으로 감축하옵나이다."

그로부터 송흥록과 맹렬은 서로 사랑하는 사이가 되었다. 노래를 통해 맺어진 맹렬한 사랑이었다. 맹렬은 송흥록과 함께 밤도망을 쳐 운봉으로 내려와 깊은 산중에 사랑의 보금자리를 꾸몄다. 일개 광대에 지나지 않는 송흥록이 경상감사의 수청 기생인 맹렬과 배가 맞아 사랑의 밤도망을 했으니, 그 당시로 보아서는 세기적인 사랑이었다. 그러나 그들의 사랑은 결코 평탄하지 못했다. 맹렬은 워낙 투기심이 강한데다가 화려한 생활을 좋아하는 편이어서, 산속에서 단조롭게 살아가는 데 염증이 났을 뿐만 아니라, 남편 송흥록이 뭇 기생들의 인기를 한 몸에 모으고 있는 데 신물이 날 지경이었다.

그리하여 맹렬은 3년이 채 못 가 남편이 출타한 사이에 집을 뛰쳐나와 진주 병사 이경하(李景夏)의 수청 기생이 되어 버렸다. 송흥록은 맹렬을 진심으로 사랑하는지라, 그녀의 행방을 울면서 동서남북으로 찾아 헤매다가, 마침내 진주로 이 병사를 찾아오게 되었다. 이 병사는 맹렬의 사촉을 받고, 송흥록을 선화당으로 불러들여 다음과 같은 무시무시한 엄명을 내렸다.

"네가 소리를 잘한다하니 내 앞에서 수궁가의 토끼의 배를 가르는 대목을 한번 불러 보아라. 그 대목에서 나를 한 번 울리고 한 번 웃기기만 하면 3백 냥을 주리라. 그러나 만약 나를 웃기고 울릴 재주가 없다면, 너는 혹세무민하고 돌아다니는 무뢰한에 불과하니 그런 놈은 내 손으로 당장 죽여 버리기로 하겠다."

이 병사가 그처럼 끔찍스러운 선언을 한 것은 배후에서 맹렬이 꾀했기 때문임은 말할 것도 없다. 그러나 어느 안전이라고 감히 거역을 할 수 있으랴. 송흥록은 죽음을 각오하고 수궁가를 부르는 수밖에 없었다. 그러나 소리를 아무리 전심전력으로 불러도 이 병사는 눈썹 한 대 까딱하지 않은 채 얼굴이 얼음장처럼 차갑기만 하지 않은가. 송흥록은 어쩔 수 없어 노래를 부르면서 이 병사 앞으로 주르르 달려와 얼굴을 마주보며,

"아이구, 아저씨! 어째서 웃지 않으시오. 나를 기어코 죽이고 싶어서 그러시오."

하는 말을 넋두리식으로 불렀다. 이 병사는 그 바람에 자기도 모르게 웃음을 터뜨려 버렸다. 죽음의 고비를 한 고개만은 무사히 넘긴 셈이었다. 그러나 죽지 않으려면 아직도 이 병사를 울려야 할 난관이 하나 더 남아 있었다. 이번에는 토끼의 배를 가르는 대목을 애원성으로 불렀다. 그 노래를 얼마나 슬프게 불렀던지, 듣고 있던 사람이 모두 흑흑 흐느껴 울었다. 그리고 이 병사 자신도 마침내 손등으로 눈물을 닦으며,

"네놈이 과연 천하의 명창임에는 틀림이 없구나."

하고 무심중에 중얼거렸다. 그로써 또 한 고개를 무사히 넘겨 죽음을 완전히 면할 수 있었다.

그러나 송흥록은 죽음을 면한 것만으로는 만족할 수 없었다. 송흥록은 대담무쌍하게도 그 자리에서 이 병사에게 맹렬과 자기와의 관계를 솔직히 고백하고 나서, 무엇인가 골똘히 생각한 듯하더니 머리를 들고,

"맹렬은 소인이 목숨을 걸고 사랑하는 계집이오니, 이 사또께서는 맹렬을 소인에게 넘겨주시옵소서."

하고 말했다. 죽음을 각오한 탄원임은 말할 것도 없었다. 이 병사는 그들의 과거를 벌써부터 알고 있었는지라, 고개를 끄덕이며 말한다.

"네가 그처럼 소원이라니 모든 것은 맹렬의 말을 들어 보아서 결정하기로 하겠다."

맹렬이 곧 그 자리에 불려 나왔다. 그녀는 뒷방에 숨어서 두 사람의 이야기를 엿듣고 있었던 것이다. 이 병사가 맹렬에게 묻는다.

"맹렬아! 송흥록이가 너를 기어이 달라고 하는데, 네 생각은 어떠하냐?"

맹렬은 서슴지 않고 대답한다.

"사또께서는 소첩으로 하여금 저 사람의 품으로 돌아가게 해 주시옵소서."

이 병사는 너무도 뜻밖의 대답에 어이가 없을 정도로 놀랐다.

"아니, 너는 오늘 아침까지도 송흥록을 꼭 죽여 없애 달라고 애원하더니, 이제 와서는 그의 품으로 돌아가겠노라고 하니, 선하심(先何心) 후하심(後何心)이냐?"

"실상인즉 추근추근하게 따라다니는 것이 귀찮아 죽여 없애고 싶은

심정이었습니다. 그러나 조금 전에 저 사람의 노래를 듣고 보니 하도 감격스러워 저 사람과 다시 살고 싶은 심정이 생겼사옵나이다.”

“정작 살아 보면 염증이 나지만, 소리를 들어 보면 명창의 마력에 끌려 다시 또 살고 싶다는 말이로구나. 네 소원이 그렇다면 깨끗이 저 사람을 따라가거라.”

이리하여 송흥록과 맹렬은 다시 결합하였다.

그러나 재결합도 오래 가지 못해 성격적인 차이로 또다시 파탄이 왔다. 그리하여 두 번째 이별을 나누게 되자 송흥록은 맹렬을 보내면서 즉흥적으로 노래를 한 곡 지어 불렀는데, 그 노래가 우리나라 판소리 중에서도 최대의 비곡(悲曲)인 ‘단상곡’(斷腸曲)이나. 신앙조로 부른 그 소리의 가사는 이러하다

맹렬아 잘 가거라
맹렬아 맹렬아 맹렬아 맹렬아
맹렬아 맹렬아 잘 가거라
네가 가면 정마저 가져가지
몸은 가고 정은 남으니
쓸쓸한 빈 방안에
외로이 애를 태우니 병 안 될쏘냐.

그로써 두 사람의 애끓는 사랑은 끝이 난 셈이다. 그러나 그들의 사랑은 끝났어도 그들의 사랑이 남겨놓은 진양조의 단장곡은 우리나라 판소리 역사상에 최대 비곡으로서 영원히 남아 있는 것이다. ‘인생을 짧고 예술은 길다’는 말은 그래두고 나온 말이 아니겠는가.

끝으로 송흥록이 ‘진양조’를 창조해 내게 된 일화를 한 토막 소개해 보자.

송흥록이 젊었을 때에는 판소리의 장단은 '중모리', '중중모리', '자진 중모리' 등이 있을 뿐이었다. 송흥록의 매부 김성옥(金成玉)이라는 가객이 있었다. 송흥록이 어느 날 매부인 김성옥의 문병을 가서,

"요즘은 병세가 어떠하며, 과히 고적하지나 아니한가?"

하고 '늦은 중모리'조로 불렀더니 김성옥은 병석에 누운 채,

"고독의 비애를 몹시 느껴이!"

하는 대답을 '중모리'에 한 각만 더 넣어서 불러 받는 것이 아닌가. 송흥 록은 그 가락이 새롭고도 흥겨웁게 들려서 그때부터는 그 가락을 새로 연마하여 대성시켰는데, 이것이 바로 오늘 전해 내려오는 유명한 '진양 조'인 것이다.

－『명기열전』, 『조선창극사』

明玉(명옥)

　　남원 기생 명옥은 음률에 밝고 다못 자색이 있었다. 내가 남원에 있을 때 날마다 만났는데 하루는 밤에 비바람이 크게 불어 밖에 나가기도 어려웠으나 이미 만나기로 약속을 하였기에 결국 나갔다.
　　그를 두고 지은 시조는 아래와 같다.

바롬은 안아닥친드시 불고 구진 비는 담아붓드시 오는 날 밤에
님 차져 나선 양를 우슬 이도 잇건이와
바바롬 안여 天地翻覆(천지번복)ㅎ야든 이 길리야 아니 허고 엇지 하리오.

－안민영, 『금옥총부(金玉叢部)』

明月(명월)

　　내가 임인년 가을에 우진원(禹鎭元)과 호남의 순창(淳昌)에 내려가 주덕기(朱德基)를 데리고 운봉(雲峰)의 송흥록(宋興祿)을 방문하니 이때 신만엽(申萬燁) 김계철(金啓哲) 송계학(宋啓學)의 일대 명창들이 마침 집에 있다가 나를 보고 기쁘게 맞이했다. 서로 머물며 계속하여 십여 일을 질탕하게 보낸 후 남원으로 방향을 바꾸니 전주 기생 명월의 자가 농선(弄仙)인데 도백에게 죄를 짓고 남원에 귀양 와 있었다.

　그의 자색의 뛰어나게 아름다움과 음률에 대한 대략의 이해와 행동, 모든 언어를 보니 갖추지 아니한 것이 없었다. 이로 인하여 서로 따르고 정의가 점차 밀접하여 시일이 지체되는 것을 깨닫지 못하다가 이별을 임박해서야 애석하고 슬픈 감회를 형언하기 어려웠다. 서울로 올라온 뒤 그가 귀양에서 풀렸다는 소식을 듣고 고향으로 즉시 편지를 부쳤으나 답서를 받지 못했다. 부침(浮沈)이 반드시 이른다는 것이 이러할 따름이다.

　그 감회를 읊은 시조가 아래와 같다.

　　길럭이 풀풀 발셔 나라가스러니 고기난 어이 니적지 아니 오너

산(山)놉고 물 가닷더니 아마 물이 산도곤 더 기러 못 오나보다
至今(지금)에 魚雁(어안)도 싸르지 못하니 그를 슬허 하노라.
-안민영, 『금옥총부(金玉叢部)』

<h1 style="text-align:center">巫雲(무운)</h1>

무운이라는 자는 강계(江界) 기생으로 한 때 자색과 재예로 이름을 떨쳤다. 서울의 성진사(成進士)라는 자가 우연히 내려와 이에 천침하였는데, 정애(情愛)가 매우 도타웠다. 돌아감에 이르러 피차에 연연하여 차마 버리지 못하였다. 운이 성생을 보낸 뒤로부터 딴 마음이 없을 것을 맹세하고, 양쪽 넓적다리 살에 쑥뜸을 떠 부스럼 흔적을 만들고는 나쁜 병이 있다는 말로 핑계를 삼았다. 이런 까닭으로 전후의 관가(官家)를 하나도 모시지 않았다

대장 이경무(李敬懋)가 임지에 와서 불러 보고 가까이 하고자 하였으나, 운이 부스럼 난 곳을 옷을 풀어 보여주며 말하였다.

"첩이 악질(惡疾)이 있사온데, 어찌 감히 가까이 할 수 있겠나이까?"

이부사가 말하였다.

"그렇다면 너를 앞에 두고 부리는 것은 괜찮겠지."

이로부터 매일 수청을 드는데 밤이 되면 반드시 물러나왔다. 이러기를 네댓 달을 하더니 어느 날 밤에는 운이 홀연히 가까이 다가가 말하는 것이었다.

"첩이 오늘밤에는 모시고 싶사옵니다."

"너에게 악질이 있는데 어찌 시침들 수 있단 말이냐?"

"첩이 성진사를 위해 수절했던 까닭에 쑥뜸을 하여 다른 사람이 범하고자 괴롭히는 것을 피했던 것입니다. 사또를 모신지 여러 달이 되매, 범백사를 자세히 살펴본 즉 대장부셨습니다. 첩이 기왕에 기물(妓物)인데, 사또와 같은 대장부 사내에게 어찌 가까이 모시고 싶은 마음이 없겠습니까?"

이 부사는 웃으며 말하였다.

"그렇다면 시침해도 좋다."

이어 운으로 더불어 정을 나누었다.

임기가 차서 장차 돌아가려는데, 운이 따라가기를 바라자 이부사가 말하였다.

"나는 첩을 셋이나 거느리고 있으니, 네가 또 따라가는 것은 매우 불긴하다."

"그렇다면 첩은 당연히 수절할 것입니다."

이부사가 웃으며 말하였다.

"수절이라는 것이 성진사를 위한 수절과 같은 것이냐?"

이에 운은 발끈하며 화난 기색을 짓더니 차고 있던 칼로 왼손 넷째 손가락을 찍는 것이었다. 이부사가 몹시 놀라 데리고 가려 하였으나 이 또한 듣지 않는지라 이에 작별하였다.

그리고 나서 십년 뒤, 이부사는 훈련대장으로 성진(城津)에 보임되었다. 대개 조정에서 성진을 신설하고서, 노련하고 중망이 있는 장수로 진정시키고자 하였던 까닭에, 이부사가 단기로 부임하였던 것이다. 성진은 강계와 경계를 접하여 삼백 여리 떨어져 있는 땅인지라, 하루는 운이 와서 알현하자 이가 흔연히 맞이하여 쌓였던 회포를 풀었다. 그리고 나서 함께 살았는데 밤에 가까이 하려고 하면 한사코 물리치는 것이었다.

"어찌하여 이러느냐?"

"사또를 위해 수절하는 것입니다."

"나를 위해 수절한다면서 어찌하여 나를 거절하는 것이냐?"

"이미 남자를 가까이 하지 않기로 맹세하였으므로 비록 사또라도 가까이 할 수 없습니다. 한 번 가까이 하면, 바로 훼절하는 것입니다."

이러면서 굳게 사양하는 것이었다. 그리하여 일 년여를 함께 살면서도 끝내 서로 가까이 하지 않았는데, 이부사가 돌아감에 이르자 하직하고 자기 집으로 돌아갔다. 그 뒤 이부사가 상처하자 운이 바삐 달려가 서울에 머물렀는데, 상례를 지낸 후 다시 내려갔고, 이부사가 죽자 또한 그렇게 하였으며, 운대사(雲大師)라 자호(自號)하며 노년을 마쳤다.

―『계서야담』 제20화

無定價(무정가)

    유진동(柳辰同)이 감군어사가 되니 평안감사가 어사를 위하여 부벽루에서 크게 연회를 베풀었다. 평양 기생들이 짙은 화장에 성장을 하고 모여들었는데 각자가 지니고 있는 주옥이 광채를 뿜었다. 어사가 도착하여 기생들을 돌아보고 말하기를

    "평양의 교방이 언제 혁파되었느냐?"

하였다. 이것은 기생들 중에 인물이 없음을 비꼬아서 한 말이다. 좌우의 사람들이 모두 묵묵히 말이 없었다. 감사가 기생들에게 이르기를

    "어사께서 묻는데 어찌 대답이 없단 말이냐?"

하였다. 무정가라는 기생이 나와서 대답하기를

    "감군어사를 언제 다시 세웁니까?"

하였다. 이는 어사가 그 인물이 아님을 말하는 것이다. 감사가 크게 기뻐하여 그 기생을 후히 상 주었다.

―『조선해어화사』, 『어우야담(於于野談)』

武貞介(무정개)

평양 기생 무정개는 판서 유진동(柳辰同)의 사랑을 받았다. 유판서를 따라 몇 고을을 두루 구경하다가 마침 전남편의 종을 만나 슬퍼 목메어 울었다. 유판서의 종이 이 광경을 보고 나무라기를

"아씨의 애정이 전적으로 그에게 있으니 우리 상전을 소중히 여기지 않음을 알겠습니다."

하였다. 무정개가 대답하기를

"너는 사리를 통달했다고 말할 수 없다. 내가 너희 상전을 위해 마땅히 수절해야 할 것이지만, 만약 불행하게도 다른 사람에게 시집가게 되어 너를 다시 만났다면 이에서 열 배나 더할 것이다."

그 말의 민첩함이 이와 같았다.

-『조선해어화사』, 『어우야담(於于野談)』

閔愛(민애)

    정판서(鄭判書) 민시(民始) 평안감사를 하였을 때다. 그의 조카 주서(注書)의 이름은 상우(尚愚)로 책방에 있어 영문 기생 민애를 총애 침혹하여 잠간도 떠나지 아니하였다. 평양 외성 사는 이좌수는 누만금 거부라. 돈 일천 냥을 봉치하고 말을 전파하되,

  “민애 만일 나와 하룻밤만 친압하면 이 돈을 주리라.”

하니, 민애 비록 이 소문을 들었으나 추신(抽身)할 계교가 없더니, 일일은 정주서를 대하여 오열 유체하거늘 주서가 그 연고를 놀라 물은대, 민애 눈물을 거두고 대왈,

  “소인이 일찍 생모를 여의고 외조모에게 길린지 여러 해에 은애 심중하옵더니, 죽은 후 오늘이 젯날이오니 외가에 봉사할 이 없사와 필연 제를 궐하겠삽기로 심회 자연 비감하여이다.”

  주서가 듣고 측은히 여겨 위선 영고(營庫)로 제수를 비급하고 잠간 나가 행사(行祀)하기를 허락하였더니, 보낸 후 마음이 놓이지 아니하여 밤든 후 친신한 통인을 보내어 탐지하니 방장(方將) 이좌수로 더불어 행락하는지라. 통인이 본 대로 돌아와 고한대, 주서가 대노하여 급히 선화당에 올라가 침실 문을 두드리니 이미 밤은 깊은지라. 감사가 대경하여 문

왈,

"네 어이 반야(半夜)에 자지 않고 왔느냐."

대왈

"민애란 년이 할미 젯날이라 하고 나를 속이고 나가 외성 있는 이좌수 놈과 행락하오니 세상에 이런 분한 일이 있으리까. 원컨대 대인은 급히 나졸을 발하여 년놈을 일병(一竝) 잡아와 염치하시기를 바라나이다."

감사가 꾸짖어 왈,

"무슨 큰 일이건대 심야 사경에 이렇듯 소요히 구느냐 바삐 돌아가자라."

주서가 발을 구르며 왈,

"대인이 소질(小姪)의 말을 아니 들으시면 소질은 죽겠나이다."

하거늘, 감사가 통탄하여 양구(良久)에 인하여 좌우를 명하여 입직 포교를 불러 분부하되,

"네 이제 입번 나졸을 전수(全數)히 거느리고 나가 민애의 집을 환위하고 남녀를 한 대 결박하여 오라."

포교가 승명하고 그 집을 위립(圍立)하고 문을 두드리니 이좌수가 놀라 방중에서 떨거늘, 민애 가로되,

"조금도 겁내지 말고 의관을 수습한 후 뒤로 내 허리를 안고 따라 나오라."

마침 그때에 세우가 미미한지라. 치마로 머리를 덮어 비 피하는 모양으로 이좌수 몸을 가리고 문 안에서 묻는 말이,

"심야에 무슨 일로 문을 두드리느뇨"

포교가 가로되,

"다만 문을 바삐 열라."

민애가 문을 열며 가만히 이모를 불러 문 뒤에 세우고 천연히 섰더니, 교졸배(校卒輩) 불문곡직하고 바로 방안으로 들어가 수탐하니 그 사이에 이모는 몸을 빼쳐 앞집으로 피하니, 이 집은 옥당의 집이러라. 교졸이 안팎을 뒤지되 종적이 없는지라. 민애 소리를 가다듬어 물어 가로되,

"너희 무슨 일로 왔느냐."

교졸이 답하되,

"사또 분부에 너와 외성 이좌수의 동침하는 사연이 염문에 들리어 우리로 하여금 한 사슬에 결박하여오라 하여 계시니 이모는 어디 있느뇨"

민애가 선웃음 치며 가로되,

"이곳에 사람의 그림자도 없음은 십목소시(十目所示)니 이모가 파리와 모기 같은 미물이 아니거든 어찌 숨기리오. 아무쪼록 뒤져 보라."

교졸이 두루 뒤지다가 못 찾고 할 수 없이 돌아가 행적 없는 연유로 고하니라.

그날 밤에 민애 이모로 더불어 옥당의 집에 종야 행락하고, 이튿날 편지를 주서에게 보내어 하직 왈

"소첩이 나리를 뫼신지 오래되나 별로이 득죄한 일이 없삽거늘 야반에 발군하여 가내를 수탐하시니 소첩이 일찍 역률에 범치 아니하였거늘 무슨 일로 적몰코자 하시니, 나리 전(前)의 상덕을 못 입사온들 인리(隣里)의 치소(嗤笑)를 받게 하시니 무슨 면목으로 거두(擧頭)하여 사람을 대하오리까. 원컨대 나리께서도 소첩같이 행실이 추잡하온 년을 다시 생각지 말으시고 고쳐 행실 조촐한 계집을 구하소서. 소첩도 사람이거든 어찌 외조모 기일에 행음(行淫)하오리까. 지원(至冤) 애매하괘라."
하였더라.

주서 글월을 보고 반신반의하여 수일 거절하였더니, 종시 연연불망하

여 침식이 불안한지라. 편지로 사과하고 부르되 간악을 부리고 들어오지 아니하기를, 또 수삼일이 지나매 주서가 여취여광하여 지접(止接)할 곳이 없어 일일지내에 오륙차 왕복이 되어 간절하되 종시 교긍(驕矜) 부려 하는 말이,

"염문한 놈의 성명을 가르치면 들어가겠노라.

하니, 주서가 하릴없어 통인의 성명을 이른대, 민애 왈,

"향자(向者)에 나리께서 행차하시고 아니 계실 때에 그 통인이 첩을 희롱하고 첩의 손목을 잡삽기로 첩이 그놈의 뺨을 치고 꾸짖어 거절하였삽더니, 그 놈이 혐의로 이렇듯 모함하였사오니 그 놈을 치죄하고 내친 연후에 가겠노라."

하거늘, 주서가 즉시 수리(首吏)에게 분부하여 엄형을 제안(除案)하여 내치니 민애 그제서야 들어와 화회하고 여일 전총(專寵)하더라.

그 후에 이좌수가 허락한 천금 외에 오백 금을 더 주어 왈,

"당초에 네 기이한 꾀 아니런들 내 대욕을 변치 못할 번하였기로 오백 금을 더 주노라."

하니, 민애 즉시로 그 돈으로 성중의 대가(大家)를 사고 이좌수와 행락하더라.

－『청구야담』 권지11 ＜혹요기책실축지인(惑妖妓冊室逐知印)＞

榜眼兒(방안아)

　　이종준(李宗準)은 호가 용헌(慵軒)으로 풍류남아라는 평판이 있었다. 일본 호송관이 되어 동래에 이르니, 나이 십이삼 세 된 기생이 있었다. 그는 이 기생을 매우 사랑하여 이름을 방안아로 고쳐주고 이르기를

"네가 시집가기 전에 내가 다시 왕명을 받들어 이곳에 온다면, 반드시 너와 인연을 맺으리라. 이름을 고쳐줌은 그와 같은 뜻이다."

하였는데, 이해에 북평사의 어명을 받아 남북의 거리가 아득하게 멀어져 다시 가지 못하였다.

-『조선해어화사』, 『추강냉화(秋江冷話)』

白蓮(백련)

인주(麟州)에 백련이라는 기생이 있었다. 정숙공(貞肅公)이 일찍이 사신으로 이곳을 지나다가 백련을 사랑하게 되었다.

이별한 뒤에 시를 붙여 읊기를

북쪽으로 나르는 한 조각구름아
너는 응당 대화봉을 지날 것이지
봉우리 위에서 옥정련을 만나거든
그리움에 지쳐서 파리해진 나의 모습 전해다오

寄語北飛雲一片　　汝應行過大華峰
峰頭若見玉井蓮　　說我相思憔悴容

했다. 후에 병마사가 되었을 때 기생이 그 시를 바치니 공이 또 한 구를 지어 읊었다.

성 남쪽과 성 북쪽 푸르름이여.
이는 마치 무산의 십이봉인가
백발이 되어 운우몽을 이루지 못하는데

옥 같은 얼굴은 도무지 봄기운을 변하지 않네

城南城北碧重重　　疑是巫山十二峰
白髮未成雲雨夢　　玉頰都不損春容

　이미수(李眉叟)가 용만 사군(使君)이 기생 백련을 사모한 것을 희롱하
여 읊기를

　　따스한 바람 교태스런 뻐꾸기 나그네는 길가에 있고
　　울긋불긋 꽃들은 아름다움 다투고 있네.
　　사군은 어찌하여 요란한 봄빛을 싫어하고
　　홀로 가을 못의 백련을 사랑하는가.

　　風暖鶯嬌客路邊　　千紅百紫競爭妍
　　使君却厭春光鬧　　獨向秋塘賞白蓮

했다. 이의 시는 화려하지만 김의 시가 맑은 것만 같지 못하다.

-『보한집』 권하 제49화

　* 玉井蓮(옥정련) 옥같이 맑은 샘 속에 돋아난 연꽃, 즉 백련(白蓮)을 말함.

白雪樓(백설루)

　　설루(雪樓)는 달성(達成) 기생이다. 선사(先師) 김해려(金海旅) 선생이 기담(奇譚)을 잘하는 것에 힘입어 평생에 겪은 바를 가지고 이야기 삼고 케케묵은 고담(古譚)은 이야기로 생각지 않았다. 선생은 풍류로 시단에서 패권을 잡았다. 현풍현(玄風縣) 유가사(瑜珈寺)에서 노닐 때 한 여인이 절에 들어왔는데 이팔의 꽃다운 나이였으며 용모가 아름다웠다. 그 여인은 눈 때문에 길이 막혀 하루, 이틀 절에 묵게 되었다. 그 내력을 물으니 말하기를

　　"성은 백가(白家)이온대 본디 진주 출생으로 달성으로 시집갔습니다. 시아버지는 상업을 했으며 남편은 학교에 다녔습니다. 남편이 워낙 둔재였기 때문에 시아버지가 항상 나무랐습니다. 시아버지가 혹 아들에게 장부 문서 등을 처리케 하면 아들은 이를 처리하지 못했으며, 나에게 시켰고 나는 그런 대로 처리할 수 있었습니다. 남편이 부끄럽게 여겨 이 절로 도망쳐 와서 머리 깎고 중이 되었습니다. 부모님이 환속을 재촉했으나 말을 듣지 않았습니다. 시부모는 나에게 개가하기를 종용했지만, 다시 시집가서 만약 새남편이 전남편과 마찬가지로 어리석다면 시집가지 않느니만 못하겠다는 생각이 들었기에 나 또한 머리 깎고 여승이 되려고 했

습니다. 그러나 친정 부모님이 이를 못하게 하고 기생이 되라고 명하시
어 이를 따르지 않을 수 없었습니다. 부부의 정의에 반목이나 말다툼한
일도 없이 그저 까닭 없이 애정을 끊는 것이 원통했습니다. 그래서 작별
하기 위해 이리로 왔습니다. 남편은 내가 오는 것을 보고 서둘러 보따리
를 싸가지고 도망쳐 버렸습니다. 일이 이렇게 된 데다가 또 눈에 길이
막혀 머물러 있는 것입니다."
하였다. 말을 듣고 보니 귀가 솔깃했다. 시를 지어 의사를 떠보았는데 내
용은 나비가 담 밑의 꽃을 탐하는 것이었다. 여자가 말하기를
　"아직 기적(妓籍)에 들지도 않았는데 어찌 나를 기생으로 취급합니까?"
하고 붓을 들어 시 한수를 지어 의사 표시를 하였다.

　　　여인장(麗人墻)

　　　여인장 아래에 심은 복사꽃
　　　여인장 밖에는 나비 나네.
　　　복사꽃이 담장 없애길 기다려
　　　뭇 나비 덤벼도 금하질 않지.

　　麗人墻下種桃花　　麗人墻外蝴蝶翅
　　會待桃花出墻時　　不禁蝴蝶來相取

　이때 중과 속인이 십여 명이 자리에 있었는데 시를 보고 모두 혀를
내둘렀다. 그리고 감히 희롱하는 말을 더 하지 못했다. 시의 뜻은 기적에
이름을 올린 뒤에야 사랑을 요구할 수 있음을 말한 것이다.

―『조선해어화사』

白玉(백옥)

어떤 선비에게 백옥이라는 사랑하는 첩이 있었는데, 애꾸눈이었지만 노래와 춤과 음악에 능했다.

일찍이 잔치 자리에 기생들이 그득했으나, 그 자리에서 백옥이 홀로 뛰어나니, 기생들이 서로 쿡쿡 찌르고 웃으며 말하기를,

"어찌 된 놈의 애꾸길레 감히 스스로 잘난 체하는가?"

라고 했다.

조금 있다가 큰 개 한 마리가 고기를 훔치다가, 악기들을 흐트러뜨리고 달아났는데, 또한 애꾸였다.

기생들이 크게 웃으며 말하기를,

"오늘은 애꾸가 뜻을 얻는 날인가 보다. 애꾸도 또한 짝이 있도다!"

라고 하니, 선비가 가만히 듣고는 마음에 좋지 않게 생각했다.

집에 돌아가 백옥과 더불어 마주앉아 이윽히 바라보다가, 갑자기 앞으로 나와 손을 잡으며 말하기를,

"하늘이 사람을 냄에 입을 하나로 하고 코를 하나로 하여 능히 그 직책을 맡게 하면서, 오직 눈은 둘로 한 것은 너무 번잡하지 않은가? 그대의 이 한 눈이 매우 편하고 용이하도다. 방상시(方相氏)가 비록 황금빛

눈이 넷이나 장차 어디에 쓰리오. 사람에게는 각각 제 좋아하는 것이 있으니, 남의 말을 어찌 족히 탓하랴."
하고는, 더욱더 그를 사랑했다.

-『태평한화골계전(太平閑話滑稽傳)』 제209화

* 방상시(方相氏) : 옛날 역귀(疫鬼)를 몰아낸 살만(薩滿)의 이름. 그의 형체와 모양을 의태(擬態)하여 곰의 가죽을 쓰고, 금색(金色)의 네 눈을 가지고, 붉은 옷, 검정 치마를 입고, 창과 방패를 잡은 차림을 하여 구나(驅儺)의 두역이 되는 사람을 말함. 또는 장례의식에 장렬(葬列)을 전구(前驅)하는 사람이 가지고 가는 도구의 한 가지.

碧團團(벽단단) 含露花(함로화)

　　　　　이씨(李氏) 성을 가진 어떤 선비가 기생 벽단단을 사랑했다.

　일찍이 아버지가 교외(郊外)에서 매사냥을 하는데, 매가 갑자기 날아가 버리자 이(李)가 매를 추적하던 사람에게 큰 소리로 외치기를,

　"벽단단이 날아간다."

라고 했다.

　민씨(閔氏) 성을 가진 어떤 낭관(郞官)이 함로화라는 기생에게 빠져서 관청 일을 게을리 하니 장관(長官)이 퍽 미워했다.

　민이 장관에게 일에 대한 보고를 하다가 바쁜 김에, 얼떨결에 느닷없이

　"함로화!"

하고 내뱉고는, 부끄러움에 낯이 붉어지니 머리를 숙이고 머리만 긁적이고 있었다.

―『태평한화골계전(太平閑話滑稽傳)』 제86화

碧洞仙(벽동선)

　　을사년 박생(朴生)이 나를 따라 북경에 갔다. 박생은 사람됨이 순수 근신하고 질박하고 정직하며 행동이 추하고 촌스러웠다.

　　처음에 평양에 도착하였을 때에 감사가 수많은 기생들을 거느리고 와서 배 안에서 맞이하였다. 생이 눈이 부시어 바로 쳐다보지 못하고 가만히 모자 밑으로 엿보니 뛰어난 맵시가 다른 사람들과 다른 한 기생이 뱃머리에 앉아 있었다. 생이 그를 가리키면서 동료 성생(成生)에게 말하기를

　　"너는 서윤(庶尹)의 삼촌이니 만약 나의 일을 성사시켜 준다면 반드시 후하게 보답하겠다."

고 하였다.

　　객관에 이르러 방에 들었을 때에 박생은 어떤 여자가 올지 몰라 골똘하게 생각에 잠겨 있었다. 조금 뒤에 장막을 걷고 들어오는 기생은 곧 뱃머리에 앉았던 여자였다. 박생은 기뻐 어찌할 바를 모르면서 스스로에게 말하기를

　　"만약 성룡(成龍)의 힘이 아니면 어떻게 이렇게 될 수 있었겠는가?"

하였다.

여자와의 사이에 정의가 깊고 두터워서 잠깐 사이도 서로 곁을 떠나지 않았다. 심지어 변소에 갈 때에도 반드시 서로 따라다녔다. 주머니 속을 더듬다가 조그만 편지조각을 찾아내었는데 그것은 바로 기생의 사부(私夫)가 보낸 것이었다. 생은 그것을 싫어하는 빛을 보이지 않고 도리어 사랑하였다. 새벽마다 기생의 짧은 두루마기를 벗겨 입으면서 말하기를

"이것도 또한 나그네 길에서의 재미로구나."

라고 하였다. 떠나는 날이 되어서 그를 데리고 가고자 하여 말 준비까지 갖추었으나 기생이 틈을 엿보아 도망쳐 버렸다.

순안(順安)에 이르러서 실망한 태도로 멍청하게 있더니 또 술 파는 여자가 얼굴 예쁜 것을 보고 온갖 계략을 써서 방안으로 끌고 들어갔으나 생이 술 취한 틈을 타서 여자가 도망쳐 버렸다. 생이 취기가 깨었을 때에 한 여자가 문 앞을 지나갔다. 생이 처음의 여자라고 생각하고 붙잡아 들여 밤새도록 즐겼다. 새벽이 되어서 보니 코가 소반만큼이나 큰 것이 먼저 본 여자와는 닮지도 않았다. 박생이 갑자기 큰 소리로 부르짖기를

"이것은 아니다."

고 하였다.

숙영관(肅寧館)에 이르니 읍내에 인물과 물화(物貨)가 번화하며 기생들이 붉은 치마 푸른 머리로 술 단지를 둘러싸여 있고, 이와 함께 벌여 앉은 자가 수십 명이었다. 박생은 부사의 족제(族弟)였으므로 그 위세를 빌어 예쁜 여자를 차지하였고, 사랑함이 매우 심하였다. 이날은 날씨가 흐렸다. 생이 계집의 등을 어루만지며 말하기를

"내일 비가 온다면 일행은 당연히 머물러 있게 될 것이니, 원컨대 하늘이여 나의 마음을 아시고 흔연히 장마비를 내리 쏟으소서."

라고 하고는 이어 "후유" 탄식하는 한숨을 쉬었다.

손과 주인이 동헌에서 아침밥을 먹는데 박생이 쪽지 조각을 부사에게 올려 계집에게 의복 세탁을 위한 휴가를 주도록 청탁하였다. 부사가 두어 날의 휴가를 주니 생이 말하기를

"사촌간에 어찌 이렇게 박하게 하십니까?"

하였다. 박생이 남의 말을 빌려가지고 기생을 싣고 안주(安州)를 향해 가니 숙천(肅川) 사람들이 보고 말하기를

"중국에 가는 사신의 행차가 일 년에 세 번씩 왕래할 때에 수행하는 자제들, 군관들이 무수히 많아서 우리들이 사람을 겪어 본 것이 많지만 이 사람처럼 음란하고 조급한 사람은 보지 못하였다. 그 분주하게 달리는 꼴이 꼭 비진 개 같다."

고 하였다.

안주에 이르러서 하루를 머물렀는데 애무하기를 매우 두텁게 하였다. 떠날 무렵에 여자를 숙천으로 돌려보내는데 여자가 데리고 온 사람이 안자(鞍子)를 잃어버렸다. 여자가 울면서 말하기를

"내가 너를 따라온 이유는 덕을 보자는 것이었는데 이제 덕을 못 입고 도리어 이런 걱정이 생겼구나."

하고 욕설을 그치지 않았다. 생은 멍하니 어찌할 바를 몰랐다.

가평관(嘉平館)에 이르렀다. 생이 관비(官婢) 중에 얼굴이 예쁜 여자가 있는 것을 보고 관의 사람에게 말하기를

"나는 임신년에 싸움을 돕던 군관이다. 일찍이 이 비녀를 사랑하였으니 꼭 불러 데리고 오라."

고 하였다. 여자가 믿고 앞에 와서 자세히 보더니 말하기를

"임신년에 누구를 쫓아 왔던가? 나는 일찍이 당신의 낯을 본 일이 없습니다."

고 하고 소매를 떨쳐 가버렸다. 생은 다른 여자를 얻어서 함께 잤다.

정주(定州)의 달천교(獺川橋)에 이르니 목사가 와서 맞이하고 술자리를 마련하였다. 박생은 한 기생을 보고 불러오게 하여 말하기를

"네가 이륙영공(李陸令公)을 아느냐?"

"모릅니다."

"네가 노공필령공(盧公弼令公)을 아는가?"

"모릅니다."

고 하였다. 생이 갑자기 앞에 가서 손을 잡으며 말하기를

"이미 두 영감을 모른다면 반드시 내 방에 오라."

고 하였다. 동료가 속여 말하기를

"목사와 관계가 있는 여자야."

하니 생이 드디어 놓아 주었다.

또 기생 벽동선(碧同仙)이 미인이라는 말을 듣고 온갖 계략을 써서 그를 얻었다.

일행의 사람들이 생의 음란하고 더러움을 미워하여 그를 속이고자 하였다. 고을의 유생으로 명효(明孝)라는 사람이 있었는데 나이는 어리고 얼굴이 매우 아름다웠다. 분을 바르고 곱게 단장하여 동헌의 여러 기생들 속에 앉았으나 단정한 눈동자와 정돈된 옷매무새가 진가(眞假)를 분간할 수 없었다. 박생이 보고 말하기를

"천하에 둘도 없는 미인이다."

하고 급히 앞에 가서 손을 잡아 붙들고 서쪽 방으로 들어가려고 하였다. 명효가 짐짓 거부하니 생이 혹은 꾸짖기도 하고 혹은 달래기도 하였다. 늙은 기생 한 사람이 촛불을 들고 앞에서 인도하면서 생에게 말하기를

"이 기생은 아직 사람을 겪은 일이 없으니 마땅히 천천히 길을 들여

야 하고 급히 침욕(侵辱)하지는 마세요."

라고 하였다. 생이 방에 들어가서 허리를 껴안고 귀에 대고 말하기를

"네가 만약 내 말을 들으면 너의 생계는 내가 마땅히 맡아 주겠다."

고 하였다.

이때에 성생이 와서 말하기를

"목사가 술자리를 열어 우리들을 위로하고자 하는 터인데 그대만 일찍 쉴 수는 없다. 기녀를 데리고 가서 참석하는 것이 좋겠다."

고 하였다. 박생이 기생의 손을 이끌고 함께 가니 목사가 명효를 거짓 꾸짖기를

"너는 관정에 매인 몸으로서 손님에게 공손하게 하지 않았으니 마땅히 크게 매를 맞아야 하겠다."

고 하였다. 아전이 고문할 몽둥이를 가져다 놓고 여자를 붙잡아 내려가니, 박생이 나가서 꿇어앉아 손을 모아잡고 애걸하기를

"이 애는 불순하게 한 일이 없습니다. 말을 전하는 사람이 잘못입니다. 만약 나 때문에 죄를 받는다면 도리어 나를 원망함이 더욱 심할 것입니다."

고 하자, 목사가 놓아 주었다.

명효가 술잔을 받들고 앞에 나아가 노래하기를

> 오늘날 처음으로 서로 만나보고
> 내일이면 도로 서로 이별하겠네.
> 처음에 만약 만나지나 않았더라면
> 그 누구인 줄 몰랐을 것을.

> 今日始相見　明日還相離

라고 하였다. 생이 등을 어루만지며 기뻐 웃으면서 말하기를

"어째서 이다지 불손하면서 이러한 노래를 부르는가? 여러 기생들을 보니 네 얼굴만큼 예쁜 것은 없다. 내 너를 버리고 무엇을 구하겠는가."

라고 하였다. 술자리가 끝난 뒤에 방에 이르러 서로 붙잡고 희롱하여 친압함이 천태만상이었다.

벽동선이 곁에 있으니 박생이 성생에게 말하기를

"내가 미인을 얻어서 이 기생은 돌아보지 않으니 네가 속히 가져가거라."

고 하였다. 생의 하인이 창문 밖에 와서 말하기를

"이것이 기생입니까? 어찌 미혹하여 깨닫지 못하십니까?"

하였다. 생이 꾸짖기를

"네가 어찌 나의 일을 안단 말이냐?"

고 하였다. 조금 뒤에 옷을 풀고 같이 누워서야 비로소 남자임을 알고 놀라 일어나서 말 한 마디도 하지 못했다.

이튿날 떠나서 작별하는 곳에 이르렀을 때에 명효가 남자의 옷을 입고 생을 따라가 술잔을 주니 박생이 말에 오르려고 하였다. 명효가 옷을 붙잡아 당기면서 말하기를

"밤새도록 정답게 군 것은 나의 생계를 얻고자 함인데 이제 그렇게 쉽게 가는가? 매우 무정하군."

하니 여러 사람들이 크게 웃었다.

의주에 도착하였다. 의주에는 본래부터 사람과 물화가 많아서 평양과 비슷한 곳이다. 한 사람의 어린 비녀가 있는데 이름은 말비(末非)라고 하

였다. 박생이 보고 어여쁘게 여겨 가까이하고자 하였으나 뜻대로 되지 않았다. 배관(裵官)에게 말하기를

"그대가 이 고을에 가서 나의 일을 성사시켜 준다면 마땅히 죽음으로써 은공에 보답하겠네."

라고 하였다. 배관이 말하기를

"이 무리들이 제각기 주인이 있어서 나로서는 할 수 없으니 주관(州官)에게 말하는 것이 좋겠네."

라고 하였다. 박생이 판관에게 달려가 뵙고 청하니 판관이 말비를 불러서 타일렀다. 그러나 말비는 오히려 말을 듣지 아니하였다. 말비가 웃방의 문 앞에 서 있는 것을 보고 박생이 옥호노(土胡蘆)를 풀어서 말비의 옷에 달아 주면서 웃으며 말하기를

"나의 물건을 얻었으니 마땅히 나의 말을 들어야 할 것이다."

고 하였다. 이 날 밤에 동침하였다. 말비가 비록 박생을 사랑하는 마음은 없었으나 뒤의 이득을 얻고자 하여 온갖 교태로 아양을 부리니 박생이 마음과 담(膽)이 다 녹아 떨어져서 스스로 좋은 짝을 얻었다고 생각하였다. 이튿날 말비가 박생에게 말하기를

"관가는 번잡하고 요란하니 우리 집에 가서 나물과 겨밥일망정 같이 먹는 것이 좋겠습니다."

고 하였다. 박생이 손을 맞잡고 함께 갔다. 이른 새벽에 서속밥과 나물국을 올렸다. 생이 달게 먹고 남기지 않았다. 생이 집 떠난 지가 이미 오래여서 머리털은 흩어지고 낯에는 때가 올랐다. 말비가 물을 데워가지고 친히 낯을 씻어 주고 머리를 빗겨 주니 생이 더욱 좋아하였다. 와서 여러 동배들에게 말하기를

"그 집처럼 부유하고 그 사람처럼 영리한 사람을 일찍이 보지 못하였

다."
고 하였다.

　강가에 이르러 이별하게 되었을 때에 박생이 말비를 안고 모래밭에 누워 울다가 작은 돌을 쪼개어 이름을 써서 나누어 가졌는데 박생이 옷소매에 매어 달고 금옥처럼 보배롭게 여겨 잃어버린 일이 없었다. 연경에 머물고 있는 수개월 동안에 말끝마다 말비의 이야기가 입에서 떠나지 않았다. 돌아와 요동에 이르니 말비의 오라비 말산(末山)이 봉영군(奉迎軍)을 따라갔는데 말비가 따뜻한 두루마기를 보냈다. 박생이 곧 어깨를 꿰면서 여러 동배들에게 말하기를

　"이것은 나의 사랑하는 애가 보낸 것이야."
라고 하였다. 의주에 이르러 말비가 중국물건들을 얻고자 하여 애써 교태를 더 부렸다. 박생이 어여삐 여기고 사랑하여 배(倍)나 선물을 더 많이 주었다. 말비의 집에선 신(神)에게 제사를 지내고자 하여 생에게 말하기를

　"집에 어물(魚物)이 없으니 당신이 좀 빌어 오시오."
라고 하였다. 박생이 판관을 보고 건어 두 묶음을 얻어서 친히 가지고 갔으며, 꿇어앉아서 신이 내려 주는 술을 받아 시원스럽게 마시고는 말하기를

　"내가 주인인데 안 마실 수 없지."
라고 하였다.

　임반관(林畔館)에 이르러 장차 이별을 하게 되었는데 박생이 말비의 손을 이끌고 와서 상방(上房)에 들어가 술을 찾아 각기 한 잔씩 마셨다. 말비는 박생의 옷을 잡고, 박생은 말비의 손을 잡은 채 서로 붙잡고 통곡하였다. 해가 이미 높이 올라왔으므로 동료가 힘써 떼어놓으니 생이

말비가 따라올까 두려워하여 급히 달려나와 잘못 남의 말을 잡고 거꾸로 타니 사람들이 다 손뼉을 치며 웃었다.

말 위에서 두 줄기 눈물이 비처럼 떨어졌다. 한 시냇가에 이르러 아침밥을 먹는데 동행이 밥을 권하였으나 전연 돌아보지 않고 오직 머리를 숙여 냇물을 향하고 있었다. 동료가

"자네 울고 있는 것이 아닌가?"

하니, 박생이 말하기를

"나는 우는 것이 아니고 물속의 물고기를 보고 있네."

라고 하였다. 모자를 걷어 올리고 보니 눈이 다 부어 있었다고 한다.

─『용재총화』 권7 제33화

碧玉(벽옥)

찬성(贊成) 박충좌(朴忠佐)가 승평(昇平) 고을에서 놀다
가 기생 벽옥과 정이 들었다. 그러나 감사가 되어 놀 적에는 벽옥은 이
미 죽고 없었다. 이에 박충좌가 애도하는 시를 지었다.

구십이나 되는 포구에는 조수가 일어나려는데
벽송도 홍수도 지난해에 본대로구나
지금 기를 들고 느릿느릿 지나가도
누각 위에는 사람이 없으니 이 행차를 보겠느냐?

九十浦口潮欲生　　碧松紅樹去年程
如今謾擁旄旗過　　樓上無人望此行

정통(正統) 정사년에, 정승 길창(吉昌) 권람(權擥) 정승 상당(上黨) 한명
회(韓明澮) 김해(金海) 이문형(李文炯)의 수십 동지들이 서원(西原)에서 놀
았다. 기생 일지홍(一枝紅)은 길창과 정든 사이였고, 은대월(銀臺月)은 김
해의 마음에 드는 사람이었다. 여러 해가 지나 길창과 김해가 서원에 다
시 놀러갔을 때는 일지홍은 이미 죽어 있었다. 김해가 길창의 뜻을 나타

내는 절구 하나를 지었다.

옛날 무오년에 놀러왔을 때
일지홍이 아릿따와 유선 괴롭힌 것을 생각한다
오늘 거듭 놀면서 도로 느껴지는 것 있으니
가련하다 외로운 무덤이 찬 연기에 막혀 있다.

憶昔來遊戊午年　　一枝紅艶惱儒仙
今日重遊還有感　　可憐孤塚隔寒烟

또 19년이 지났다. 김해는 좌승지가 되어 수레 타고 서원에 이르자 은대월은 여전하였다. 통닭과 말술을 가져 와서 은근히 지극한 즐거움을 다 누리고 헤어졌다. 길창은 이때 정승이 되어 김해의 말을 들었는데, 강중(剛中)을 보고는 놓아 주지 않고 이야기하며 강중의 젊을 적 일까지 들추어 내서 말하는 것이었다. 강중이 젊어서 서원 기생 봉황지(鳳凰池)와 고을 북쪽 율봉역(栗峰驛)에서 서로 이별하게 되었다. 역루 밑에는 조그만 연못이 있었는데, 꽃이 만발하여, 소년은 넋이 빠져 나가 굴러 떨어지는 것도 몰랐던 것이다.

7년이 지난 후 다시 서원에 가니 은대월과 같이 산지 이미 2년이 되었다. 드디어 역루에서 절구 하나를 짓되,

밭보리 처음 알배고 매화엔 이미 씨가 생기고
강남 나그네 자칫하면 마음 상하리
조그만 연목에는 꽃이 한창 곱게 피었는데
당시에 술 권하던 사람 보이지 않네.

隴麥初胎梅已仁　　江南行客動傷神

小塘依舊荷花爭　　不見當時勸酒人

하자, 길창이 웃으면서 말하기를

"서원은 본디 아름다운 땅이라 지금이라도 김해가 말을 달려 고을에 들어가면 구경꾼들이 길을 막고 극진히 환영할 거야. 나와 자네가 서원에 간들, 시에서 한탄하는 것과 꼭 같을 것이요, 어찌 김해와 같은 환영을 받겠는가? 옛사람의 '기 들고 느릿느릿 지나가도 누각 위에는 사람 없네'란 싯구는 바로 나와 자네를 두고 이른 말일세."

하자 모두들 손뼉을 치며 크게 웃었다.

―『동인시화(東人詩話)』권하 제74화

縫梅(봉매)

한지(韓祉)가 감사가 되어 기생 수십 명을 한 방에 두고도 범하지 않자 모든 비복들도 감히 소홀히 여기지 않았다.

하루는 침착하게 묻기를

"오래도록 객지에 있었는데 곁눈질한 바가 있는가?"

정중히 말하니 웃으면서 말하기를

"내 스스로 경계하는 것이지 사람을 막는 것이 어찌 옳겠는가. 다만 잡되게 어지럽힘이 없을 뿐이다. 그러나 색을 참는다는 것은 지극히 어려운 일이 아니던가. 내가 일찍이 호서관찰사가 되어 토지 점검을 위한 유림 전체의 모임 때 청주에 머물렀는데, 기생 중에 봉매란 자가 있어 재색이 유난히 뛰어났다. 항상 곁에 있었는데 3일째 되는 밤에는 졸음이 와 기지개를 켜면서 발을 쭉 펴니 갑자기 사람의 살갗이 닿아 물으니 봉매라고 했다. 봉매가 말하기를

"주관(主官)이 저에게 명하시기를, 유혹하지 않으면 큰 죄를 주신다 하시기에 부끄러움을 무릅쓰고 잠입해 들어왔습니다."

하니, 내가 이불 속으로 들어와서 무릇 13일간 동침을 해도 끝내 어지럽히지 않았다. 일을 마치고 돌아가는데 매가 울어 내가

“아직도 정이 남아 있는가?”

고 물으니, 매가 말하기를

“어찌 정이 있겠습니까? 다만 관계가 없었기 때문에 우는 것입니다.”

하였다.

또 주관이 희롱하기를

“매는 더러운 이름을 영원히 장래에까지 끼쳤고, 사군은 백세토록 빛

나는 명예를 남겼다.”

하였노라고 하였다.

─『조선해어화사』, 『목민심서(牧民心書)』

芙蓉(부용)

　　김립(金笠)이 돌오댕기다가 들으닝깨 이 부여에 부용이라는 기생이 있는디. 그것을 한번 좀 가가이 할래면 글 잘하는 사람이라야지 기생으루 있어두 글 못하는 눔은 못 만나 본다 말여.

　　'야 이 빌어먹을 거, 지가 기생으루서 글이 얼마나 잘 하겠느냐 말여. 내 좀 가서 하룻저녁 좀 내가 데리고 자리라.' 생각허그설라무나 참 불원천리허구 부여 부용이를 보러 왔단 말여.

　　와놔서 보닝께시리에, 부용이를 인제 만났어. 그 다른 사람덜한티 다아 소식 듣구서는 만났는디, 대뜨름 허는 소리가 뭐라구 허능구 허니,

　　"저어 참 들어서, 알건마는―그리구 이 이는 김립인 줄 어. 에, 삿갓 썼으닝께. 그건 뭐 누구나아, 누구나 몰를 사램이 웂승개. 어늬매나 뭐 삿갓이 의관이라구는 삿갓이닝께―그래 글을 잘 하신다니, 글이나 한 수 져 보시지오."

　　'아 이거 오늘 저녁이는 됐구나아.'

　　김립이가 생각허구서는,

　　"그러면, 서루 누가 안짝을 짓덩가 그럼 내기가 있을 거 아니요? 아니냐?"

인제 그러닝께,

"아 그렇지요."

허구서는,

"지가 글을 지면, 응 지가 몸을 승낙허겠습니다."

"그러면 됐다."

그러구 설라무니 그—그러닝개 먼저 지시라고 그려. 그렇게, 첫 귀에,

"백마강두(白馬江頭)에 황독명(黃犢鳴)."

백마강두에 황독명. 백마강 머리에는 누렁송아지가 운다. 인제 져다 났어. 그러닌 부용이가 질 차례였다. 그 바깥 짝을 채울 차랜디,

"노인산하(老人山下)에 소년행(少年行)이라."

아, 김립이가 이눔 짝을 못 챌줄 알었는디 그 귀신같이 채거든? '그러나'

"이가정초금삼월(離家正初今三月)."

정월 초에 집을 떠나 벌써 삼월이 되었다. 그러닝깨 부용이는 어처게 짓능고 허니,

"대객, 대객초경금삼경(對客初更今三更)."

초저녁에 손님을 대했는디 벌써 삼경이다 말여.

하 그거 참 기맥히게 잘 한다. 그런 얘기요 이거, 글 익능 거 보닝개

데리구 자기는 다 틀렸어.

　　"택리부용(澤裏芙蓉)은 심불견(深不見)."

못이 깊어서 부용이 뵐덜 않는다아. 그러닝개,
또 그눔 짝을 뭐라구 채우능구허니,

　　"원중도리소무성(園中桃李笑無聲)이라."

동산 가운데 도리가 웃어두 말여, 복사꽃과 에, 오얏꽃이 웃어두 소리
는 읎다. 이 뭐 꽃 폈는디 무슨 웃는 소리가 있겄어?
　아 이거 큰일났어. 헛 글만 지쿠 뭐 그거 데리구 자기는 다 틀렸어 뭐
글을 꼭꼭 채우니 뭐. 허다나 허다 언뜻 생각에 또 김립아가,

　　"양소가흥여수거(良宵可興與誰居)냐."

오늘 밤 조흔 밤에 누구루 더불어 흥을 같이 할꼬오 하니,

　　"자오산두월정명(紫午山頭月正明)이라."

자오산 아라에 달이 정히 밝았다. 그 소리는 그 소리 의미는 에, 나허
구 같이 동침합시다 하는 얘기여. 자오산두월정명이라.
　그래서 그렇고 돌아댕기다가서두 에, 참 이 부여 와서 혼나기는 혼났
어두 부용이와 접촉했다능 거여.

— 김의숙, 『김삿갓구전설화』

弗關(불관)

예전 강계 고을에는 불관이라는 16세의 명기가 있었다. 불관은 16세에 첨사 전모(田某)를 죽도록 사랑하여 한평생을 그와 같이 할 결심을 하였다.

그런데 전첨사는 불관과 사랑을 맺은 지 오래지 않아 관직을 떠나 서울로 올라가게 되었다. 불관은 전첨사와 눈물로 이별을 나누기는 했지만, 그가 오래지 않아서 반드시 데리러 와 줄 것을 확신하고 있었다.

그런데 전 첨사의 후임으로 도임한 구모(具某)라는 첨사는 천하의 호색한인지라, 그는 불관의 재색에 반하여 불관의 결사 항거함에도 불구하고 그녀의 정조를 폭력으로 유린해 버렸다. 노류장화의 세계에서는 왕왕 있을 법한 일이었다. 그러나 명기 불관은 그 같은 욕을 당하자 그냥 살아 갈 수가 없었다.

본의 아니게 절개를 더럽힌 불관은 며칠 동안 가슴을 쥐어뜯으며 혼자 고민하다가 마침내 자결을 결심하고, 강계읍에서 북쪽으로 일백여리쯤 떨어져 있는 만포진(滿浦鎭)이라는 곳으로 달려갔다. 만포진은 압록강변의 소읍으로서 강가에 높이 솟아있는 벼랑 위에는 세검정(洗劍亭)이라는 정자가 있었다.

　불관은 세검정 난간에 기대서서 한숨을 지으며 저 멀리 눈 아래 강물을 굽어보았다. 때마침 단오 하루 전인 오월 사일이어서 날씨는 화창하고 강물은 용용히 흘러가고 있었다. 녹음조차 싱그러운 호시절에 스스로 목숨을 끊어 버리려고 하니, 불관은 멀리 떨어져 있는 임이 새삼스러이 그리웠다.

　그러나 절개를 더럽혔으니 이제는 아무리 그리워도 만나 볼 면목조차 없게 된 그 사람이 아닌가. 이윽고 초승달이 저녁 하늘에 떠오르자, 불관은 정자 앞에 있는 커다란 바위로 걸음을 옮겨 내려왔다. 초승달을 우러러보며 한숨을 짓다가, 마침내 치마를 머리에 뒤집어쓰고 몸을 날려 강물로 뛰어내렸다. 그 이름은 멍기로서 세상에 널리 떨쳤으나, 나이는 아직 열여섯 살밖에 안 된 불관은 꽃잎처럼 몸을 물에 던져 한 많은 세상을 영영 하직해 버리고 만 것이었다.

　그 후 세상 사람들은 그녀가 강물로 뛰어내린 그 바위를 '낙화암'이라고 부르게 되었다. 일찍이 백제가 멸망했을 때 삼천 궁녀가 백마강으로 뛰어내렸던 그 바위도 세상 사람들은 '낙화암'이라고 불러 왔었다. 하나는 망국의 한을 감당하지 못해 삼천 궁녀가 모진 바람에 휘날리는 꽃잎처럼 연줄연줄 물속으로 뛰어내려 죽었고, 다른 하나는 몸을 더럽힌 슬픔에 겨워 외롭게 물속으로 뛰어내려 죽었지만, 여자로서 절개를 소중히 여긴 까닭에 꽃다운 목숨을 스스로 끊어 버린 그 정신에 있어서는 둘이 아니요, 하나였다.

　그로부터 수십 년 후에 우정익(禹鼎翼)이라는 대장부가 강계절제사로 부임해 왔다. 우정익은 의협심이 강하고 풍류를 아는 쾌남아였다.

　그는 불관에 관한 이야기를 듣고 크게 감동한 나머지 그녀의 원혼을 달래 주고자 낙화암 위에 '절부기불관지위'(節婦妓弗關之位)라는 비석을

세웠다. 그리고 그 비석에는 자기 자신이 지은 시 한 수를 새겨 넣었으
니, 그 시는 다음과 같다.

이 밤에도 강에는 달이 떠온다.
님께서 돌아가신지 몇 해이런고.
햇볕은 두고두고 밝게 비쳐서
그 이름 길이길이 우러러 뵈네.

今日江上月　　殘後風幾歲
歷照白日明　　百歲仰古名

－정비석, 『명기열전』

* 『강계읍지』이 수록되어 있는 것을 정비석이 풀어 쓴 것임.

飛鳳(비봉)

　　　　내가 시관으로 진주에 이르렀더니, 친구인 목사 이항
익(李恒翼)이 기생 비봉으로 하여금 수청을 들게 하였다. 나는 희롱삼아
시 한 수를 지었는데 말하기를,

　　　내 정이 없는 게 아니라 늙고 쇠약해서 그러는데
　　　어찌하여 보지도 않고 교만하고 시기하는가?
　　　공연히 화가 나서 등불을 들고 가버리니
　　　이때가 바로 닭이 울고 달이 지는 시간이었지.

　　　非我無情老更衰　　如何低首漫猜疑
　　　空然含怒携燈去　　正是鷄鳴月落時

라고 하니, 이 말을 들은 사람들은 모두 웃었다.

－『금계필담(錦溪筆談)』제110화

四德(사덕)

성종 때에 천안 고을에 사덕이라는 명기가 있었다.

그 당시 병조판서였던 송계(松溪) 신용개(申用漑)는 신숙주(申叔舟)의 직손으로서, 문무를 겸전한 호걸풍의 인물이었다. 따라서 여색 섭렵에 있어서도 타의 추종을 불허하는 풍류객이었다.

어느 겨울날 신용개는 휴가를 얻어 온양 온천에 놀러 갔다가, 천안 명기 사덕과 뜻이 맞아 며칠 동안을 뜨겁게 지내고 돌아온 일이 있었다.

그 당시 충청 감사였던 충재(忠齋) 최숙생(崔淑生)은 신용개와 막역한 친구였는데, 최숙생은 신용개와 사덕과의 관계를 알고 사덕을 불러 이렇게 물어 보았다.

"내 듣건데, 너는 온양 온천에서 송계와 며칠 동안을 뜨겁게 지냈다고 하는데, 송계의 실력이 어느 정도이더냐."

"말씀 마시옵소서. 소첩이 경험한 바로는 우리나라에서 그 어른을 당해 내실 실력가는 없지 않을까 하옵나이다."

"그래애? 그야말로 국보급이었는가 보구나. 그렇다면 내가 너를 대신해 송계에게 편지를 한 통 써 줄 테니, 그 편지를 네 손으로 옮겨 써서 네 이름으로 보내거라. 그러면 송계가 너를 더욱 사랑하게 될 것이로다."

그리고 최숙생은 다음과 같은 희문(戱文)을 써서 사덕의 이름으로 신용개에게 보내게 하였다.

천안 관기 사덕은 삼가 두 번 절하고 병조판서 신상국(申相國) 합하(閤下) 전에 글월을 올리옵나이다. 지난날 밤에 소첩이 상국을 모셨을 때에는 천기(天氣)는 하강하고 지기(地氣)는 상통하여 양근(兩根)이 상탕(相盪)함으로써 정액이 충만했으니, 비록 지체에 존비지차는 있었을망정 서로간에 감읍하는 점에 있어서는 추호도 다름이 없었사옵니다. 엎드려 생각하옵건댄 상국 합하께서는 활 쏘는 재주가 비상하시어 능히 버들잎을 뚫으셨고, 웅장한 양경(陽莖)의 힘은 가히 수레바퀴를 꿰시었사옵니다.

상국 합하께옵서는 늠름하시기가 군계의 일학이시고, 기운차시기가 사람 중에서도 용에 해당하시어 평강리(平康里)를 부지런히 달리다가 온유지향(溫柔之鄕)에 어지럽게 출입하신, 풍정이 표일하여 홍분(紅粉)이 일시에 돌아옴으로써 동방이 요조(窈窕)해 오고, 열두 고비에 춘흥이 길기도 하였사옵나이다. 앵무 술잔에 취흥이 농후한데다가 원앙금침에 애정이 상탕하여 뿌리를 뽑기에 무척 어려웠던 것이옵니다.

그러나 그처럼 다정다한하시던 상국 합하께서 아무 미련도 없이 호서를 훌쩍 떠나 버리셨으니, 뒤에 남은 소첩은 슬픔이 재우쳐 동산의 버들꽃도 눈에 보이지 아니하옵고, 아침 구름과 저녁 비에도 가슴이 애타 올 뿐이옵나이다. 생각건댄 10년을 외롭게 지내 오던 소첩이 어쩌다 잘못되어 비단 장막 속에서 화려한 밤을 보내다가 이제 또다시 외로운 옛날 신세로 돌아왔으니, 차라리 너무도 무정하신 상국 합하가 원망스럽기만 하옵나이다.

매우 천한 몸이 하룻밤이나마 존귀하신 어른의 사랑을 받을 수 있었던 것은 합하께서 더러운 소첩에게 너그러운 아량을 베풀어 주신 덕택이었다고 할 수 있겠사옵니다. 그러나 지금 돌이켜보면, 소첩으로서는 차라리 만나 뵙지 않았던 편이 오히려 다행하지 않았을까 하는 생각도 없지 아니하옵나이다.

부질없는 말씀 번거롭게 늘어놓지 아니하겠나이다. 엎드려 바라옵건댄, 상국 합하께서는 정력이 왕성하시고 영근(靈根)이 지극히 튼튼하시오니 녹야(綠野)에서 피리와 노래만으로 무미건조한 세월만 보내지 마시옵고, 동산에서 거문고와 가무로 풍류를 즐기는 생활을 계속해 주시옵소서.

창기 사덕의 편지는 여기서 끝난다. 그와 같은 편지를 초한 사람은 물론 사덕 자신이 아니고, 충청 감사 최숙생이었다. 친구의 외도를 놀려 주기 위해 기생 사덕의 이름으로 그런 편지를 써 보내게 했던 것이다.

비록 희롱의 편지이기는 했지만, 감사라는 고관 자리에 있으면서 그런 희롱을 할 수 있었던 마음의 여유는 알아줄 만한 일이다.

신용개는 그 편지를 받아 보고 사내로서의 긍지를 크게 느꼈다. 오다가다 만났던 계집이 정력이 절륜함을 극찬하며, '군계 중의 일학이요', '사람 중에서도 용'이라고 추켜올려 주었으니 사내치고 어느 누가 우쭐해지지 않았을 것이냐. 그런 심리야말로 모든 사내들에게 공통된 남자로서의 약점인지 모른다.

후일에 신용개가 천안 기생 사덕을 다시 찾았는지는 문헌에 나와 있지 아니하므로 나로서는 알 길이 없다.

그러나 최숙생이 후일 신용개을 만나 그러한 사실을 공개함으로써, 두 사람은 크게 웃으며 우의를 더욱 공고하게 한 것은 사실이었다.

-『명기열전』, 『패관잡기(稗官雜記)』

山紅(산홍)

　　　　　진주 기생 산홍이란 여인은 미모와 기예가 모두 뛰어났다. 이지용(李址鎔)이 천금을 가지고 이르러 첩이 되어 줄 것을 요청하였으나 산홍은 사양하며 말하기를

"세상 사람들이 대감을 오적(五賊)의 우두머리라 하는데 첩은 비록 천한 기생이라고는 하나 스스로 사람구실을 하고 있으니 무슨 까닭으로 역적의 첩이 되겠는가?"
하니 이지용은 대노하여 그를 박살냈다.
　객이 증시(贈詩)하였는데, 그 시에서

　　　세상 사람들이 다투어 매국인에게 나아가
　　　노안비슬이 날로 분분하네.
　　　자네의 집에는 금과 옥이 집보다 높이 쌓였는데
　　　산홍 한 미인의 젊음을 사기는 어렵구나.

　　　擧世爭趨賣國人　　奴顔婢膝日紛紛
　　　君家金玉高於屋　　難買山紅一點春
하였다.

-『매천야록』 권5

三憎(삼증)

내가 평양으로부터 돌아오는 길에 황해도 감영에 도착하여 수양산에 올라 경치를 한 번 본 뒤에 다사 감영으로 돌아오니 사방을 둘러봐도 아는 사람이 없었다. 포정사 앞에 있는 술집을 물어 즉시 들어가 술을 시키니 주파는 나이가 쉰 살 가량이 되었고, 모습이나 행동거지가 또한 가히 볼만하여 결코 둥한한 인물이 아니었다. 그 내력을 물은 즉 과연 전 감사 낙동(駱洞) 박태(朴台)가 사랑하던 기생 삼증이었다. 그 여자에게 안부를 물으니 대답하기를 요즘 감기에 걸려 힘이 빠져 방바닥에 요를 깔고 누웠으나 손님이 한 번 보고자 하시니 나와 함께 방에 드는 것이 좋을 것이라 하고 즉시 나를 인도해 방에 들어가니 한 아름다운 아가씨가 이불을 움켜잡고 앉아서 붓을 잡고 글을 쓰고 있었다. 내가 방에 드는 것을 보고 깜짝 놀라 붓을 던지고 벽을 향해 눕는데 신음하는 소리가 입에서 그치지 않았다.

삼증이 강제로 권해 다시 일어나 겨우 몇 마디 말을 하나 내 또 그의 병의 괴로움을 염려하여 몸을 일으켜 밖으로 나왔다. 그의 이름과 자를 오래되어 기억하지 못한다.

그 여자를 위해 지은 시조는 아래와 같다.

羅幃(나위) 寂寞(적막)흔디 힘업시 니러나셔
珊瑚筆(산호필) 쪠여들고 두어 자 그리다가
아셔라 일 써 무엇하라 도로 누어 조는 듯.
-안민영,『금옥총부(金玉叢部)』

上林春(상림춘) 1

중종(中宗) 때 명기 상림춘이 거문고를 잘 탔다. 삼괴
당(三魁堂) 신참판(申參判) 종호(從濩)가 그녀를 사랑했다. 그 집은 종루
(鐘樓) 곁에 있었는데, 하루는 그 집 앞을 지나면서 시 한 수를 읊었다.

제오교 머리에 버드나무 비스듬히 서 있고
한낮이 가까워 오자 날씨가 맑아지네
대발 늘이고 앉은 저 여인 옥과 같아
대궐로 들어가는 문신 걸음 늦추네.

第五橋頭楊柳斜　　晚來風日轉淸和
湘簾十二人如玉　　靑瑣詞臣信馬過

일을 벌이기를 좋아하는 자가 이것을 그림으로 그리고, 그 시를 화제
(畵題)로 썼다. 그 뒤 정판부사(鄭判府事) 사룡(士龍)이 칠언율시를 지어서
상림춘에게 보냈는데 이르기를

열세 살에 시를 배워
기생 가운데서 이름 얻었네

널리 귀인들과 놀아서 사랑받았고
음률에도 통하여 노래 소리 맑았네
아리따운 꾀꼬리 비를 지나 꽃 사이로 날아
가는 빗방울은 시내에 떨어져 소리 내며 흐르네
재주는 백사마만 같지 못하니
어찌 상부의 아름다운 이름 누릴까.

十三學得猗蘭操　　法部叢中見藝成
遍接貴遊連密席　　又通宮籍奏新聲
嬌鶯過雨花間滑　　細溜侵宵潤底鳴
才調不如白司馬　　豈能商婦壽佳名

하였다. 우상 정순붕(鄭順朋)과 영상 홍언필(洪彦弼), 우상 성세창(成世昌),
좌상 김안국(金安國), 좌상 신광한(申光漢) 등 여러분이 시를 지어 주어
거대한 시축(詩軸)을 이루었다. 수경(守慶)도 젊은 시절에 상림춘을 볼 수
있었으며, 또한 시축 끝에 시 한 수를 실었는데 지금은 어느 곳에 있는
지 알지 못한다. 어린 여자가 천한 창기의 몸을 가지고 이처럼 이름 있
는 분들의 시를 얻을 수 있었으니 기예(技藝)란 어찌 귀중한 것이 아니겠
는가.

—『조선해어화사』, 『견한잡록(遣閒雜錄)』

上林春(상림춘) 2

중종 때 서울 장안에 상림춘이라는 명기가 있었다. 얼굴이 미인이고 기예가 출중했지만, 특히 거문고에 있어서는 그녀의 재주를 따를 사람이 아무도 없었다.

그러기에 천하의 풍류객들은 그녀를 손에 넣어 보려고 구름 떼처럼 모여들었건만, 상림은 누구에게나 거문고만 타 보일 뿐 몸을 허락하지 않았다.

신숙주(申叔舟)의 손자 신종호(申從濩)가 참판으로 있을 때, 거문고에 혹하여 그녀를 사랑하게 되었다. 상림춘도 신종호와 뜻이 맞아 두 사람은 오랫동안 사랑하는 사이가 되었다.

신종호는 상림춘의 거문고에 탄복한 나머지 어느 날은 그녀의 거문고를 듣고 나서 다음과 같은 찬시(讚詩)를 읊어 준 일이 있었다.

··· (시 생략) ···

이 시를 읊어보면, 젊은 풍류객들이 상림춘의 집에 빈번하게 드나들었음을 알 수 있다.

그러나 세월이 흐르노라면 양귀비도 늙어가게 마련인 것.

그 후 신종호가 세상을 떠나자 상림춘은 기적에서 물러나 여생을 거문고와 더불어 깨끗하게 보내었다.

이러저러 하는 동안에 상림춘도 어느덧 70고개를 넘었다. 그러나 그녀는 몸은 늙어도 거문고 재주만은 늙어 갈수록 깊이를 더해 가고 있었다.

거문고를 탈 때마다 젊었을 때의 즐거웠던 일들이 회상되어, 때로는 거문고를 타다 말고 눈물을 흘리기도 하였고 울면서 거문고를 탈 때에는 거문고소리조차 흐느끼는 듯이 떨려 나왔다.

상림춘이 72세 때의 일이었다.

당대의 명화가였던 이상좌(李上佐)가 상림춘의 거문고 타는 모습을 그림으로 그려 주었다. 백발 노파가 단정하게 앉아서 거문고를 타고 있는 모습이 거룩하게 느껴지는 그림이었다.

상림춘은 그 초상화가 무척 마음에 들었다.

초상화를 들여다볼수록 젊었을 때의 애인 신종호가 안타깝도록 그리웠다.

그리하여 상림춘은 이상좌로 하여금 그 옛날 신종호가 읊어주던 '제오교두양류사'(第五橋頭楊柳斜)라는 시를 초상화의 한편 머리에 써 넣게 하였다.

그리고 귀객들이 거문고를 들으러 찾아올 때마다 그 초상화를 자랑삼아 내보이곤 하였다.

어느 날 대제학인 호음(湖陰) 정사룡(鄭士龍)이 거문고를 들으려고 놀러 왔었다. 상림춘은 이날도 자랑삼아 초상화를 내보이면서 이렇게 말하였다.

"대감께서도 저희 집에 놀러 오신 기념으로 이 그림에 시를 한 수 써 넣어 주시면 고맙겠나이다."

대제학 정사룡은 그림을 유심히 들여다보며 감탄의 고개를 끄덕였다.

"음, 이상좌의 그림은 과연 명화일세. 이 그림을 들여다보고 있노라니까 자네의 그 아름다운 거문고소리가 아련하게 들려오는 것만 같네그려."

상림춘이 다시 머리를 수그려 보이며 간청한다.

"그림이 하도 좋아 후세에 길이 남기고 싶사오니 대감께서 제시(題詩)를 한 수 꼭 써 넣어 주시옵소서."

"쓰지, 거문고의 명수인 자네의 부탁을 내 어찌 거역할 수 있겠는가."

그리고 정사룡은 즉석에서 붓을 들어, 다음과 같은 서문(序文)과 율시를 한 수를 써 넣어 주었다.

서설(序說)

금기(琴妓) 상림춘은 나이 72세로서 거문고의 기능은 아직도 쇠하지 않았으니, 거문고를 탈 때면 옛일을 생각하고 매양 눈물을 떨구어 그 소리와 그 곡조가 원망하는 듯 흐느끼는 듯 더욱 애절하도다. 이제 그 이름을 후세에 길이 남기고자 초상화에 시 한 수를 써 넣어 줄 것을 간청하기로, 그 간청을 가긍하게 여겨 여기 율시 한 수를 적노라.

… (시 생략) …

그 후 모재(慕齋) 김안국(金安國)도 상림춘의 부탁을 받고 그 그림에 시를 한 수 써 넣어 주었는데, 그 시는 이러하다.

고운 얼굴 늙었어도 재주는 남아
야심사의 거문고 소리 애절도 하다
소리마다 늙었음을 원망하는 듯

늙어 가는 인생이야 어찌 할거냐.

容謝尙存傾國手　　哀絃彈出夜深詞
聲聲似怨年華暮　　奈爾浮生與老期

　이상과 같이 상림춘은 거문고의 재주가 뛰어나 궁중에 들어가서는 임금의 절찬을 받았고, 세상에 나와서는 뭇 풍류객들에게 흠모의 대상이 되었다.
　게다가 70이 넘으면서 거문고의 재주가 더욱 빛을 발하여, 그녀의 연주를 듣고 감탄을 아니 하는 이가 없었으니, 상림춘은 단순한 명기라기보다는 오히려 절세의 예술가였다고 보는 것이 옳을지도 모른다.
　아무튼 당대의 석학들조차 그녀의 초상화에 찬시를 써 넣어 주는 것을 기쁘게, 여겼으니, 비록 몸은 늙었어도 그녀의 거문고만은 영원한 청춘이었다.

―『명기열전』, 『패관잡기(稗官雜記)』

仙香(선향)

안악(安岳) 기생 선향이 젊었을 때에 노래 잘 부르기로 장안에서 이름 있었다. 일이 있어 고향으로 돌려보냈다가 이번에 두 분 대비께 진연이 있어 뽑혀서 서울로 올라왔다. 학동(鶴洞)으로 나를 찾아왔는데 용모가 초췌하고 노래 소리가 거칠어서 옛날의 미모와 묘음(妙音)을 찾아볼 수 없었다. 괴이하게 여겨서 물었더니 옷깃을 여미고 천천히 노래 부르는 목구멍을 가리키며 말하기를

"이것 때문에 추방당하여 궁벽한 시골로 떨어지는 신세가 되고, 생활이 궁핍하여 다시 가곡을 익히지 못했던 것입니다."

하면서 슬퍼해 마지않았다. 돌아보면 사정이 이것과 서로 비슷한 적이 있다.

나는 문자(文字) 때문에 옥당에 얽매인 몸이 되어 아직도 벗어나지 못하여 답답해서 병이 들었다. 나는 옥당을 감옥처럼 보는데 그녀는 고향을 귀양살이로 생각하고 있으니 또한 이상스러운 일이다. 어찌 조화(造化)의 장난이 아니겠는가. 이름으로 인한 재앙은 피차가 마찬가지이다. 장난삼아 시 한 수를 기증한다.

나는 문장을 탓하는데 그대는 노래를 탓해
명성이란 예부터 일에 어긋남이 많네
옥당은 뇌옥(牢獄)이 되고
고향은 귀양살이를 만드네
가난하면 춤을 팔게 되니 박명을 한탄하고
병들면 고을살이를 비니 궁한 운명을 어쩌나
내가 만약 수령되어 나가고 그대 도성으로 돌아오면
그대는 내 이 노래 부르면서 마냥 즐거워하겠지.

我怨文詞君怨歌　　聲名從古喜蹉跎
玉堂變作牢囚地　　故里翻成竄逐科
貧賣舞衫嗟薄命　　病祈州紱奈窮魔
我如出守君歸洛　　君唱吾詞樂幾何

—『조선해어화사』,『남악집(南岳集)』

雪中梅(설중매) 1

국초에 이원(梨園) 기생 설매는 악사(樂詞)를 잘 불렀다. 문충공(文忠公) 조준(趙浚)이 처음 정승이 되었는데, 여러 국가 원로들이 서쪽 교외에서 잔치를 배설하고 축하하였다. 술을 반도 못 마셔서 명소(命召)로 문충은 대궐로 부임하였다. 여러 국가 원로들도 다 한 계급씩 관직이 올랐다. 설매에게 악사를 부르게 하자 얼른

서원에서 꽃 구경하는 모임도 마치지 않았는데
또 연회석상에 부름을 받게 되었구나.

西園未罷看花會　　又被宣招宴上陽

라는 가사를 부르니 앉아 있던 모든 사람들이 가상히 여기어 탄복했다.

문충공 하윤(河崙)이 서쪽 마을을 순찰하면서 도문(都門) 밖에 장막을 설비하니 선비들이 만좌하였다. 또

그대에게 다시 한 잔 술 드시기 권하오니
서쪽으로 양관에 나가시면 벗님 없으리.

勸君更進一杯酒　　西出陽關無故人

란 가사를 부르니 모여 앉은 사람들이 모두 칭찬하여 기리었다.

　경진연간에 세조가 서도를 순행하였는데 감사 조효문(曺孝門)이 나에게 악사(樂詞)를 구하였다. 내가 재주 없지만 명을 거역할 수 없어서 다만 평장(平章) 이지저(李之氐)가 지은

　　대동강 물 유리처럼 푸르고
　　장락궁의 꽃 금수처럼 붉다
　　우련 한번 노시니 좋은 일 아니나?
　　태평풍월 백성과 함께 누린다.

　　大同江水琉璃碧　　長樂宮花錦繡紅
　　玉輦一遊非好事　　太平風月與民同

라 가사를 보였다. 창녕이 기뻐하면서 말했다.
　"이 평장은 천백 년 전에 먼저 내 마음을 알고 있었도다."

—『동인시화』 권하 제62화

雪中梅(설중매) 2

　　설중매는 송도의 이름난 기생이었다. 조선 태조가 개국하고 나서 여러 신하들을 의정부에 모아놓고 연회를 베풀었는데 모인 사람들은 대개가 전 왕조인 고려의 옛 신하들이었다. 잔치 시중을 드는 기생 설중매는 재주와 용모가 다른 사람보다 뛰어났으며 특히 행실이 음란했다. 어떤 정승이 술이 취하자 설중매에게 희롱삼아 말을 건넸다.

　"내 듣건대, 너는 아침이면 동쪽 부잣집에서 밥을 얻어먹고 저녁이면 멋진 남자가 있는 서쪽 집에서 잔다하니 오늘 저녁에는 한번 늙은이를 모시고 자는 게 어떠냐?"

　이에 기생 설중매가

　"동가식 서가숙하는 천한 기생의 몸으로, 왕씨를 섬겼다가 또 이씨를 섬기는 정승을 모실 수 있다면 어찌 마땅한 일이 아니겠습니까?"

라고 대꾸하니 듣는 사람이 참담한 마음에 콧마루가 서늘해졌다.

　　　　　　－『대동기문』 상 제11화 <설중매기개국정승(雪中梅譏開國政丞)>

雪中梅(설중매) 3

      태조 이성계는 고려국을 거꾸러뜨리고 조선 왕조를 창건하고 나자, 그해 7월 16일에 건국에 공로가 많았던 중신들을 수창궁(壽昌宮)으로 불러들여, 창업 자축연을 크게 베풀었다.

그 자리에는 정도전(鄭道傳), 하륜(河崙), 남은(南誾), 배극렴(裴克廉), 조준(趙浚) 등의 건국 공신들이 모두 참석하였는데, 그들은 모두가 고려조 때에도 충성을 해 온 사람들이었다. 그중에서도 특히 배극렴 같은 사람은 고려 공민왕 때부터의 교목세신(喬木世臣)으로서 벼슬이 시중(侍中)에 이르러, 국권을 맘대로 휘두르며 부귀와 영화를 마음껏 누려 왔었는데, 이성계가 새 나라를 일으키려고 하자 정도전, 조준 등과 함께 공양왕의 자리를 빼앗아 이성계에게 넘겨주었다. 그러니까 이태조로 보면 일등 건국 공신임에 틀림이 없었지만 고려국으로 보면 역적에 해당하는 사람들이었다.

그 연악(宴樂)에는 기생들도 수십 명이 참석했는데, 그들 역시 고려 때부터의 기생이었음은 새삼스러이 말할 것도 없으리라. 그런데 그 기생들 중에는 설매를 비롯한 연쌍비(燕雙飛), 봉가이(鳳加伊), 칠점선(七點仙) 같은 명기들도 모두 끼여 있었다.

주연이 무르녹아 모두들 취흥이 도도했을 때의 일이다. 노 재상 배극렴은 워낙 색을 좋아하는 사람인지라, 옆에 앉아 있는 설매의 손을 덥석 붙잡으며 다음과 같은 말을 걸었다.

"설매야! 너는 본디 노류장화의 몸이어서 이 밤에는 장 서방 집에서 자고 저 밤에는 이 서방 집에서 자는 몸이니, 오늘 밤은 잠자리를 나와 같이해 보는 것이 어떻겠는가?"

그야말로 만인좌중에서 모욕적인 말이었다. 이러나저러나 일국의 재상의 입에서 그런 말이 나왔으므로 보통 기생들 같으면 '이게 웬 영광이냐' 싶어서 감지덕지했을 것이다. 그러나 워낙 담차고 총명한 설매는 배극렴의 입에서 그런 말이 나오자 눈썹 한 대도 까딱하지 않고, 다음과 같이 받아넘겼다.

"그 말씀 지극히 황송하신 말씀이시옵니다. 대감 같으신 어르신네께서도 선조에는 왕 씨를 섬기다가 금조에는 이 씨를 섬기는 판이니, 저 같은 천기가 어찌 대감의 소원을 마다하겠나이까."

말할 것도 없이 그것은 절개를 지킬 줄 모르는 배극렴을 신랄하게 꼬집은 말이었다. 그 말에 배극렴은 단박 얼굴이 새빨개지며 아무 말도 못했고, 좌중의 재신들도 숙연히 침묵에 잠겨 버렸다. 진실로 설매같이 용기 있는 명기가 아니고서는 할 수 없는 말이었던 것이다.

그로 인해 명기로서의 설매의 이름은 점점 높아 갔는데, 그로부터 얼마 후에는 이런 일도 있었다. 건국공신 조준이 좌의정에서 영의정으로 승진되었을 때의 일이다. 평소에 그와 가까이 지내던 몇몇 친구들이 조준의 영전을 축하해 주려고 서대문 밖 교외에서 축하연을 베푼 일이 있었다. 때가 마침 꽃 시절이어서, 그들은 축하연에 꽃구경을 겸한 들놀이를 나갔던 것이다.

그 자리에도 역시 설매를 비롯하여 연쌍비, 봉가이, 칠점선 등등 고려 때부터의 명기들이 참석해 있었다. 높은 양반들이 술자리를 베풀 때면 그들을 반드시 불렀다. 설매 등이 있어야만 술좌석이 흥겹게 어울리기 때문이었다. 이날도 설매의 주동으로 연석이 한창 무르익어 오는데, 문득 대궐로부터

"오늘 저녁은 조 대감을 위해 상양궁(上陽宮)에서 축연을 베풀 테니, 조 정승은 지금 곧 입궐하라."
하는 왕명이 날아왔다.

주빈이 자리를 뜨게 되니 연석은 맥이 빠질밖에 없었다. 그리하여 동석했던 사람들이 설매를 보고,

"조 대감께서 상감의 초대를 받고 이 자리를 뜨게 되셨으니, 네가 조 대감을 환송하는 노래라도 한 곡 불러 올려라."
하고 말했다.

그러자 설매는 즉석에서

서쪽 동산의 꽃놀이 끝나기도 전에
상양궁 초대연에 다시 불려가시네

西園未罷着花會　　又被宣招宴上陽

하는 즉흥시 한 수를 읊고 나서 그 시를 노래로 불러올리는 바람에 좌중은 그녀의 재주를 절찬해 마지않았다.

그런 일이 있은 지 얼마 후에 이번에는 건국공신 하륜이 서변 순찰사로 임명되어 평안도 방면으로 길을 떠나게 되자, 노재상(老宰相)들은 성문 밖에 장막을 치고 송별연을 베풀게 되었다. 그런데 설매는 그 자리에

서 주빈에게 술잔을 권하며 다음과 같은 즉흥시를 읊어 보였다.

　　그대에게 권하노니 술 한잔 더 받으소
　　서쪽으로 떠나가면 친구라곤 없으리

　　勸君更進一杯酒　　西出陽關無故人

　　그리고 시를 노래로 불러서, 좌중은 모두 감탄을 마지않았다. 물론 '권
군갱진일배주'란 이태백의 시구를 그대로 빌려온 것임이 틀림없었고, '서
출양관무고인'이라는 왕유(王維)의 시구를 빌려다가 자기 것으로 만들어
버린 데 더욱 운치가 있었던 것이다.

―『명기열전』,『해동잡록(海東雜錄)』

　　* 설중매와 설매는 동일인인 듯함.

雪香(설향)

　　내가 연전에 호남의 길에 광주에 도착하여 김치안(金穉安)을 만나니 평수(萍水)의 기쁨을 말로 다 나타낼 수가 없었는데 치안이 본주의 기생 설향은 활 쏘는 재주에 정통해서 능히 백보나 되는 곳의 과녁을 뚫어 매번 읍에서 활쏘기에 문득 일등을 차지한다고 이르더라. 그래서 만나보니 얼굴의 생김새가 뛰어나게 훌륭하고 행동거지와 의기가 당당하여 언연(偃然)한 것이 대장부 같아 비록 호삼랑(扈三娘)에게 대적하더라도 더 나을 것이 없을 것 같았다.

　　그를 두고 지은 시조가 다음과 같다.

　　　　一丈靑 扈三娘(일장청 호삼랑)은 梁山泊(양산박) 頭領(두령)되야
　　　　祝家庄(축가장) 큰 싸움의 大功(대공)을 일웟나니
　　　　至今(지금)의 네 무예(武藝) 神通(신통)ᄒ지라 어디 功(공)을 일우엇노.

－안민영, 『금옥총부(金玉叢部)』

星山月(성산월) 가

민제인(閔齊仁)은 젊은 시절에 영특하고 뜻이 장했다. '백마강부'(白馬江賦)를 짓고, 자부(自負)하여 선진에게 이에 대한 논평을 구하였는데 차중(次中)으로 평점하였다. 마음이 심히 불쾌하였다. 때는 봄철로 이르는 곳마다 꽃이 만발하였다. 성 남쪽으로 산책해서 숭례문 누에 올라 백마강부를 소리 높여 외워 그 소리가 대들보를 울렸다.

이때 장안의 명기 성산월은 이팔 방년의 미색이었다. 사인(舍人)의 뱃놀이에 참례하기 위해 성문을 나가다가 그 소리를 듣고 성루로 올라왔다. 한 연소한 선비가 외우는 것을 보고 다가가서 말하기를

"어디 서생이신데 부를 읽는 소리가 이처럼 맑은 것입니까?"
했다.

제인이 말하기를

"이것은 내 자신이 지은 것으로서 마음속으로 언제나 자부했던 것인데, 이제 전배에게 치욕을 당했기 때문에 한번 다시 외워 보는 것이오."
했다.

성산월이 말하기를

"서생은 함께 말을 나누어 볼 만합니다. 나와 함께 누추한 우리 집으

로 돌아갑시다."

하였다.

　제인이 말하기를

"사인은 호령을 맡아서 매우 엄격하니 명령을 어겼다가 종아리나 맞게 되면 어떻게 하겠는가?"

하니 대답하기를

"벌은 내게로 돌아오는 것입니다. 서생께서는 무슨 걱정을 하시는 것입니까?"

하였다.

　마침내 남녀가 함께 돌아가서 사흘 동안 머물렀다. 그 부를 얻어 사인이 베푼 연석에서 발표하였다. 자리에 가득히 모여 앉은 명사들이 일제히 소리를 내어 감탄하여 부채꼭지가 모두 부서졌다. 그리고는

"너는 어디서 그와 같은 좋은 글을 얻어들었는가."

하니 성산월이 사실대로 말하는데

"이것은 첩이 마음속으로 사모하는 사람의 것입니다."

하였다.

　이때부터 백마강부가 우리나라에서 크게 유행하였다. 처음에는 편(篇) 끝에 노래가 없었는데, 어떤 문사(文士)가 지어서 넣어주었다. 때마침 중원의 학사(學士)가 와 있어 보고 탄복하면서 말하기를

"애석하다 이 노래는 부에 맞지 않는다. 이것이 없었던들 더욱 좋을 뻔했다."

하였다.

―『조선해어화사』, 『어우야담(於于野談)』

星山月(성산월) 나

성산월은 성주 기생이다. 장안에서 제일 이름난 기생으로 용모까지 아름다워 귀인들이 노는 술자리에선 필적한 만한 상대가 없었다. 장안의 협소배들이 그녀의 모습을 보고자 하였으나 만날 수 없었다.

어느 날 이름난 명류들과 함께 한강에 배를 띄워놓고 놀다가 술 취한 틈을 타서 술자리를 피해 돌아오게 되었다. 도중에 큰 비를 만나 푸른 소매가 반쯤 젖은 채 숭례문에 이르렀으나 문은 이미 굳게 닫혀 있었다. 우연히 연당 쪽으로 바라보았더니 서쪽 모퉁이에 있는 작은 창가에 등불이 비쳐 나오는데, 창안에서는 글을 읽는 소리가 들렸다. 구멍을 내고 안을 엿보았더니 나이가 얼마 되지 않은 서생이었다. 성산월이 소리를 낮춘 채 가볍게 창을 두드렸다. 서생이 잠잠히 듣고만 있었다.

성산월이 곧 낮은 목소리로 속삭이듯 말했다.

"저는 성안에 사는 기녀이옵니다. 술자리를 피해 돌아오다 비를 만나게 되어 머무를 곳이 없사오니 책상 밑에서나마 밤을 지내게 해주세요."

서생이 봉창을 밀쳐보니, 예쁘게 화장한 아름다운 여인이 보이는데 옷맵시며 용모가 너무나 빼어나고 아름다웠다. 깜짝 놀라 마음속으로 생각했다.

'이같이 아름다운 여자가 어찌 잘 곳이 없어 제 스스로 보잘 것 없는 서생에게 몸을 던지겠는가? 바로 요괴일거야.'

재빨리 자물쇠를 잠그고 염주를 손가락을 튕기며 주문을 외더니 갑자기 멈추고 말했다.

"어떤 요물이 함부로 와서 사람을 현혹하는가?"

"저는 사람이지 귀신이 아니어요. 나이가 어려서 풍류를 모른다 해도 사람을 내침이 어찌 이리도 박절한가요?"

서생이 더욱더 두려워했다. 가슴이 두근거려 마음을 안정시키지 못하자, 계속해서 별자리를 끊이지 않고 외웠다. 성산월은 밤새노록 문지빙에 앉은 채 자는 둥 마는 둥 했다.

날이 밝자 창을 밀쳐놓고 서생을 꾸짖었다.

"불쌍하구나. 이 서생아! 장안 명기 성산월을 너는 듣지 못했더냐? 너 같은 궁귀(窮鬼)가 밝은 대낮에 나를 만나려면 내가 거들떠보기나 하겠느냐? 불행이도 비를 만나 재워 달라 애걸했건만 도리어 쳐다보지도 않았으니 너는 참 복도 없는 놈이다. 나를 조금이라도 쳐다보았던들 내가 이러하겠느냐?"

서생은 부끄러워 바로 쳐다보지 못하였다. 서생이 바로 문과로 벼슬에 오른 첨정(僉正) 김예종(金禮宗)이다.

—『고금소총』 제5화 <송주거기(誦呪拒妓)>

小梅香(소매향)

정통(鄭通)은 초계(草溪) 사람으로 나주서기(羅州書記)로 있으면서 관기 소매향을 사랑하여 하여 아이를 낳았는데, 전근을 하게 되었다. 서울로 가는데 멍하니 발걸음은 갈 곳을 모르고 말할 것을 잊었다가, 그 도(道)에 가서 친가에 다다르니 어떤 스님이 좋은 말을 타고 있었다. 자리에 앉기도 전에 먼저 나와 그 말을 훔쳐 타고 3일을 달려 나주에 닿아 밤에 그 기생집에 도착하였다. 기생과 그 모친이 등불을 돋우고 한숨 쉬며 탄식하기를

"기실공(記室公)은 지금 어디 계실까?"

통(通)이 즉시 문을 열고 들어가 흐느끼며 말하기를

"내가 여기 있네."

며칠을 묵으면서 오래 있을 곳이 못 되는 줄 알고 말에 기생을 태우고 자기는 아이를 업고 함께 북쪽으로 오는데, 그의 처가 이미 남편을 잃고 또 계옥(桂玉)의 근심을 견디지 못하여 비복들을 데리고 고향으로 돌아가다가 도중에서, 한 아낙네는 말을 타고 아이 업은 사람이 뒤에서 오는 것을 보았다. 비복이 말하기를

"저기 오는 이는 우리 주인어른 같습니다."

처가 말하기를

"주인어른이 비록 바람피우는 나쁜 버릇 있으나 어찌 저렇기야 하겠느냐?"

점점 가까워져서 보니 과연 통이었다. 처가 말하기를

"쯧쯧 늙은이가 어찌 그 모양이오?"

통이 바라보다가 멈춰 서서 말하기를

"내가 이렇게 장난을 좀 하였네."

하였다.

-『조선해어화사』,『역옹패설(櫟翁稗說)』

　* 계옥(桂玉) : 계수나무와 옥. 땔 나무가 계수나무보다 귀하고 쌀이 옥보다
　　귀하다는 뜻으로, 물가가 높음을 일컫는 말.

小蓮香(소연향)

정당(政堂) 신천(辛蕆)이 강원감사로 있다가 만기가 되어 돌아올 때 강릉 기생 소연향과 이별하면서 시를 지었다.

늙어서야 이별의 어려움을 알았거니
쌍루 흘러내려 홍안 적시는 걸 차마 보겠느냐?
흰 모래 물가의 석양 길
거문고와 사람을 돌아가고 나 홀로 돌아오네.

到老方知離別難　　忍看雙淚濕紅顔
白沙汀畔斜陽路　　琴與人歸我獨還

설곡(雪谷) 정포(鄭誧)는 양주(梁州) 객관에서 정든 사람과 이별하면서 시를 지었다.

오경의 등불 그림자 져서 덜 지워진 화장 비춰주고
이별의 말 하려는데 애 먼저 끊어지는 듯
지는 달 뜰에 반쯤 남았기에 문 밀고 나가니
살구꽃 성긴 그림자 의상에 가득하네.

五更燈影照殘粧　　欲話別離先斷腸
落月半庭推戶出　　杏花疎影滿衣裳

정포의 시가 더욱 맑고 뛰어나며 한 때 정경을 잘 묘사해 내었다.
-『동인시화』 권하 제55화

笑千金(소천금)

영순군(永順君) 부(溥)는 광평대군(廣平大君)의 아들로
서 예종(睿宗) 기축년에 익대공신(翼戴功臣)에 올랐다. 부는 학문을 좋아
하고 근신했으며 너그러운 도량이 있었다. 대내(大內)에서 가까이 뫼신
지 십여 년 동안 이간하는 말이 없었다. 하루는 내전에서 곡연(曲宴)이
베풀어져 기악이 한참 자지러지게 연주되자, 영순군이 주서 노반(盧盼)에
게 묻기를

"오늘 당직하는 승지는 누가 되나?"

하였는데 이는 임금께 들어가서 아뢰려는 것이었다. 노반은 여러 기생
중에서 소천금이 재주 있음을 보고 마음에 기억하고 있는데, 이때 와서
문득 대답하기를

"소천금입니다."

하였다. 그리고는 저도 모르게

"아뿔사!"

하고 소리쳤다.

—『조선해어화사』, 『청파극담(靑坡劇談)』

笑春風(소춘풍) 가

성종(成宗)이 항상 여러 신하들을 모아 잔치를 베풀었
는데 반드시 여악(女樂)을 사용하였다. 하루는 소춘풍에게 명하여 술을
돌리게 하였다. 소춘풍은 영흥(永興) 기생이었다. 술통이 있는 곳으로 가
서 금술잔에 술을 부었다. 감히 임금 앞으로는 나아가지 못하고 영상(領
相) 앞으로 갔다. 그리고 잔을 올리면서 노래를 불렀는데 이르기를,

순임금 계시건만
요임금이 바로 내님인가 하노라.

舜雖在而不敢斥言　　若堯則正我好逑也

하였다. 이때에 무신이 병조판서로 있었는데, '상신(相臣)에게 잔을 올린
뒤에는 마땅히 장산(將臣)에게 잔을 올릴 것이니 이번에는 술잔이 내게로
오리라' 생각하였다. 그러나 그 곁에 나라의 학문을 관장하는 대제학이
있어 소춘풍이 그에게 다가가서 잔을 올리며 노래하기를

통고금 달사리(通古今達事理) 하니 명철한 군자라

어찌 버려두고 무부(武夫)에게로 갈 것인가

通今博古 明哲君子
豈可遐棄 乃就無知 武夫也

하였다. 그러자 병조판서는 노기가 등등하였다. 소춘풍이 이번에는 병판
에게 올리면서 노래하기를

앞말은 희롱이오 내 말이 잘못이라
규규무부를 어찌 따르지 않으리.

前言戱之耳 吾言乃誤也
赳赳武夫 那可不從也

하였다. 이 세 노래는 모두 속요로서 이처럼 뜻을 풀이한 것이다. 이에
성종이 크게 기뻐하여 비단 명주 표범의 가죽 호초(胡椒) 등 많은 물건을
상으로 내리셨다. 소춘풍이 혼자 힘으로 운반할 수 없으므로 입시했던
장사들이 날라다 주었다. 이때부터 소춘풍의 이름이 온 나라를 덮었다.

—『조선해어화사』,『오산설림(五山說林)』

笑春風(소춘풍) 나

　　　　　도성 기생 소춘풍이 미모로써 그 이름이 한 세상을
덮었다. 사인(士人) 이수봉(李秀封)이 몹시 사랑하였다. 색(色)이 쇠하자
최국광(崔國光)이 맞이하여 첩으로 삼았다. 병이 위독하자 최가 묻기를
　"이제 네 병이 위중하니 회포를 말해 보아라."
하였다. 죽은 뒤의 일을 물으려는 것이다. 기생이 말하기를
　"수봉이 보고 싶습니다."
하였다. 최가 묵묵히 대답이 없었다.
　소춘풍이 죽으니 최가 선영에 장사지냈다. 종실 흥원군(興原君)이 또한
일찍이 소춘풍을 사랑해서 약속하기를
　"내 너에게 후하게 해줄 것이 없다. 네가 죽으면 네 무덤 앞에 별도로
전(奠)을 차려서 내 뜻을 표하겠다."
하였다. 장례를 지낸 뒤에 흥원군이 제물을 갖추어서 전을 차려 놓았다.

—『조선해어화사』, 『청파극담(靑坡劇談)』

松玉(송옥)

진양 기생 송옥은 내가 처음 진양에 이르렀을 때 친하게 지냈던 사람이다. 내가 병으로 누워 있을 때 그도 또한 병이 있어 부득이 와서 보지 못하고 편지로써 문병했다.

그를 위해 지은 시조는 아래와 같다.

東墻(동장)예 갓치 우움 섬거이 더럿더니
뜻 아닌 千金書札(천금서찰) 任(임)의 얼골 씌여 왓니
아셔라 肝腸(간장)스는 거슬 보와 무삼 허리요.

－안민영, 『금옥총부(金玉叢部)』

勝杜秋(승두추)

정덕(正德) 연간에 여러 고을의 기생을 폐지하였다. 한림 채세영(蔡世英)이 성주(星州)에서 사서(史書)를 햇볕에 쬐어 말릴 때에 엄히 신칙하여 기생들을 관사에 접근하지 못하게 하였다. 이때의 목사 김공우(金公佑)는 음관(蔭官)으로 발신한 호걸스런 인사이다. 비밀히 기생 승두추를 시켜 밤마다 노래 부르면서 관사 앞을 지나게 했다. 한림이 작은 창문을 열고 목을 늘이어 엿보고 나서 소리(小吏)에게 물었다.

"저 여인은 누구인데 밤마다 이 앞을 지나가는가?"

"집이 담 밖에 있기 때문에 교방에 드나들려면 이곳을 지나게 마련입니다."

기생이 이 말을 듣고 거짓 놀래어 달아나는 척하다가 일부러 땅바닥에 주저앉았다. 바라보니 자색이 뛰어나고 옷차림이 선명하였다. 한림이 비밀히 소리를 시켜 그녀를 방 안으로 불러들이게 하였는데, 이때부터 밤이면 찾아오고 새벽이면 돌아가 애정이 무르익었다. 조정으로 돌아가는 날 목사가 성문 밖에 전별하는 술자리를 마련하고, 그 기생을 시켜 목사의 등 뒤에서 술 데우는 시늉을 하여 한림과 마주 보게 하였다. 그녀가 뚫어지게 한림을 바라보자 눈물이 뺨을 타고 흘러내리니, 한림이 자기 눈에서도 눈물이 흘러 떨어질까 두려워서 얼굴을 점점 위로 높이 쳐들었다. 그러나 앞으로 숙이기만 하면 눈물이 비 오 듯하였다. 목사가 앞으로 다가와서 한림의 손을 잡고 말하기를

"내가 큰길가에 있는 이 고을로 온 지 이제 3년인데, 일찍이 눈물의 굵기가 포쇄관만한 것이 없다."
하고 손뼉을 치면서 한껏 즐겼다.

가정 무오년에, 한림 고경진(高景軫)이 또한 설매향(雪梅香)을 사랑하여 이별하는데 눈물의 굵기가 채한림 못지 않았다.

신축년에 한림 박희립(朴希立)이 관례에 따라 이 고을에 왔다가 서로 헤어질 때 내가 시를 지어 주기를

갈림길에서 두 눈에 눈물나온다고 탓하지 마라
채사와 고군은 눈물이 펑펑 쏟아졌네.

臨岐莫怪淚雙垂　　蔡史高君是伐柯

하였더니 한림이 크게 웃었다. 두추는 나이 80여세로 만력 임오년에 죽었는데, 매양 사람들과 이야기를 하면서 문득 슬퍼하곤 하였다.

―『조선해어화사』, 『송계만록(松溪漫錄)』

勝小蠻(승소만)

서하(西河) 임춘(林椿)이 성산(星山)에 이르러 잠시 놀
고 있었다. 원이 이름난 기생을 보내어 잠자리를 같이하라고 했는데, 밤
이 되자 도망쳐서 돌아가 버렸다. 이튿날 아침 잠자리로 가 보았더니 임
춘이 지은 시가 있었다.

붉게 단장하고 밤을 기다려 금비녀 꽂는데
비단 자리에 오르라고 재촉하는 부름을 받게 되었네.
장관의 엄한 호령 겁내지 않고
부질없이 길손의 나쁜 인연을 노여워하네.
누에 올라 퉁소 부는 짝이 되지 못하고
달로 달아나서 도로 약을 훔친 신선이 되려네.
청운의 어진 학사에게 말을 붙였지만
마음에는 부들 회초리 보여도 소용없네.

紅粧待晚帖金鈿　　爲被催呼上綺緣
不怕長官嚴號令　　謾嗔行客惡因緣
乘樓未作吹簫伴　　奔月還爲竊藥仙
寄語靑雲賢學士　　仁心不用示蒲鞭

　　근래에 사문(斯文) 한권(韓卷)이 사신으로 평양에 왔을 때 승소만이란
기생이 있었는데, 색예가 다 뛰어났다. 한권은 아주 마음에 들어 고을 벼
슬아치에게 승소만으로 하여금 잠자리를 같이하게 해 달라고 하였다. 승
소만은 그 때 딴 정든 사나이가 있었으므로 한권을 추한 늙은이라고 노
여워하며 등불을 등지고 앉았다가 문득 도망쳐 달아나 버렸다. 이에 한
권은 시를 지었는데

　　　　평양의 아리따운 계집 승소만은
　　　　나이 겨우 이팔의 옥 같은 얼굴
　　　　설사 원앙의 꿈 이루지 못한다 할지라도
　　　　도리어 고당의 꿈속에서 보는 것보다 낫구나.

　　　　平壤佳兒勝小蠻　　年纔二八玉容顔
　　　　縱然未遂鴛鴦夢　　却勝高唐夢裏看

하였다. 임춘이 지은 시에 비하면 크게 따르지 못하지만, 기생집의 웃음
거리는 될 수 있다.

－『동인시화』 권하　제54화

勝二喬(승이교)

현종(顯宗) 때, 진주에 승이교란 명기가 있었다. 어렸을 때의 이름은 억춘(億春)이라고 했는데, 재색이 하도 뛰어나서 세상 사람들이 그녀를 '승이교'라는 별명으로 불러 왔던 것이다.

그녀를 승이교라고 부르게 된 데는 역사적인 유래가 있다.

중국 삼국시대에 교공(喬公)이라는 사람이 딸 형제를 가지고 있었다. 그 두 자매가 한결같이 재색을 겸비한 미인이어서, 언니는 오나라의 군주인 손책(孫策)의 아내가 되었고, 동생은 오나라 군사인 주유(周瑜)의 아내가 되었다. 그러므로 세상 사람들은 그들 자매를 '이교'라고 불러 왔는데, 진주 기생 억춘이 그들 자매보다도 한층 더 재색을 겸비한 기생이었던 까닭에 그녀를 탐내는 현관(顯官)들이 수없이 많았다.

그러나 부귀와 영화를 뜬구름처럼 여기는 그녀는 재상가들의 유혹에는 눈도 거들떠보지 아니하고, 일개 마관(馬官)에 지나지 않은 찰방 벼슬을 지내는 김인갑(金仁甲)이라는 사람을 사랑하였다. 사람됨이 성실했기 때문에 승이교는 그 점을 높이 사서 사랑하게 되었던 것이다.

천하의 명기가 말단 관리인 마관과 사랑에 빠진 것을 보고, 세상 사람들은 그녀를 몹시 비웃었다. 그러나 승이교는 자기를 비웃는 사람에게 이렇게 대답하였다.

"부귀와 영화는 뜬구름에 불과한 것이오. 사람은 어디까지나 성실하게 사는 데 낙이 있고 행복이 있다오."

승이교가 가무에도 뛰어났지만, 특히 시를 잘 지었다. 그녀의 시에는 이런 것이 있다.

　　강양관 안에 서풍이 일어나니
　　뒷산은 붉게 물들고 앞강은 맑아
　　사창에 달 밝으니 벌레 소리 목메어
　　외로운 베개 찬 이불에 잠 못 이루네.

　　江陽館裏西風起　　後山欲醉前江淸
　　紗窓月白百蟲咽　　孤枕衾寒夢不成

시어가 정결하고도 청랭하여 폐부를 찌르는 감이 없지 않다.

그녀는 약질로 태어나 병고에 시달리면서도 항상 시를 읽고 쓰는 데 전념하였다. 그중에서도 특히 당대의 노시인이었던 고산(孤山) 윤선도(尹善道)의 '피북적한'(被北謫寒)이란 시를 읽고 나서부터는 그를 스승으로 사모하게 되었는데, 윤선도의 시는 이러한 것이었다.

　　…(시 생략)…

그로부터 몇 해 후에 고산 윤선도가 귀양살이에서 풀려나 진주로 낙향하자, 승이교는 병구(病軀)를 이끌고 날마다 그를 찾아가 시를 배웠다. 그리하여 승이교는 다음과 같은 시도 지었다.

서풍이 옷깃 나부껴
초췌한 모습 감상에 젖네
연당에 가을비 부슬부슬
이슬 맺힌 가지엔 매미소리 목 메이네
추위에 놀란 기러기의 저 소리
쓸쓸한 산성을 넘어가누나.
님 그리는 꿈에서 깨어나 보니
가을 달빛이 창으로 비쳐드네

西風吹衣裳　　衰容傷日月
蓮塘秋雨疎　　露枝寒蟬咽
霜雁墮飛聲　　寂寞過山城
思君孤夢罷　　秋月照窓明

워낙 몸이 약한 탓이기도 했겠지만, 그의 시에는 어느 것에나 애상이 넘쳐 있다.

그때 그녀는 스물을 갓 넘었을 때였는데, 그처럼 어린 나이에 그와 같이 좋은 시를 지은 것만 보아도 그녀에게는 시인의 천품이 넘쳤음을 알 수 있다. 그러나 그녀는 그로부터 몇 해 후, 서른도 채 되기 전에 세상을 떠나고 말았다.

노시인 윤선도는 날마다 찾아오던 승이교가 별안간 발을 끊고 소식이 없어, 내심 궁금하였다. 어느 날 몸소 승이교의 집을 찾아와 보니, 그녀가 그 사이에 세상을 떠나 버렸다는 것이 아닌가. 윤선도는 크게 낙담하고 진심으로 슬퍼하였다. 인생은 본디 허무한 것이기는 하지만, 그렇게도 앳된 나이에 세상을 먼저 떠나 버릴 줄은 몰랐던 것이다.

어시호 윤선도는 승이교가 어째서 매일같이 자기를 찾아왔던가를 새삼스러이 생각해 보지 않을 수 없었다. 그리하여 그는 승이교의 죽음을 추도하는 뜻에서 다음과 같은 시 한 수를 지었다.

　　　한결같이 자주 찾아오던 그대
　　　그 심사 무엇인지 누가 알리요
　　　낭자 혼자 홀연히 세상 떠났으니
　　　나의 어리석음을 누구와 말할건가.

　　　重來如一時　　心事有誰知
　　　娘子忽焉沒　　無人論我癡

　　승이교가 노시인 윤선도를 무엇 때문에 날마다 찾아갔는지. 그녀가 이미 죽었으니 아무도 알 길이 없다. 그를 시인으로서 존경하는 마음에서 날마다 찾아갔다고도 볼 수 있고, 이성으로서 사모했기 때문에 날마다 찾아갔다고도 볼 수 있으리라. 그러나 그것은 어디까지나 제3자로서의 추측일 뿐이지, 본인의 심중은 아무도 알 수 없는 일인 것이다.

　　그리하여 노시인 윤선도와 명기 승이교와의 관계는 영원한 비밀로 남게 되었다. 다만 제3자로서 말할 수 있는 것은 승이교가 그처럼 요절하지 않았던들 그녀는 좋은 시를 많이 남겼으리라는 말뿐인 것이다.

―『명기열전』, 『송계만록(松溪漫錄)』

心方(심방)

청파(靑坡)에 심생(沈生)과 유생(柳生)이 살고 있었다. 다호부한 사족(士族)으로서 날마다 어여쁜 여자들 사이에서 술에 빠지다시피취해 있었다.

하루는 친한 벗 여러 사람이 심생의 집에 모여서 술을 마시었다. 심에게 첩이 있었으니 이름은 접연화(蝶戀花)라고 하였다. 노래와 춤을 잘하였다. 또 맹인 김복산(金卜山)이란 자가 있었는데 가야금을 잘하여 뛰어난 솜씨가 한때에 비길 사람이 없었을 만큼 또한 일러왔다. 격조 높은거문고의 가락과 맑은 노래 소리가 무릎을 맞대고 주고 받으니 정회가상쾌하고 만족하였다.

밤중에 이르러 좌석에서 어떤 사람이 말하기를

"마땅히 지나간 일들을 이야기하며 한번 크게 웃는 것이 좋겠다."

고 하였다. 모두들 좋다고 하였다. 좌중의 손들이 각기 생각나는 대로 이야기하며 웃었다. 복산이 말하기를

"나도 또한 이야기하겠습니다. 요사이 한 집에 가니 훌륭한 집안의 자제들이 모이고, 또한 이름난 기녀도 여러 사람 있었습니다. 술 마시는 일이 끝난 뒤에 각기 기녀들을 데리고 방으로 들어갔는데 그중에 심방이라

고 부르는 자가 노래를 잘 불렀는데 역시 아무개와 함께 동침하였어요."
라고 하였다. 심생이 말하기를

"그것 매우 즐거운 일이군. 다시 한번 말해 보게."
라고 하였다.

좌석에 있던 손들이 다 말하기를

"마땅히 거문고를 타고 노래를 소리 높이 부르면서 밤을 새울 일이지
하필 이야기만 해야 한단 말이오."
라고 하였다. 기녀도 또한 노래를 그치니, 여러 사람들이 다 흥이 깨어져
서 헤어졌다. 문 밖에 나와서 유생이 복산에게 말하기를

"주인의 기녀 이름이 심방이야. 네가 어째서 미친 말을 했느냐 말야.
사람의 얼굴을 보지 못하니 소경이란 것은 정말 불상(不祥)한 동물이로
군."
하였다. 복산이 놀라 얼굴빛이 변하며 말하기를

"한갓 그의 관명(官名)만 알고 아명(兒名)을 알지 못하였기 때문입니다.
낯이 부끄러워 어찌 다시 주인을 뵈올꼬"
라고 하였다. 이웃과 마을에서 전해 듣고 웃음거리로 삼았다고 한다.

─『용재총화』 권5 제17화

雙伊(쌍이)

　　　　지정 남곤(止亭南袞)이 일찍이 해서(海西)의 관찰사로 있을 때 쌍이라는 기생을 사랑하였는데, 벼슬이 바뀌자 도성으로 데리고 와서 일가 사람의 집을 빌려 그곳에 살게 하였다.

　어느 날 친구들과 삼청동에 모여 술을 마시며 회포를 풀기로 약속하고 기생이 사는 집에 들렀다가 모임에 갔다. 이이상(李貳相)이 오다가 멀리서 지정이 기생집에서 나오는 것을 보고 그 뒤를 좇아 모임에 왔다.

　우리나라 풍속에 주법이 있어 술을 돌리는 자가 손님마다 두 개의 술잔을 들어서 술을 권하고, 답배도 마찬가지로 하여 이것을 '쌍'(雙)이라고 이름 했다. 지정이 병으로 술을 사양하자 기생이 술잔 하나를 들고 지나가니 좌우의 사람들이 말하기를

　"공은 몹쓸 손님이로다. 어찌하여 한 잔을 든단 말인가."

하였다. 지정이 목소리를 높여서

　"나는 벌써 쌍을 행하고 왔거늘 어찌하여 하나라고 말하는가."

하였다. 이상이 웃으면서

　"과연 공의 말대로다. 지금 쌍이 있는 곳으로부터 좇아온 것은 내가

직접 본 터이니, 그 쌍을 행한 것을 의심할 바 없다. 제군은 책망하지
말라.”
하니 사람들이 허리를 꺾었다.

－『조선해어화사』, 『사재척언(思齋摭言)』

鸚鵡(앵무) 가

앵무는 달성 기생이다. 이천보(李天普)가 경상감사가 되었을 때 부기(府妓)로서 천침한 자가 없었다. 하루는 동기(童妓)를 불러 <등왕각서(滕王閣序)>를 외우게 했는데 번갈이 가면서 몇 구절씩 외웠다. 앵무의 차례에 이르러서 공교롭게도 '물화(物華)는 천보(天寶)라 용광(龍光)이 두우 사이에서 빛을 발한다'는 구절을 읽게 되었다. 앵무는 곧 '물화는 사또다'라고 고쳐 읽었다. 사또의 이름이 천보와 같은 음이 되기 때문이다. 이천보는 그 재주를 사랑해서 가까이 하게 되었다. 벼슬이 갈려서 돌아가게 되었는데 기생들이 다투어 이별의 노래를 지어 불렀으나, 앵무는 시 한 수를 지어 바쳤을 뿐이다. 감사가 그 시를 보고 관수미(官需米) 일백 석을 하사하였다.

앵무롱(鸚鵡籠)

앵무가 새장 속에 살면서 세월이 흘러
오랫동안 주인의 은혜 먹고 살았네
주인 한 번 간 뒤엔 가을에도 곡식 없어
말한다고 해놓고 말하지 못하네.

鸚鵡雕籠歲月飜　　長時飮啄主人恩
主人一去秋無粒　　道是能言不敢言

—『조선해어화사』

鸚鵡(앵무) 나

　　　　　이헌영(李𨯟永)이 경상감사가 되었을 때 앵무라는 기
생이 있어 잠자리를 같이 했다. 내가 비장(裨將)에게 묻기를
　"공의 유아한 성품으로도 기생에게 마음이 쏠린단 말인가?"
하니
　"그 재주를 사랑하여 가까이하는 것이 마치 이상공 천보(天普)와 같은
것이다."
하였다. 곁에 한 늙은 아전이 있다가 지난날에 윤 사또 아무도 앵무를
사랑했으니, 지금의 앵무와 비할 바가 아니었노라 하며 자세히 이야기하
였다.

　윤 사또는 일에 대한 판단에 밝아서 스스로 말하기를
　"평생에 한 번도 남에게 속아 넘어간 일이 없다."
고 했습니다. 이때에 앵무가 수청 기생이 되어 사랑을 독차지했습니다.
윤 사또는 앵무가 총애를 믿고 남의 청탁을 받아들일 것을 두려워하여
정당 뒤 별방에 거처케 하고 외출을 일체 허락하지 않았습니다. 앵무의
아비는 일찍부터 군노(軍奴)로 있으면서 군노 두목이 되기를 꾀했으나 뜻

을 이루지 못했습니다. 그 딸이 수청 기생으로 들어가게 되니 그는 일이
쉽게 될 줄로 생각했습니다. 그러나 두목을 바꾸어 뽑는 날에 그 딸의
얼굴을 볼 수 없게 되자 비밀히 그 딸에게 일을 알렸습니다. 앵무의 얼
굴에 근심하는 빛이 있었습니다. 윤 사또가 물으니 대답하기를
　“아비의 병이 위중한데도 나가 볼 수가 없습니다.”
하면서 울었습니다. 사또께서 하루의 말미를 주어 나가보게 했습니다. 앵
무가 글씨를 잘 쓰는 사람의 손을 빌려 윤 사또의 글씨를 본떠 속치마에
다가 쓰기를 ‘아무개로 도군노(都軍奴)를 삼는다.’ 했습니다. 아무개란 바
로 그 아비의 이름이었습니다. 도군노란 곧 군노의 두목입니다. 그리고
나가서 호방비장을 만났습니다. 비장이 앵무의 비단치마 속에 은은히 글
씨가 비치고 있음을 발견하고 사실을 물으니, 앵무가 곧 비단치마를 걷
어 올려서 속치마를 드러내 보였습니다. 바로 사또의 글씨였습니다. 비장
이 뜻을 알아차리고 곧 기관(記官)을 불러서 비밀히 깨우쳐 주었습니다.
기관이란 바로 영문의 수리(首吏)를 말하는데 군노의 출척을 맡아보는 자
입니다. 일이 그날로 시행되었습니다. 이튿날 앵무가 별실로 돌아왔습니
다. 밤이 되어 잠자리에 들었는데, 윤 사또가 외출에 반드시 청탁이 있었
을 것을 두려워하여 별안간 화낸 얼굴을 하고 목소리를 높여서 말하기를
　“요망하고 천한 계집이 어찌 감히 이럴 수가 있단 말이냐. 옥에 가두
고 추궁한 다음 목숨을 살려두지 않을 것이다.”
하고 형리를 불렀습니다.
　이때에 둘은 다 같이 벌거벗은 몸으로 이불 속에 들어 있었습니다. 앵
무는 조금도 당황하지 않고 재빨리 손으로 윤 사또의 양물(陽物)을 잡으
면서 말하기를
　“이제 놓치면 이 물건은 다시 손에 들어오기 어렵습니다.”

하고 굳게 잡고 놓지 않았습니다. 윤 사또는 배가 잔뜩 오그라져 들어오고 이마에서 식은땀이 흐르는 것을 느꼈습니다. 하여 웃으면서 말하기를

　"놓아라, 내가 일부러 너를 희롱한 것이다."

했습니다. 앵무가 말하기를

　"첩은 실지로 죄가 있습니다. 어찌 희롱이라 볼 수 있겠습니까?"

했습니다. 사또가 말하기를

　"설사 죄가 있다 하더라도 내 불문에 붙이리라."

했습니다. 앵무가 대답하기를

　"죄가 있는데 묻지 않는 것은 정치하는 길이 아닙니다."

하니, 사또는 답답함을 금치 못해서

　"내 맹세하는 글을 써서 너에게 주리라."

하고 종이와 먹을 찾아 맹세하는 글을 썼습니다. 쓰기를 마치고 도장을 누르려 했으나 도장이 상방(上房)에 있었으므로 앵무를 시켜 가져오게 했는데, 앵무는 한 손으로는 사또를 붙잡고 한 손으로는 인장이 들어 있는 갑을 열어서 도장을 누르게 했습니다. 도장을 누른 뒤에야 비로소 그것을 쥔 손을 놓았습니다. 윤 사또는 오랫동안 곤경을 당해서 정신이 얼떨떨하여 감히 성내지도 못하고 그렇다고 웃지도 못했습니다. 앵무는 맹세하는 글을 그 자리에서 등잔불에 태워버렸습니다. 그리고는 방바닥에 엎드려 죄를 청했습니다. 윤 사또가 괴이하게 여겨 그 까닭을 물었습니다. 대답하기를

　"첩의 죄가 죽어 마땅합니다. 사또께서 이 앵무를 죽이려 하신다면 어찌 맹세하는 문서를 염두에 두시겠습니까. 첩이 청탁을 받아들인 일을 사또께서 실지로 알지 못하시면서 거짓 노하셨으니, 이는 심복 사람에게 하는 도리가 아닙니다."

했습니다. 그러자 윤 사또는 크게 부끄러워했습니다. 달성 사람이 지금까지도 이 말을 합니다. 또 새로운 앵무가 있는데 그 역시 총명이 뛰어나답니다. 나그네가 다음 시를 지어주었다 합니다.

앵무는 예나 지금이나 총명한 자 많으니
달성을 모름지기 농서로 보리라.

鸚鵡古今多慧悟　達城須作隴西看

－『조선해어화사』

* 농서(隴西) : 중국 진(秦)과 한(漢)시대의 군(郡)이름. 지금의 감숙성 임조부(臨洮府)에서 공창부(鞏昌府)의 서쪽에 걸친 곳으로 서역에 가까운 곳.

鸚鵡(앵무) 다

　　　　　앵무는 달성 기생이다. 유진사(兪進士) 아무개가 경상
감영에서 놀 때다. 경상감사는 유진사가 단아한 선비로서 방탕하게 놀기
를 좋아하지 않음을 알고, 삼백 금을 주면서 말하기를
　"이 돈은 반드시 기생방에서 써 없애야 한다."
고 하였다.

　고을 기생들이 이 말을 듣고 다투어 가까이하려 하였다. 진사는 앵무
를 가까이 하고 며칠 뒤에는 금춘(錦春)을 또 가까이하려 하였다. 금춘도
명기로 유진사는 날을 정하여 금춘의 집에서 잘 것을 약속하였다. 그날
밤에 경상감사가 금춘을 불렀으므로 진사는 쓸쓸하게 돌아갔다. 앵무가
이 말을 듣고 시 한 수를 써서 성안에 퍼뜨려서 외우지 않는 사람이 없
었다. 이튿날 진사가 앵무를 보니 근심하는 빛이 있어 물어보았다.

　"첩의 근심은 진실로 진사님 때문입니다. 진사님께서는 도성의 사부
(士夫)로 금마(金馬) 옥당(玉堂)이 저절로 몸에 이르게 마련입니다. 그런데
만약 교방의 별명을 얻게 된다면 어찌 맑은 이름에 손상을 입히는 것이
아니겠습니까?"
하였다. 까닭을 물으니 대답하기를

"달성 교방에 월조시단(月朝詩壇)이라는 것이 있어서 기생들의 명절과 기생을 가가이한 자들이 풍모를 모두 시로 비평하고 있습니다. 지난날에 고을 기생 도화(桃花)라는 자가 어떤 사람과 자기 집에서 함께 잠자리를 약속했는데 그 사람이 그 집까지 왔다가 곧 돌아가 버렸습니다. 이렇게 되어 함께 잠자지 못했습니다. 그 때문에 월조시단의 시에서

> 나비 왔다가 도로 가버려
> 도화가 소리 없이 빈 담에 의지했네.

> 蝴蝶自來還自去　　桃花無語倚空墻

라고 노래하여, 이때부터 여자로서 남자의 사랑을 잃은 자와 남자로서 실연한 자를 '의공장'(倚空墻)이라 부르게 되었습니다. 어제 진사님께서 금춘과 약속했다가 실연하고 돌아오셨으니 의공장이라는 별명을 면하기 어렵습니다."
하고 이어서 시를 지어 읊었다.

> 倚空墻
> 달성 삼월은 봄이 비단 같은데
> 백마 타고 청삼 입은 저 유야랑은
> 취중에 손에 꽃 있음을 모르고
> 의공장을 또 꺾으려 했네.

> 達城三月春如錦　　白馬青衫兪冶郎
> 醉裏不知花在手　　生心又折倚空墻

풀이하기를

"'봄이 비단 같다' 했음은 기생 금춘을 가리킨 것이며, 유야랑이란 진사님을 가리킨 것입니다. '손에 꽃이 있다' 함은 이미 앵무를 사랑했음을 말합니다. '또 꺾으려했네' 함은 금춘을 가까이하려는 것을 말합니다."

하니 진사가 이 말을 듣고 그 이튿날로 행장을 꾸려 가지고 도성으로 돌아갔다.

그 뒤 경상감사의 청지기인 석(石)아무개가 감사에게 앵무를 헐뜯어 말하기를

"앵무가 유진사와 하룻밤을 동침한 뒤 삼백 금을 모두 삼켜버렸습니다. 그 죄를 다스려야 마땅합니다."

했으나 감사는 못 들은 체하였다. 이때부터 앵무는 석가에게 원한을 품었다. 그 뒤 석가가 동료들과 함께 술자리를 마련하고 고을 기생 중 거문고를 잘 타는 자를 가려 자리하게 하였다. 앵무가 이 일을 사전에 탐지하였더니 고을 기생 중 거문고를 잘 타는 자는 녹주(綠珠)와 옥소(玉簫) 두 사람뿐이었다. 잔치를 하루 앞두고 앵무는 두 기생을 유인하여 절로 가서 향을 피웠다. 석가는 두 기생이 오지 않자 화를 내면서 잔치를 파했다. 앵무가 시 한 수를 지어서 시단에 부탁하여 퍼뜨렸으니 이때부터 석가는 창피하게 생각해서 직책을 그만두고 서쪽으로 돌아갔다. 시는 이러하였다.

녹주는 상 위에서 걷기를 싫어하는데
석씨 산호는 얼마나 자랐나
달 밝은 밤 진나라 누각에서
옥퉁소 소리 끊어져 빈 담에 의지했네.

綠珠不喜瑤步床　　石氏珊瑚幾許長

又是秦樓明月夜　　玉簫聲斷倚空墻

　석숭(石崇)이 침향가루를 상 위에 펴고 미인을 가려 그 위를 걷게 하여 발자취가 없는 자를 당선케 했다. 녹주가 당선되었다. 진루명월(秦樓明月)은 농옥사(弄玉史)에 나온다.

-『조선해어화사』

梁臺(양대)

　　　　　정축년 봄에 내가 운현궁에 있을 때 사람이 찾아 왔
기에 나가서 만나보니 그 사람이 소매 속에서 봉한 편지 하나를 꺼내어
주거늘 뜯어보니 곧 전주의 양대가 서울에서 보낸 글이다. 즉시 가서 서
로 손을 잡으니 그 기쁨을 어찌 헤아릴 수가 있으랴. 그 기쁨을 믿을 수
가 있겠는가? 참으로 할 말이 없더라.
　　이때의 심회를 읊은 시조는 아래와 같다.

　　알쓰리 그리다가 만나보니 우슴거다
　　그림것치 마주 안져 脉脉(맥맥)이 볼 쑨이라
　　至今(지금)예 相看無語(상간무어)를 情(정)일련가 ᄒ노라.

－안민영, 『금옥총부(金玉叢部)』

陽臺雲(양대운)

홍란상(洪鸞祥)은 풍산 홍씨로 모당(慕堂) 홍이상(洪履祥)의 동생이다. 서경(西坰) 유근(柳根)이 충청도 관찰사로 있으면서 도내 여러 고을의 수령들과 함께 공북루(拱北樓)에서 큰 잔치를 벌인 일이 있었다. 밤을 새워 술 마시고 풍악을 울려 취흥이 무르익는 판에 갑자기 닭 울음소리가 들렸다. 서경이 무슨 소리냐고 짐짓 물었는데 날이 밝는 것이 싫어서 해본 소리였다. 그 때 기생 양대운이 부러,

"이 소리는 강가의 백로 울음이옵니다."

하고 대답했다. 유공은 그 대답이 자기 뜻에 들어맞는지라 좋아하여 기생의 재치를 칭찬하고, 좌중으로 하여금 시를 읊어보라고 했다. 홍공은 당시 문의(文義) 고을 현감으로 그 자리에 참석하고 있었는데 먼저 한 수를 지었다.

술 거나한 높은 누각 그림촛불 밝은데
금관성엔 음악소리 우렁차게 들리누나.
가인은 풍류의 흥 깨질까 저어하여
닭소리를 백로소리라 웃으며 말하도다.

酒半高樓畫燭明　　錦城絲竹正轟轟
佳人恐敗風流興　　笑道鷄聲是鷺聲

　유공이 보고서 칭송했는데, 이 시가 당대에 회자되어 충청도 사족들이
끝 구절을 가지고 많이들 시 제목으로 삼고 시를 읊곤 했다. 공의 관직
은 좌랑에 이르렀고 아들 홍보(洪寶)가 높은 벼슬에 오른 관계로 부원군
작호를 추증받았다.
　　－『대동기문』 제377화 <홍난상차기노성 회자일시(洪鸞祥借妓鷺聲 膾炙一時)>

襄坮雲(양대운)

　　내가 지난해에 전주에 갔을 때 양대운의 꽃다운 이름을 물어 몸소 그 집에 가니 아름다운 얼굴과 꽃다운 나이에 글도, 글씨도 능숙하여 참으로 일세의 뛰어난 아름다움이라 할 수 있었다. 그를 사랑하고 존경하며 여러 날을 서로 따랐다.
　　그를 두고 지은 시조가 아래와 같다.

　　　고을사 져 꽃치여 반(반)만 여윈 져 꽃치여
　　　더고 덜돌 말고 每樣(매양) 그만 허여잇셔
　　　春風(춘풍)에 香氣(향기) 좃는 나븨를 웃고 마즈 허노라.

―안민영, 『금옥총부(金玉叢部)』

蓮紅(연홍)

연홍의 처음 이름은 운랑(雲娘)으로 가산(嘉山)의 관기이다. 일찍이 가산 군수 정시(鄭蓍)의 사랑을 받았다. 신미년 겨울에 토석(土賊)이 난을 일으켰다. 연홍은 도적이 밤중에 쳐들어오리라는 말을 얻어듣고 정공에게 비밀히 고하니, 공이 말하기를

"부질없이 죽임을 당할 뿐 이익 될 것 없으니 몸을 피하라."

하고 물러가게 하였다. 공을 비롯해서 아버지 노(魯)와 아우 신(蓋)이 모두 화를 입었다. 이때 연홍의 집이 관아와 울타리 하나를 격하고 있었다. 적당이 흩어지기를 기다려서 관아 안으로 들어가 보았다. 정공의 아우가 칼에 맞았으나 아직도 숨이 끊어지지 않았는지라 얼른 등에 업고 집으로 돌아와서 소생케 했다. 그리고 관아에 손님으로 와 있던 박생이란 자와 의논한 뒤 가산을 기울여 결사대를 모집하여 고을을 지키게 하고, 정공 부자의 시체를 염해서 입관하여 안치하였다. 얼마 되지 않아 관군이 이르러 호상하여 남쪽으로 돌아오게 되니 연홍이 대동강까지 상구(喪柩)를 호송하고 통곡하고서 돌아갔다. 조정에서 이를 아름답게 여겨 기적에서 이름을 빼주고, 전지를 주었으며 부세를 면제해 주었다. 경산(經山) 정상공(鄭相公) 원용(元容)이 연홍을 위하여 시를 지어주었으며, 당시의 사대

부들이 이에 화답하는 시를 써서 종이가 상자를 메웠다.

헌종(憲宗) 병오년에 연홍이 늙어 죽으니 평양의 부로들이

"연홍이 천한 기생의 신분으로서 능히 대의를 분별하였으니 마땅히 이를 표창해야 한다."

하고 화상을 그려서 의열사(義烈祠)에 배향했다. 의열사는 곧 평양의 부기(府妓) 계월향(桂月香)의 영(靈)이 안주하는 곳이다. 임진왜란 때 왜장 소서비(小西飛)가 평양을 점령하니 계월향이 비밀히 김양의공(金襄毅公) 응서(應瑞)를 끌어들여서 소서비의 목을 베게 했던 것이다. 경산상공(經山相公)이 평안감사로 있을 때에 사당을 세우고, 영신(迎神) 송신(送神) 이 곡을 지어서 빗돌에 새겨 뜰에 세웠다.

―『조선해어화사』,『침우담초(枕雨談草)』

蓮花(연화)

　　　　한양(咸陽) 기생 연화의 꽃 같은 얼굴과 달 같은 태도
는 영남에 소문이 났다. 내가 남원에 있을 때 운봉 아중(衙中)에서 서로
보았으나 가증스럽게도 운봉의 원님이 먼저 차지하였더라.
　　그를 두고 지은 시조는 아래와 같다.

　　꽂 갓튼 얼골이요 달 것튼 틱도로다
　　精神(정신)은 秋水(추수)여늘 性情(성정)은 春風(춘풍)이라
　　두어라 月態花容(월태화용)은 너을 본가 ᄒ노라.

—안민영, 『금옥총부(金玉叢部)』

英梅(영매)

　　월성(月城) 기생 영매는 젊은 시절에 거문고를 잘 타
고 노래와 춤에 능하여 이름이 있었다. 그러나 일찍이 자리를 같이하는
인연이 없었다. 그녀와 만나게 되어 나이를 물으니 서른아홉이라고 하였
다. 머리를 빗어 정제하지 않고 옷이 초라했으나 만나는 것이 늦었음을
애석하게 생각하였다. 내 나이 육십이 되어 머리가 세고 이가 빠졌다. 이
에 미녀를 멀리하고 거문고를 상 위이 버려두어서 먼지가 앉았다. 낭자
가 소매로 먼지를 털고 줄을 골라 별안간 계림의 구보(舊譜)를 탔다. 소
리가 매우 청아하였다. 내가 시를 지어서 행하(行下)를 대신하고 낭자를
시켜 노래하게 하였다. 그리고 말하기를

　“너는 시를 배우지 않았으니 어찌 나의 소년 시절을 알겠는가.”
하였다.

—『조선해어화사』, 『청천집(靑泉集)』

映山紅(영산홍)

　　성주(星州) 기생 영산홍이 일찍이 마음속의 사람을 논했는데 수재 이계열(李繼悅)을 으뜸으로 하였다. 그 뒤에 어떤 조정의 인사가 영산홍과 정을 통하고 장난삼아 그 남편의 갑을(甲乙)을 정하게 하였다. 조사(朝士)가 자진하여 붓을 잡았다. 영산홍이 말하기를

　"먼저 이 아무개를 쓰고 다음에 아무개를 쓰고, 또 그 다음에 아무개를 쓰십시오."

하였다. 조사가 말하기를

　"나도 그 서열에 들 수 없느냐?"

하니, 홍이 말하기를

　"낭군님은 모습이 이 아무개와 비슷하시니 그 말미에 참여할 수 있습니다."

하였다. 조사가 붓을 던져 버리고 손바닥을 매만졌다.

-『조선해어화사』,『송계만록(松溪漫錄)』

英姬(영희)

　　무릉(武陵) 기생 영희는 나이가 겨우 14살이지만 재주와 용모가 뛰어나고 시를 잘 지었으며 큰 글자도 잘 썼다.

　　내가 의령(宜寧) 원으로 있을 때 감사 종산(鍾山) 이삼현(李參鉉)이 내게 그 기생의 머리를 올려 주라고 권했다.

　　영희가 내게 바치는 시를 짓기를,

　　　골짜기 가득히 붉은 안개(기운)가 모이고
　　　복숭아꽃이 온 마을을 두루 뒤덮었는데
　　　예쁜 아이의 집은 어디에 있는지?
　　　제가 아름다운 무릉원에 살고 있지요.

　　　滿谷紅霞集　　桃花遍一村
　　　兒家何處住　　長在武陵源

라고 하였다.

　　내가 마산 창고에서 세미를 받들고 갈 때 무릉을 지나가다가 그에게 시를 지어 보냈는데

눈 녹은 뒤의 무릉도원에 서신도 끊어지고
지난 번 이별은 너무도 빨랐었지
맺어진 정 알고 있지 내일이면 다시 만나보리
말머리를 청산으로 돌려 그리운 품으로 들어가지.

雪後桃園信不通　　向來離別太忽忽
情知明日應相見　　馬首青山入望中

라고 하였다.

무진년 봄에 나는 서울에서 돌아와 시를 지어 보내기를,

의령의 춘삼월엔 온갖 꽃이 피어나는데
나그네 길 떠난 지 수십일 지금에야 돌아왔네.
물어보자 그대 나를 생각함도 나만큼이나 깊은지
내일 아침엔 꼭 보내는 가마를 타고 내개로 오려무나.

宜春三月百花開　　客路經旬今始回
問爾相思如我否　　明朝須趁送轎來

라고 했다.

이때 배를 타고 정암강(鼎巖江)에서 놀다가 영희를 무릉으로 돌려보냈
는데, 이는 대개 백향산(白香山)이 유기(柳妓)를 놓아 보낸 때의 생각과
같았다. 나는 시를 지어 주기를,

손에 든 부채로 강 건너 임을 불러 오고
그대를 도원으로 보내자니 바라볼수록 아득하네.
속으로 무정하구나 라는 생각은 어제와 같고

서로 그리워하면서 보지 못하게 되는 것은 오늘과 같구나.
오랜 인연은 세 번 돋아난 돌로도 증명하기 어렵고
헤어져 돌아서는 길은 먼먼 다리를 건넌 때와 같구나.
이제 밤마다 어떻게 고을집 안에서 견디랴?
정원 가득히 가꾼 대나무엔 빗소리만 쓸쓸하겠네.

手中扇子隔江招　　送汝桃園望更遙
有意無情猶昨日　　相思不見自今朝
宿緣難證三生石　　別路還同萬里橋
後夜那堪郡齋裏　　滿庭脩竹雨蕭蕭

라고 라였다.

　영희의 성격은 대나무를 좋아했기 때문에 이렇게 읊었는데, 영희는 이 시를 받아 들고 울면서 떠났다.

　내가 임기를 끝내고 돌아온 뒤 얼마 되지 않아 영희는 그만 요절했다고 하는데, 그때 그의 나이는 겨우 열아홉 살이었다. 아아! 하늘은 세상에 아름다운 여자를 태어나게 하고서는, 어찌 조물주의 시기함이 이토록 심하단 말인가?

-『금계필담(錦溪筆談)』제109화

　　* 백향산(白香山) : 당나라 시인 백거이(白居易). 자가 낙천(樂天) 호는 취음선생(醉吟先生). 향산에 살았기 때문에 향산거사(香山居士)라 일컬음.

吳山紅(오산홍)

우리나라 기계(妓界)에 시가에 능한 자, 해학을 잘 하
는 자, 얼굴이 뛰어난 자, 절의 효행이 있는 자 등이 모두 있으나 오직
서화를 잘하는 자가 전해지지 않음은 유감스럽다. 근일 경성에 오산홍이
란 기생이 있었는데 호는 홍월(虹月)이라고 하며, 서화에 매우 능하여 해
마다 미술전람회에 입선되어 사람들의 칭찬을 받았다. 홍랑이 비록 기생
을 업으로 하고 있으나 음탕한 것을 좋아하지 아니했으며, 시속의 잡가
를 노래하지 않고, 오직 시, 서, 화, 거문고 및 문학 등에 전심하여 선비
와 함께 놀기를 좋아하였다. 그 뜻 가짐이 고상해서 그런 것일까. 제학
(提學) 윤희구(尹喜求 ; 호는 于堂)는 문장과 박식으로 오늘의 시대에서
가장 이름 높은 자로 홍월이 그에게 보낸 시에서 이르기를

> 천생의 아름다운 자질
> 용모를 꾸며 남의 애태우길 부끄러워하네.
> 그대 머리 희어진 것 섭섭해 마라
> 버들강아지 동풍 따라 흰 것을 면케 되네.

腕下天然一種香　羞將脂粉斷人腸

見儂頭白休惆悵　免逐東風柳絮狂

했으니 홍랑의 인물과 생각을 여실히 묘사하고 있다.

　나는 홍랑이 난초를 잘 그리는 것을 보고 감회에 젖었다. 조선 정조 때 징사(徵士) 이양연(李亮淵: 호는 臨淵堂 또는 山雲)이 난초를 제목으로 시 한 수를 읊었다.

　　　동쪽 땅에는 참난초 없어
　　　오직 난초 비슷한 것만 있네.
　　　세상 사람이 잘못 알고 사랑해서
　　　수풀 밑의 늙음을 얻지 못하네.

　　　東土無眞蘭　只有似蘭者
　　　世人錯相愛　不得老林下

　내가 그 운자를 빌려 그 뜻과 상반되는 시를 지었으니

　　　동쪽 땅에 참난초 있건만
　　　골짜기 깊으니 아는 자 없네.
　　　세상 사람이 어쩌다 발견하면
　　　꽃다운 이름 천하에 진동하네.

　　　東土有眞蘭　幽谷無知者
　　　世人忽相見　芳名滿天下

하였다. 홍월의 난초가 이와 같은 것이다. 난초는 그 종류가 많다. 우리나라 동남쪽 여러 산(동래의 금정산(金井山), 함양의 지리산, 순천의 조계산(曹溪山) 등)에 산란(山蘭)이 있는데 잎이 연하고, 약간 누른 기운이 있

으며 줄기가 빼어나고 꽃향기가 짙다. 식자(識者)가 이것을 보고 참난초
(眞蘭)라고 했기 때문에 이렇게 지었던 것이다.

—『조선해어화사』

玉樓仙(옥루선)

　　　　가정 기미년 봄에 내가 충청감사에 임명되어 호서로 갔다. 참판 권응창(權應昌)이 또한 홍주목사(洪州牧使)가 되어서 그의 서제(庶弟)인 송계(松溪) 권응인(權應仁)도 따라갔다. 내가 홍주에 도착하던 날 송계가 교방의 가요로서 율시 두 수를 지어 올렸는데, 끝구에

　　　인생은 남북 가릴 것 없이 뜻에 맞게 행동하는 것
　　　선연동 안의 넋은 되지 마오.

　　　人生適意無南北　　莫作嬋娟洞裏魂

했으니 실로 의미가 있었다. 이때 내가 홍주 기생 옥루선을 지극히 사랑하게 되었는데 송계의 시가 징험이 되었다. 내가 홍주로 가서 시 한 수를 지어주었는데, 즉

　　　앉아서 동풍 향하니 남모르게 애타고
　　　창 앞에 지저귀는 새소리 견디기 어렵네.
　　　이별의 시간 많고 만나는 시간 적은데 봄은 저물고

길은 멀고 편지는 드문데 날은 저물고
은하수에 오작교 있다는 말 믿어지지 않아
무협에 구름 없다는 말 의심스럽네.
이 정회 펴려하니 또다시 쓸쓸 해져
부질없이 쇠화로를 대하여 저녁별과 바꾸네.

坐向東風暗斷魂　窓前啼鳥不堪聞
離多合小春將晩　路遠書稀日欲曛
未信星橋曾有鵲　却疑巫峽更無雲
此情欲寫還惆悵　空對金爐換多薰

했다. 그밖에도 많은 시를 지어주어 시축을 이루었다.

만력(萬曆) 계사년 봄에 내가 홍주에 이르러서 옥루선의 존몰(存沒)을 물었는데 아직도 시골 동네에 살아 있고, 시축도 그대로 간직하고 있다고 했다. 가져오게 해서 보고 발문을 덧붙여서 돌려보냈다. 손꼽아 계산해 보니 기미년에서 계사년까지 35년의 세월이 지나갔다. 내 나이 78세인데 이처럼 먼 지방에 다시 오게 되었으니 다행스러운 일이라고 하겠다.

―『조선해어화사』, 『견한잡록(遣閒雜錄)』

玉梅香(옥매향) 가

성종 때 삼괴당(三魁堂) 신종호(申從濩)는 아름다운 자태와 고운 용모를 지녔으며 또한 착한 성품을 가졌다. 일찍이 그는 3번의 과거에서 다 장원급제를 하였다. 그래서 그는 스스로 호를 삼괴당이라 불렀다

그가 일찍이 명기 상림춘(上林春)의 집을 지나다가 시를 짓기를

흥겨운 거리의 길거리엔 수양버들이 비껴 서있고
느지막이 불어오는 바람과 햇빛은 푸른 기운으로 바뀌었구나.
열 두 폭 늘어진 비단 발 아래 고운 님 얼굴빛을 구슬과 같은데
젊은 벼슬아치가 시를 읊으면서 말을 타고 지나가네.

第五街頭楊柳斜　　晩來風日轉淸和
紺簾十二人如玉　　靑瑣詞臣信馬過

라고 하였는데, 사람들이 모두 서로 전하며 즐겨 읊었다.

성종이 특별히 호당에 뽑아 올려 물재(勿齋) 손순효(孫順孝)와 매계(梅溪) 조위(曺偉)로 더불어 독서할 시간을 주니, 세상에서 이를 영광스러운

일이라고 말하였다.

성종은 눈이 내리고 난 후, 날이 개어 별과 달이 뜨락에 가득할 때 내시 한 사람만 거느리고 옥당에 행차하셨다.

이때에 바야흐로 매계가 숙직을 하는데 방에서 책 읽는 소리가 문 밖까지 흘러나왔다. 임금이 창틈으로 몰래 들여다보니 매계는 의관을 정제하고 책상 앞에 바로 앉아 열심히 글을 읽고 있었다.

성종이 매우 흡족한 마음으로 문을 열고 들어가려고 하는데 갑자기 한 궁녀가 뒷문으로부터 천천히 걸어 들어와서 책상의 한 쪽에 앉았다.

그런데 매계는 못 본 척하고 책 읽는 것을 그치지 않았다. 오랜 시간이 흐른 뒤에야 매계는 책을 덮고,

"네 모습을 보아하니 궁녀가 틀림없는데, 어찌하여 이 늦은 밤에 여기에 왔는가?"
라고 물으니 궁녀는 대답하기를,

"저는 늘 발 틈으로 선비님의 뛰어난 풍채를 사모했는데 그만 염치를 무릅쓰고 이곳에 이르렀습니다."
했다. 매계는 낯빛을 단정히 하고 말하기를,

"대궐 안 법도가 매우 엄하고 이목이 번거로운데, 만일 이를 아는 사람이 있으면 어찌 죄를 면할 수 있겠는가? 당장 물러가거라."
라고 말하니 궁녀는 얼굴을 붉히면서 말하기를,

"제가 이미 여기에 이르렀는데 어찌 헛되게 돌아갈 수 있겠습니까? 선비님이 만일 불쌍히 보아 주시지 않는다면 저는 당장 이 자리에서 죽어 버리겠나이다."
라고 하면서, 품속에서 단도를 끄집어내어 스스로 죽으려 하였다. 이를 본 매계가 황망히 그 단도를 빼앗으면서 말하기를,

"내 마땅히 너의 말을 따르리라. 어찌 갑자기 이 같은 행동을 하려 하
는가?"
하였다. 그리고는 곧 촛불을 끄고 같이 잠자리에 들었다.

성종은 처음부터 끝까지 이를 목격하고 놀랍고 의아한 생각을 마지않
았으나, 혹시 다른 사람이 이를 알까봐 오랫동안 그 자리에서 머뭇거리
다가 비로소 돌아갔다. 그리고는 당신이 입고 있던 돈피 갖옷을 벗어 내
시로 하여금 그들이 깊이 잠든 것을 엿보아 몰래 방안으로 들어가서 그
위에 덮어주고 돌아오도록 명하였다.

매계는 얼핏 꿈속에서 홀연히 이상한 향기가 온 방안에 가득한 것을
깨닫고 급히 일어나서 촛불을 켜고 방안을 둘러보니 임금의 돈피갖옷이
몸에 덮여 있었다. 이에 놀라 송구한 마음으로 어찌할 바를 몰랐다. 그는
글을 올려 죽기를 청하였으나 임금께서는 비밀히 내시로 하여금 매계에
게 타이르시기를,

"그때의 광경은 오직 나 혼자만이 알고 있느니라. 이는 네 죄가 아니
라. 삼가 스스로 인책하지 말고 아직은 처분을 기다리도록 하라."
고 하였다. 매계는 임금의 말에 따라 감히 스스로 인책하지 못했다.

다음날 독서당에서 공부하는 젊은 대관 한 사람이 급히 임금께 만날
것을 청하고 아뢰기를,

"조위는 유신으로서 심히 엄한 대궐 안에서 밤에 궁녀를 끌어안고 사
사로이 침실에 들었으니, 청하옵건데 빨리 나라의 법도를 바로 잡으소
서."
하였다.

임금이 놀라면서 그를 바라보니 곧 신종호였다. 이에 묻기를,

"네가 어떻게 이 사실을 알고 있느냐?"

고 하니 그는 대답하여 아뢰기를,

"바야흐로 제가 예문관에서 당직을 하며 책을 읽다가 의문 나는 점이 있어서 조위에게 물어보려고 늦은 밤에 옥당에 이르렀는데 궁녀가 뒷문으로 나와 사라지는 것을 보았습니다. 감히 사사로운 정으로 공무를 잘 못되게 해서는 안 되겠기에 감히 이렇게 급히 만나 뵙고 말씀 올리는 것입니다."

하니, 임금은 말하기를,

"따로 알고 있는 사람은 없는가?"

하고 물으니, 그는 대답하여 말하기를,

"신만이 홀로 이를 알고 있을 따름입니다."

하니 임금이 웃으시면서 말씀하시기를,

"이 일은 내가 직접 목격한 것이니, 이는 조위의 죄가 아니니라. 굳이 이를 가지고 논란하지 말라. 내가 듣기에 관서지방은 본디 아름다운 곳으로 알려져서 그 관찰사나 수령이 된 사람은 백성의 걱정스러움은 구제하지 않고 오직 노래와 음악만을 일삼는다고 한다. 특별히 너를 직접 어사로 지명하니 모름지기 여러 지방을 두루 다니면서 탐욕에 어두운 관리를 징계하고, 백성들의 속 걱정을 잘 살펴서 한 가지 일이라도 그 원하는 대로 되지 않는 것이 없도록 하라."

고 했다.

신종호가 머리를 조아려 명령을 받고 물러 나오려 하는데 임금께서 또 분부하시기를,

"관서지방은 미인절색들이 많으니라. 너는 이번 길에 모름지기 이를 삼가도록 하라."

고 했다. 신종호는 엎드려 삼가 새겨듣고 물러나왔다.

　그는 어명을 띠고 여러 고을을 돌아다녔는데, 기녀들을 자기 곁에 가까이 오지 않도록 하였다.

　한편 임금은 또 몰래 평양감사에게 사람을 보내어 본부하기를,

　"반드시 기녀들로 하여금 이번에 가는 어사를 잠자리에 모시도록 하라."

고 하였다. 평양감사는 임금의 뜻을 받들고 비밀히 어사가 지나가는 고을마다 어명을 통고했다.

　이 공문이 성천(成川)에 도달하자, 성천부사가 모든 기생들을 불러 모으고 말하기를,

　"너희들 중에 어사의 잠자리를 시중들 수 있는 사람이 있으면 마땅히 후한 상을 내리리라."

하니, 모든 기생들은 머리만 수그릴 뿐 아무런 대답이 없었다. 그 중에 옥매향이란 기녀가 있었는데, 그 나이는 16세요, 용모는 절색이었다. 그녀가 머리를 들고 말하기를,

　"첩이 감히 해낼 수 있습니다."

고 하였다. 부사가 말하기를,

　"네가 어떤 묘책이 있어 그 일을 할 수 있다고 하느냐?"

하니, 옥매향은 대답하기를,

　"첩이 그때 형편에 따라 계책을 마련할 수 있을 것입니다."

라고 하자, 부사는 이를 허락하였다.

　이즈음 어사가 여러 고을을 다니면서 백성의 속사정을 두루 살펴 일의 처리를 공평하게 하자 온 백성들이 모두 칭송하였다.

　어사는 성천에 이르러 객사에 머물렀다. 밤이 되자 갑자기 한 여자의 통곡소리가 매우 애절하게 들렸는데, 그 소리는 매우 처절하였고 울음은

날이 밝을 때가 돼서야 비로소 그쳤다. 그 다음날 밤도 지난 날과 같았다. 어사가 이것을 괴이하게 여겨 소리를 주의 깊게 들어보니 통곡소리는 동쪽 담장 밖에서 들려오는 것이었다. 어사가 공생(貢生)에게 묻기를,

"이게 웬 통곡소리인가?"

하니 그는 대답하기를,

"이웃 동네 과부인데, 나이는 16세이고 재주와 용모가 남보다 뛰어나고 글씨도 잘 쓰고 그림도 잘 그려서 스스로 말하기를, 재주와 용모가 실로 나만 못한 사람이면 절대로 시집가지 않겠다고 맹세했습니다. 그러다기 지난 봄에 그에 맞는 잘 생긴 남자에게 비로소 시집을 갔으나 얼마 안 되어 그 남자가 병으로 세상을 떠났습니다. 그 이후로는 매일 밤마다 저렇게 울음이 새벽까지 계속되고 있습니다. 부모의 권유조차도 그 울음을 그치게 할 수 없어 부모도 견디지 못하고 다른 마을로 이사간지, 이미 일 년이나 되었습니다. 그래서 과부가 된 딸 혼자 이곳에 살고 있습니다."

고 하였다. 어사는 이 말을 듣고 스스로 생각하기를,

"이 여자가 만일 밤마다 애절하게 울다가 죽게 되면 어찌 화평한 기운을 슬프게 만들지 않겠는가? 내가 마땅히 직접 만나서 이를 그치도록 타이르겠다."

하고 드디어 걸음을 옮겨 동쪽 담장에 이르니 조금 헐어진 곳이 있어 넘어가 그 집에 이르렀다. 과연 한 아름다운 여자가 깨끗하게 흰 옷을 차려 입고, 머리를 난간에 기댄 채 달을 바라보며 울고 있는 것이 보였는데, 진실로 뛰어나게 아름다웠다.

그는 어사가 오는 것을 보고도 마치 보지 못한 것처럼 슬피 울기를 오래도록 하다가 묻기를,

“그대는 어떤 분인데 깊은 밤에 여기에 오셨습니까?”
하였다. 어사는 말하기를,

“나는 어사다.”
하니, 기녀가 말하기를,

“제가 듣기로는 어사또께서는 여색을 멀리 해 곁에 가까이 오지 못하게 한다고 하던데, 어찌 담장을 넘어와서 과부를 품으시려 하시나이까?”
어사가 말하기를,

“그런 것이 아니니라. 너에게 울지 말라고 직접 만나서 타이르려고 여기에 왔느니라. 네가 죽은 낭군을 위하여 정절을 지킨다면 내 마땅히 상황을 듣고 정려(旌閭)를 서도록 주선하겠다. 과연 이를 판별하지 못하면 삼종의 도리가 끊어지지 않도록 마땅히 부모에게 의지하여 몸을 깨끗이 하다가 늙는 것이 옳으니라. 어찌 평화로운 세상에서 밤마다 애절히 통곡하여 위에 있는 하늘의 화평한 기운을 어기려 하는가?”
하니, 기녀는 급히 일어나서 절을 하며 말하기를,

“이제 가르치는 바를 받자오니 과연 지당하신 말씀입니다. 비록 그러하오나 첩은 본디 천한 사람인데, 죽은 지아비를 위해 절개를 지킬 수 있겠습니까? 첩의 재주와 용모는 비록 남만 같지 않더라도 평생 원하는 것은 풍류가 있는 아름다운 남자를 만나는 것이오나 아직 구하지 못하고 있습니다. 그런 까닭으로 밤마다 슬피 울며 울다가 죽기를 원할 따름입니다.”
하였다. 어사는 웃으면서 말하기를,

“진실로 그런 사람을 구하고자 하는 것이라면 사람이 없음을 근심하지 않아도 될 텐데 어찌 울다가 죽을 지경에 이르겠는가? 그만 오늘부터는 삼가하여 밤에 울지 않도록 하라."

하니 기녀는 말하기를,

  "첩은 이미 마음을 굳게 정했으니 바꿀 수 없습니다."

하였다. 어사는 오래 생각에 잠겨 있다가 말하기를,

  "그렇다면 너는 나를 시험 삼아 보면 어떻겠느냐?"

하니, 기녀가 대답하기를,

  "가만히 보면 어사또께서는 오히려 사람 중의 신선이니 어찌 평범한
남자와 비할 수 있겠습니까?"

하였다. 어사는 말하기를,

  "만일 오늘부터 밤에 울지 않는다면 내가 너를 위하어 첩으로 심으리
라."

하니 기녀는 절하며 말하기를,

  "이렇게 극진한 뜻을 받자오니 영광스럽기 한량없습니다. 비록 그
러하오나 어사또의 말씀은 오히려 깊이 믿을 수가 없나이다. 만일 믿
을 수 있는 물건 하나를 저에게 주신다면 첩은 마땅히 울지 않겠습
니다."

하였다. 어사가 옷소매 속에서 부채 한 자루를 꺼내어 주니, 기녀는 다시
말하기를,

  "이것으로는 오히려 깊은 믿음을 주지 못합니다. 바라옵건대 잠자리를
모실 수 있도록 허락해 주신 연후에야 바야흐로 마음을 놓을 수 있겠습
니다."

하니 어사는 말하기를,

  "어찌 다른 날이 없겠느냐. 내가 마음에 결정한 바가 있으니 오늘은
뜻한 것을 깨뜨릴 수 없겠구나."

하니 기녀는 곧 높은 소리로 말하기를,

"어사또가 한 밤중에 몰래 과부의 집에 들어와 장차 어찌 하려 하십니까?"

하니, 어사는 황급히

"내가 마땅히 네 말을 들을 테니 큰 소리를 내지 말라."

하고 마침내 기녀와 함께 잠자리에 들었다.

공생(貢生)들이 담장 사이에서 몰래 그 거동을 엿보고 있다가 웃음을 참지 못하고, 처음부터 끝까지 사실을 부사에게 알리니, 부사는 감사에게 보고하고, 감사는 곧 비밀히 임금에게 이 사실을 알렸다.

어사가 일을 끝마치고 돌아왔을 때 임금은 그를 불러 수령들의 치적과 아울러 백성들의 괴로움을 묻고 기뻐하면서 그 직책을 칭송하고 특별히 한 지위를 올려줬다. 어사기 막 물러나려 할 때 임금이 웃으시며 말하기를,

"이번 길에 과연 여색에는 물든 바가 없겠지?"

하고 물으니, 신종호는 고개를 숙이고 엎드려 죄를 청하고 드디어 옥매향과의 일을 처음부터 끝까지 아뢰니, 임금은 웃으시면서 말씀하시기를,

"이는 실로 젊은 명사들의 아름다운 풍류일 텐데 어찌 잘못된 혐이 있다 하겠는가? 당초에 조위의 한 일도 역시 이와 같았느니라."

하였다.

이때 조위도 그 자리에 있었는데, 임금께서는 내시를 시켜 두 미인을 불러오라 하여 그들이 어전에 이르렀는데, 그들은 지난날의 궁녀와 옥매향이었다. 임금은 드디어 조위와 신종호 두 학사에게 두 미인을 각기 내어주니, 조정에 있던 모든 신하들은 성은에 감동하지 않는 사람이 없었

고, 이 일을 아름다운 이야기로 전하게 되었다.

이로 미루어 보면 성종이 나라를 다스리던 시대는 진실로 태평스러운
세상이었음을 알 수 있다.

—『금계필담(錦溪筆談)』제6화

玉梅香(옥매향) 나

명종(明宗) 때 을사사화가 일어났다. 처음에 이기(李芑)가 병조판서의 천망에 올랐는데 유관(柳灌)이 이를 막았다. 임백령(林百齡)은 윤임(尹任)과 함께 기생 옥매향을 두고 다툰 일이 있었다. 임백령이 옥매향을 사주하여 윤임을 무고해서 무복(誣服)케 하고 성번(成藩)으로 증인을 삼았다.

대궐 뜰에서 국문이 벌어졌다. 추관(推官) 허자(許磁)가 임백령과 농을 주고받았다. 윤임의 기첩 옥매향은 옥에 갇혀 있었는데, 허자가 임백령을 향해서 말하기를

"그녀를 영감께 보내 드리리라."

하였다. 듣는 자가 모두 분개하였다.

—『조선해어화사』, 『유분록(幽憤錄)』

玉梅香(옥매향) 다

　　　　　　이영원(李領院)에게 사랑하는 기생이 있었는데, 이름이 옥매향(玉梅香)이었다.

　이영원은 어떤 일 때문에 갑자기 화가 나서 검은 장화(長靴)를 들고는 옥매향을 어지럽게 두들겨 패니, 문득 장화 가운데가 끊어져 네 조각이 났다.

　옥매향이 전혀 분한 기색이 없이 미소를 지으며 말하기를,

　"영공(令公)께서 한 소첩(小妾)으로 인해 세 개의 물건을 얻게 되었습니다그려. 한 쌍은 털토시를 하고 두 개는 활동개를 하면 되겠으니, 노여워하지 마십시오."

라고 하니, 영원은 자신도 모르게 피식 웃고 말았고, 노여움도 마침내 풀렸다.

－『태평한화골계전(太平閑話滑稽傳)』 제43화

玉膚香(옥부향)

권경유(權景裕)의 자는 군요(君饒)이며, 유순정(柳順汀)의 자는 지옹(智翁)으로서 소년시절부터 재명이 있었다. 일찍이 산방에서 공부를 하였는데 한 소년이 스님에게 글을 배우고 있었다. 권과 유가 소년에게 묻기를

"너의 이름이 무엇이냐?"

또 묻기를,

"너의 얼굴이 아름다운데 너의 누나는 있느냐?"

소년이 대답하기를

"누나가 있는데 나주 기생으로 이름은 옥부향이며, 아명은 덕조(德鳥)로서 얼굴이 아름답기로는 고을에서 첫째갔습니다. 어릴 때 도성 교방에 뽑혀 들어갔으며, 명성이 자자합니다."

하였다.

두 사람이 정을 이기지 못하여 약속하면서 말하기를

"우리 두 사람 가운데 과거에 먼저 오른 사람이 부향을 취하리라."

하고, 또 소년에게 물어서 나주 고향집에 꽃과 나무, 시내와 돌의 종류가 어디 있다는 것을 마음속으로 기억하여 두었다.

그 뒤 2, 3년이 지나 권과 유 두 사람이 함께 과거에 올랐는데, 유순정은 평안도 평사가 되었고 권경유는 한림이 되었다. 한림이 잔치를 하는데 가기(歌妓) 중에서 옥부향을 보고 말하기를

"네가 나를 아느냐?"

향이 말하기를

"알지 못하겠습니다."

권이 속여서 말하기를

"네가 나주에 있을 때 포의(布衣)인 나에게 통판 아무가 너와 더불어 천침케 해서 내가 너희 집에 수일간 머물었느니라. 너의 어머니 이름은 아무이고, 할머니 이름은 아무이고, 아우 이름은 아무이며, 문 앞에 나무가 몇 그루 있고, 꽃이 몇 그루 있고, 시내가 어디 있으며 돌이 어디 있지 않느냐?"

하고 모두 잊지 않고 말한 다음, 다시

"네가 나와 작별하면서 '첩이 다행히 경기(京妓)로 뽑혀가고, 낭군이 또 과거에 오르면 다시 일생동안 재합할 것입니다'고 한 말을 너는 잊었느냐?"

하였다. 향이 기이하게 여겨 오랫동안 얼굴을 우러러보다가 탄식하며 말하기를

"한림의 말씀이 지성이옵니다. 제가 어릴 때 뵈었기 때문에 분별하지 못했는데, 이 일은 분명하옵니다만 첩은 동쪽 집 장랑(張郞)과 서쪽 집 이랑(李郞) 사이에서 그만 잊었습니다."

하면서 흐느껴 울었다.

이날 밤 약속이 이루어졌다. 사림(士林)에 이 말이 전해져 신기하게 여
겼다.

－『조선해어화사』, 『추강냉화(秋江冷話)』

玉纖纖(옥섬섬)

어떤 조정 관리가 영남지방에 사신(使臣)으로 나갔다가, 성산(星山)지방 기생 옥섬섬을 사랑하게 되었는데, 얼마 있지 않아서 성주목사(星州牧使)로 나가게 되었다.

도임하는 날에 마침 손님이 와서 이(李)는 술상을 차려 그를 접대했는데, 술이 취해 옥섬섬으로 하여금 술을 따르게 하고는 장난질을 하였다. 여자에 빠져 노는 것이 사신으로 왔을 때와 똑같아, 자신이 그 고을의 원님이 되었다는 것을 잊고 있었던 것이다.

고을 사람들이 첫 정사(政事) 때에 풍채를 보겠거니 하여 구경하려고 담장처럼 둘러서 있었다. 이(李)가 본래 글을 읽은 사람으로 미치거나 망령된 사람이 아니었기 때문에, 손님도 또한 이상하게 생각했다. 손님은 혹 그가 심병(心病)이 생긴 것이 아닌가 의심하다가 곧 작별하고는 나가 버렸다.

이(李)가 술이 깨자 스스로 부끄럽고 얼굴이 화끈거렸다.

다음날 관청에 나가 앉아 고을 사람들에게 말하기를,

"어제는 도임하는 날이라 판서(判署)할 공무(公務)가 없었기 때문에 손님과 더불어 즐겼던 것이니, 또한 해(害) 될 것은 없다. 오늘은 공무를 봄

에 있어서 고을 원으로서의 행동거지를 한결같이 법도에 따를 것이니,
너희들은 그리 알아라."
라고 하니, 듣는 사람들이 입을 크게 벌리고 웃었다.

-『태평한화골계전(太平閑話滑稽傳)』제71화

玉簫仙(옥소선)

　　　　해주 기생 옥소선이 지난 해 진연 때에 서울로 올라 왔는데 재예가 무리에서 뛰어나고 색태가 비범하여 당시의 이름난 기생 들 가운데 추천되었다. 석파(石坡) 대로(大老)께서 총애하셔서 그 이름을 옥수수라 부르시니 옥수수는 속칭 강냉이다. 사람들이 다 옥수수라 불렀 다.

　　나와 오산(五山) 손오여(孫五汝), 벽강 김군중(碧江 金君仲)은 날마다 만나 옥수수와 더불어 밤낮을 이어 놀았다. 이로 인해 정의(情誼)가 더욱 굳어 서로 버릴 수가 없었다. 일이 끝나 평양으로 내려갔다. 그 후 계유 년 봄에 석파 대로께서 내의(內醫)와 여좌 삼행수에 이르기까지의 역(役) 을 불러들여 명하시니, 그해 가을에 병으로 부역을 끝내고 가서도 서신 을 그치지 아니하였고 또한 여러 차례 운현궁에 올라 왔다. 병자년 겨울 에 또 일이 있어 삼증(三憎)과 더불어 서울에 왔으나 용모가 차츰 여위어 갔고 목소리도 실낱같아 중병에 걸린 사람 같아 놀랐다. 나와 오랫동안 멀어졌다고 하나 기뻐하고 사랑하는 마음은 오히려 지난날의 잘 꾸미고 아름다운 얼굴에 요염하게 노래 부르던 때보다 더 낫다고 하겠다.

　　그를 노래한 시조는 아래와 같다.

愁心(수심)겨운 任(임)의 얼골 뉘 前(전)만 못하다던고
흣터진 雲鬟(운환)이며 華氣(화기)거든 살빗치라
늑기며 실갓치 하난 말삼 익읻는 듯 하여라.
-안민영, 『금옥총부(金玉叢部)』

* 석파(石坡) 대로(大老) : 조선 고종(高宗)의 생부(生父)인 흥선대원군 이하
  응(李昰應)을 가리킴.

玉節(옥절)

　　동래부(東萊府)에서　온정(溫井)까지의　거리가　오리쯤
되었다. 내가 마산포의　최치학(崔致學)과 김해 문달주(文達柱)와 더불어
같이 동래부 안의 기생 청옥(靑玉)의 집에 들어가 술을 들어 서로에게 권
하고 있을 때, 홀연 한 미녀가 밖에서 들어와 우리들이 앉아 있는 것을
보고는 몸을 돌려 다시 나갔다. 그 여자를 보니 빙자옥질이 설중의 한매
와 같이 진애(塵埃)가 조금도 없었다. 모두 눈이 둥그레지고 입이 벌어져
어쩔 줄을 몰랐다. 청옥이 급히 일어나 넘어질 듯 나가더니, 얼마 있다가
손을 잡고 들어와 말하기를 너는 어떤 마음으로 왔다가 어떤 마음으로
갔느냐고 물었다. 곧 마루에 올라 자리에 앉으니 이는 제일 명희인 옥절
이다. 내가 경향간(京鄕間)에 명기를 차례로 겪은 것이 헤아릴 수가 없지
만 바다의 끝 변두리에서 어찌 옥절과 같은 사람이 있으리라 짐작했으
랴. 한마디 찬사가 없을 수 없었다.

　　다음은 그를 두고 지은 시조이다

　　　　乾坤(건곤)이 눈이여늘 네 홀노 푸엿구나
　　　　氷姿玉質(빙자옥질)이여 閤裏(합리)예 숨어 잇셔
　　　　黃昏(황혼)에 암향동(暗香動)ㅎ니 달이 조차오더라.
　　　　　　　　　　　　　　　　　－안민영, 『금옥총부(金玉叢部)』

于咄(우돌)

     송학사(宋學士) 국첨(國瞻)이 찰원(察院)이 되었을 때 서북방 융막(戎幕)의 보좌관으로 나갔다. 용성(龍城) 관기의 집 이름은 우돌인 데 매양 손님이 오면 총애를 받곤 하였으며 술 마시는 자리에서는 노래를 잘 화답하여 모두를 즐겁게 하였다.

    송학사가 유독 그와 가까이 하여 놀지 아니하니 시를 지어 올리기를

> 넓은 철판 심장 일찍부터 견고함 알았으니
> 아예 본래부터 같이 잠자리 아니했네.
> 다만 하루 밤 시주자리를 마련하여
> 풍월 읊고 즐겁게 꽃다운 인연 맺었으면

> 廣平腸鐵早知堅　　兒本無心共枕眠
> 但願一宵詩酒席　　助吟風月結芳緣

하였다.

—『보한집』 권하 제56화

原玉(원옥)

우후(牛後)는 교방화(敎房花) 원옥의 아명(兒名)이다. 미모와 재예가 당시의 으뜸이라 황장원(黃壯元)이 우후가(牛後歌)를 지어 불렀으니 그 줄거리를 말하면

'아미(蛾眉)가 말 앞에서 죽은 것이 한스러우니, 이러한 일을 되돌리고자 하여 우후라 이름했도다.'

한 것이다. 장원 유희(柳羲)는

"우심(牛心)은 다만 왕희지에게 보내야 합당하다."

했고, 나의 친구 기지(耆之)는 말하기를

"다만 하늘의 견우를 따라야 하므로 우후로 이름자를 쓴 것이다."

하고 내게 같이 시를 짓기를 청했다.

"석숭(石崇)이 소를 타고 달려도 빠르기가 나는 것과 같고, 녹주(綠珠)의 요염한 바탕이 지란(芝蘭)처럼 빼어났음을 그대는 보지 못했는가. 또 위공(魏公)이 소를 타고 다니면서 책을 읽었고, 설아(雪兒)가 절묘하게 노래를 불러 하늘까지 사무쳤음을 그대는 보지 못했는가. 옛날부터 미인은 우후에게 견줌이 합당하도다. 이것으로 우후에게 묻노니 네 뜻에 맞는가 안 맞는가. 상긋이 웃음 짓고 다소곳이 머리 숙여 천금 같은 한 곡조로

내게 장수하라 하도다.”

-『파한집』 권상 제22화

* 석숭(石崇) : 중국 진(晉)나라 때 부호이며 문장가. 녹주(綠珠)를 사랑했고,
  금곡(金谷)에 별장을 두고 호사를 다했음.
* 녹주(綠珠) : 석숭의 애첩. 손수(孫秀)란 사람이 나타나 녹주를 구했으므로
  석숭이 녹주를 빼앗기지 않으려고 했으나 후에 손수가 왕명(王命)을 가장하
  여 빼앗으려 하므로 녹주가 다락에서 떨어져 자살했음.
* 위공(魏公) : 중국 수(隋)나라 이밀(李密). 소를 타고 다니며 한서(漢書)를 읽
  었다고 함.
* 설아(雪兒) : 이밀이 사랑하던 기생. 노래를 잘 불렀다고 함.

月團團(월단단)

　　채생(蔡生)이란 사람이 있었는데, 그의 이름은 잊어버렸지만, 우리나라의 이름난 선비 집안 출신으로 용모가 온자(溫藉)하고 사람됨이 뛰어나며 재주가 노성(老成)했다. 나이 열아홉 살에 무오년 진사과에 급제하고, 스물두 살 때에 신유년 생원과에 급제하여, 아름다운 이름이 날로 퍼지니 사람들이 모두 그를 큰 그릇이라고 지목했다. 성격 또한 활달해서 조그만 절개에도 구속되지 않았다.

　일찍이 뜻을 같이 하는 동료들에게 말하기를,

　"대장부가 하늘과 땅 사이에 태어나서, 나무로 만든 활과 쑥대로 만든 화살을 버릴 때부터 이미 사방(四方)의 뜻을 지녔다. 비록 바다 귀퉁이에서 태어났다 할지라도 능히 천하를 두루 돌아보지 못하겠는가? 어째 능히 꼭꼭 막혀, 암놈 새가 납작 엎드린 것처럼 하여 우물 안 개구리처럼 하리요. 나는 우리나라의 명승지를 모두 찾아, 나의 질탕한 뜻을 이루고자 하노라. 나는 사마자장(司馬子長)씨를 사모하는 사람이다."

라고 했다.

　정통(正統) 기사년 봄, 이월 갑자일에 행장을 차려 길을 나섰다. 생은 한강루(漢江樓)에 올랐다. 술이 취하자, 개연히 탄식해 말하기를,

"이 누각은 남으로 한강에 임하고 북으로는 화산(華山)을 띠었고, 동으로는 화양정(華陽亭)과 낙천정(樂天亭)의 아름다운 경치에 이어졌으며, 서로는 마포 희우정(喜雨亭)의 경치를 끌어당기고 있으니, 산천의 아름다움이 어찌 적벽(赤壁)보다 못하며, 우리들의 풍류가 또한 어찌 소동파보다 적겠는가!"

라고 했다. 난간을 따라 옮겨 기대며 호탕하게 읊고 길게 노래하니 붉은 기운이 가볍게 나부껴 솟구쳐 오르는 듯한 뜻이 있으니, 자리에 있던 모든 사람들이 우러러 보았다.

기사일에 충주에 도착하니 목사(牧使) 안엄경(安淹慶) 공과 통판 이흥손(李興孫) 공이 후하게 대우하여 경연루(慶延樓) 위에서 잔치를 베풀어 주었다. 바야흐로 상사(上巳)의 경물은 아름답기 그지없고, 음악은 성대하게 베풀어지며, 자리에 석 줄로 앉은 아름다운 기생들도 모두 곱게 단장하고 있었다. 제일 끝줄에 월단단이라는 기생이 있어 나이는 이팔쯤 되었는데, 담박한 바탕에 짙은 화장을 하고 있었다. 분으로 심하게 꾸미지는 않았지만, 뜻과 태도가 한가하고 우아하며, 행동거지가 얼핏 보아도 느긋하고 여유가 있으니, 비록 광평(廣平)의 무쇠 심장을 가졌다 할지라도 담담하게 있을 수는 없을 듯했다. 생이 그윽이 바라보노라니 자못 사랑스러웠다. 단단이 타고난 눈치가 있어 뜻에 영합하는 눈길을 주니, 생은 더욱 애가 타는 것이었다.

이때 정묘년 과거에서 을과로 급제한 안선생이라는 사람이 경전(經典)에 밝아, 뽑히어 양성(陽城) 교수의 벼슬을 받았는데, 곧 통판의 조카였다. 그 자리에 있었는데, 생의 신유년 동년(同年)이었다. 생의 뜻을 알고자 살피다가, 술이 반이나 취하자 생에게 말하기를,

"좋은 때는 다시 오지 않고 만나기는 실로 어려우니, 마땅히 형으로

하여금 한 번 즐기게 하리라."

라고 하면서, 생에게 일어나서 춤을 추라고 부추기는 것이었다. 생이 난새나 학 같은 큰 키로 춤을 추며 빙빙 돌자, 온 자리의 사람들이 눈길을 떼지 못했다. 안이 단단에게 마주 춤출 것을 명하니, 단단이 천천히 누각에서 내려가 화장을 고치고 꾸밈새를 다시 차려, 온갖 아름다움을 극진히 한 후에 비파를 들고 춤추는 좌석으로 들어왔다. 가벼운 치맛자락은 노을에 나부끼고, 높은 노랫소리는 구름을 막으며, 몸과 그림자가 서로 비치고, 나는 듯이 움직여 이리저리 얽히는데, 그것을 바라보노라니 인간 세상의 사람이 아니었다.

　춤이 끝나자 안이 단단으로 하여금 나와 하례(賀禮)의 잔을 올리게 했다. 단단이 생의 뜻을 시험해 보고자 하여, 일부러 실수하는 척하면서 생의 옷 위에 술잔을 엎질렀다. 단단이 급히 약간 물러나서 엎드려 나지막한 목소리로 말하기를,

　"제가 뜻밖의 실례를 했습니다."

라고 했다. 생이 놀라 말하기를,

　"내가 실로 너에게 부딪힌 것이다. 너의 잘못이 아니다."

라고 했다. 단단이 잔을 씻어 다시 부어 올리니, 생이 주는대로 꾸준히 잔을 비웠다. 생은 본래 술을 잘 하지 못했다. 그러나 기쁜 나머지 이미 취해 버렸다. 물러나 침실로 가니, 빈 객관은 쓸쓸하고 아름다운 기약이 꼭 이루어질 것이라 기대하기 어려우니 마음이 답답해 누웠다 혹은 일어났다 하면서 몸 둘 바를 몰라 하다가, 기둥에 기대서는 나직이 신음했다.

　안이 이미 주관(州官)에게 청하여 단단에게 명해 잠자리 시중을 들게 하고는 생의 의중을 시험해 보느라고 단단을 문설주 밖에다 숨겨두고 들어가서 안부를 물었다. 생이 문득 안을 앞으로 끌어당기며,

"어찌해서 늦었소? 내가 온 지 오래 되었거늘 어찌 이리 늦었소?"

라고 했다. 안이 말하기를,

"인형(仁兄)께서는 생각이 있다고 내게 알려주었소?"

라고 했다. 생이 말하기를,

"오늘의 기쁨은 형과 해후한 데에 있으니, 내 일이 이루어짐은 형에게 달렸소이다."

라고 했다. 안이 짐짓 응해서 말하기를,

"무슨 말씀하시고자 하오?"

라고 했다. 생이 말하기를,

"낮에 잔치자리에서 나와 상대해서 춤을 추던 여자가 누구요? 고운 자태와 아름다운 모습이 기생들 가운데에서도 비할 사람이 없었소. 내가 무쇠 심장이 아닌 바에야 어찌 감정이 없을 수 있겠소?"

라고 했다. 안이 속으로 기뻐하면서 말하기를,

"그 여자는 중원(中原)에서 제일가는 기생인 월단단이요. 한림 선생 김공(金公)을 세상에서는 무쇠 심장이라 부르고, 여자에게는 눈길 한 번 주지 않는다고들 하지만, 일찍이 포사(曝史)로 우리 고을에 왔다가 단단에게 혹하게 되어 자못 맑은 절개를 잃었다오. 이제 이름난 여인을 가리고자 한다면 단단이 아니고는 고상한 뜻을 지녔다고 할 사람이 없을 것이요. 다만 오늘은 마침 괴산 태수 아무개가 공첩(公牒)을 가지고 우리 고을에 왔기 때문에, 단단이 이미 건즐을 모시게 되었으니 형의 일은 틀렸소이다. 형편이 이에 이르지 않았다면 어찌 형을 위해 그것을 꾀하지 않겠소?"

라고 하고는, 재삼 개탄하는 것이었다. 생이 하늘을 우러러 탄식하고

"좋은 인연과 나쁜 인연이 어찌 미리 정해진 것이 아니리요. 속담에

이르기를, '사람 일이란 어긋나기를 좋아하나, 바라기만 하면 이루어지지 못할 일이 있으랴.'라고 했거니."
라고 했다. 이에 회포를 읊은 절구 한 수에 이르기를,

밤 깊은 빈 객관엔 손님도 오지 않고
컴컴한 데 홀로 앉으니 생각나는 바가 있네.
어느 곳 검은 구름이 이 땅을 말아가려 왔는가.
다시금 밝은 달로 하여금 빛을 감추게 하네.

夜深空館客來稀　　獨坐沈沈有所思
何處黑雲來捲地　　更敎明月秘光輝

라고 했다. 안이 화답해서 말하기를,

단단의 기예와 아름다움은 고금에 드무니
지나는 손이 어지러이 생각하는 바가 있네.
하늘의 뜻은 아득하여 본디 헤아리기 어려우니
검은 구름 사라지면 달은 응당 빛나라.

團團藝色古今稀　　過客紛紛有所思
天意蒼茫難自料　　黑雲如去月當輝

라고 했다. 생이 갑자기 안의 손을 잡고 크게 웃으며 말하기를,
　"능히 나를 흥기(興起)시키는 사람은 형이로다."
라고 했다.

　산가지를 옮겨가며 앉아서 이야기하는 사이에 밤은 이경이나 되었다.
단단은 문설주 밖에서 뵙고는 다른 기생인 척하고 등불을 등지고 앉아

있었고, 생도 또한 그다지 개의치 않았다. 조금 있다가 안은 작별하고 돌아갔다.

생이 등불을 당겨 여인을 바라보니 곧 단단이었다. 놀라움과 기쁨이 바라던 바를 지닌 지라, 뛸 듯한 기쁨을 이길 수 없었다. 단단은 머리를 숙여 얼굴을 감추고 행동거지를 부끄러워했다. 생이 장막 가운데로 들어가 단단을 들어오라고 불렀다. 단단이 나지막한 목소리로 말하기를,

"제가 오늘 마침 월후(月候)가 있어, 잠자리에서 받들어 모시는 것이 마땅하지 않습니다."

하고는, 머뭇거리며 나오지 못하는 모양이 괴롭지만 거절하는 듯했다. 생이 짐짓 일어나 주위를 맴돌다가 단단을 잡아 장막 가운데로 끌어들이려 했다. 단단이 약간 화를 내며 말하기를,

"제가 비록 거칠고 추해도, 귀한 손님을 받들어 모심에는 십(十)과 백(百)을 자세히 살펴보고 나서 합니다. 간혹 무반(武班)의 호탕한 장수들이 거칠고 사납고 몹시 날래어도, 예도(禮度)를 좇지 않고 위세로써 협박하는 사람이 있으면 저희들은 또한 무반으로만 대우하고 어금니에 두지 않습니다. 만약 선비의 옷을 입고 문신의 관을 쓴 분으로, 조용히 예의를 따르고 담론을 잘하며 연구(聯句)를 잘 지으면, 비록 종의 첩으로 대우하더라도, 한결같이 법도를 따릅니다. 저희들은 받들기를 더욱 삼가면서 오직 행실을 잃지 않을까 두려워하는 것입니다. 이제 손님 또한 조정에 계신 분으로, 이런 점을 살피지 아니하시고 저를 대우하시기를 어찌 야박하게 하시는 것입니까?"

라고 했다. 생은 부끄러워져서 얼굴을 붉히면서 천천히 손을 거두고는 물러나 나지막한 병풍에 기대고는 아무런 말도 하지 못했다.

이윽고 단단이 빙긋이 한 번 웃고는 구름 같은 머리를 풀어 비녀를

뽑고 재빠른 손놀림으로 옷을 벗는 것이었다. 그리고는 조용히 말하기를,

"사람이 진실로 인연이 있으면 자연히 어울려 합해지는 법입니다. 이제 서방님께서는 왜 두려워하십니까?"

하면서, 잠깐 있다가 손으로 등잔불을 끄고는 장막 안으로 들어오매 운우(雲雨)의 정이 바야흐로 무르녹았다. 단단은 살갗이 기름지고 매끄러우며 귓속말이 맑고 막히지 아니하고, 성품이 또한 조심스럽고 빼어나며 뜻에 영합함이 문득 적중하니, 생이 크게 혹하여 하룻밤 사이의 즐거움이 십년보다 나았다.

북이 다섯 번 울자 안이 모시던 여좌와 함께 곧바로 생이 자는 장막으로 나아와서 일어났는지를 물었다. 생과 단단은 운우의 정이 채 흩어지지 않았는데, 안이 이름을 듣고는 다급해서 엎어지고 자빠질 지경이었다. 안이 생에게 말하기를,

"형이여, 옛날에 형과 더불어 교문(橋門)에서 책을 끼고, 책상자를 지고 산사(山寺)로 가 부지런히 공부할 때에, 바람과 서리가 뼈를 뚫으면 주먹을 입에다 대고 길게 탄식하며 말하기를, '부귀와 풍류와 행락을 얻음으로써 평소의 뜻을 이루리라.' 했더니, 오늘 정히 형과 더불어 그 뜻을 이룬 때에 마땅히 각각 모시는 여인을 내어놓아 술을 따르고 조용히 노래하게 하여 그것으로써 마음의 즐거움을 다하는 것이, 부족하나마 마음에 어떠하신지요?"

라고 했다. 생이 말하기를,

"이것은 제가 바라는 바입니다. 다만 감히 청하지 못했을 뿐입니다."

라고 했다. 이에 생과 단단이 자리를 같이 하고, 안과 모시던 여인이 자리를 같이 하여, 실컷 마시며 즐거움을 다했다.

날이 밝자 두 고을의 원님이 와서 안부를 물은 후에, 이어서 작은 술

자리를 벌였다. 잔치가 파한 후 생과 단단은 다시 침실로 들어왔다. 아직 즐거운 뜻을 다하지 못했는데 이별의 시간이 다가왔다. 서로 마주보고 눈물을 뿌리면서 빠른 시일 내에 다시 만날 것을 맹세하는데, 시간은 이미 정오나 되었다. 문 밖을 둘러보니 말은 멍에를 메었고, 종들은 부지런히 움직이고 있었다. 그러나 생은 아름다운 정을 미루느라고 미적거리며 차마 손을 놓지 못했다. 늙은 종이 조용히 들어와 아뢰어 말하기를,

"갈 길은 멀고 산길은 높고 험하며 말과 종은 고달프고 꼴과 양식은 거의 떨어졌으니, 서방님의 행색이 어떻습니까?"

라고 했다. 생이 억지로 의기를 내어 눈물을 닦고 옷깃을 떨치며 일어났고, 단단은 한편으로는 부르고 한편으로는 내려섰다. 단단이 울면서 말하기를,

"그대는 대장부가 되어, 한 여자를 위해 조금도 머물 수가 없으십니까? 서방님께서 다시는 더불어 함께 즐기지 않으면 그만이려니와, 만약 맹세의 말과 같을진대 이렇게 가볍게 등을 돌리심이 마땅하지 않나이다."

라고 했다. 생이 울음을 참으며 억지로 좋은 얼굴을 지어 말하기를,

"이별은 애석하나 오고 가는 것이 기한이 있어 잠시 너와 작별하는 것이니라."

라고 했다.

마침내 길을 떠나 새재에 이르러 회포를 읊은 절구에 이르기를,

높다란 잔도(棧道)는 구불구불하고 길은 긴데
중원으로 고개를 돌리니 길이 아득하네.
가슴 아픈 것은 오직 둥글디 둥근 달이라
오늘 밤은 분명히 두 고을을 비치겠지.

雲棧逶迤道路長　　中原回首路茫茫
傷心惟有團團月　　今夜分明照兩鄉

라고 했다.

　생이 영남에 이르러, 상주(尙州) 선산(善山), 성주(星州), 경주(慶州), 김해(金海), 밀양(密陽) 등지에서 가까이 한 이름난 기생이 또한 많았으나 단단처럼 마음에 맞는 사람은 없었다.

　단단에게 시를 부쳐 이르기를,

　　원앙이 강가에 있어
　　쌍을 지어 가고 쌍을 지어 나네.
　　아침에는 연리지에서 자고
　　저녁이면 병체꽃에서 자네.
　　미물도 오히려 이와 같은데
　　사람은 어찌해서 스스로 얻지 못하는가.
　　나그네는 행역에 지쳤는데
　　강과 산은 또 겹겹이네.
　　그리워하는 끝없는 마음에
　　부질없이 중원의 달을 보네.

　　鴛鴦有江渚　　雙行亦雙翔
　　朝宿連理枝　　暮宿並蔕芳
　　微物尙如此　　人胡不自得
　　客子倦行役　　江山重又複
　　相思無限心　　空望中原月

라고 했다.

　생이 날로 단단을 생각하여 마음이 괴롭고 꿈에서도 생각나, 끌채를 돌릴 것을 명하여, 재촉해서 사월 열엿새 날 경자일에 문경현(聞慶縣)에 와서 잤다.

이튿날 수레에 멍에 맬 것을 명하여 해가 겨우 진사시(辰巳時)가 되었을 무렵에 안부역(安富驛)에 닿자 잠시 쉬었다. 옷을 갈아입고는 말을 갈아타고 고삐를 당기고 채찍질을 하며 한껏 재촉하여, 해가 장차 오시(午時)가 되려는 때에 충주 성문 밖에 이르렀다. 늙은 종이 말발굽을 멈추면서 말하기를,

"내가 오늘 서방님을 보니 마음이 바빠 말을 급히 모시며, 겉으로는 태연해도 속으로는 두려워하니, 반드시 마음과 일에 다 무슨 일이 있는 것입니다. 왜 그것을 말씀하시지 않으십니까? 제가 비록 늙어 나이가 저물 때가 되었으나 보고 들은 것이 또한 많으니, 감히 서방님을 위해 기이한 계책 하나 베풀지 못하겠습니까?"

라고 했다. 생이 돌아보고 말하기를,

"있다면 계책을 장차 어찌 내겠느냐?"

라고 했다. 종이 손으로 남쪽 산의 기슭을 가리키면서 말하기를,

"저 사이에 한 절이 있어 흙으로 만든 불상이 있는데, 자못 신기하고 기이하다고 합니다. 사람이 만약 지극한 마음으로 정성껏 빌면 영(靈)이 응하기를 어긋나지 않는다고 합니다. 여기서 거리가 겨우 대여섯 마장밖에 되지 않으니 서방님께서는 어찌 한 번 가서 빌어보시지 않으시겠습니까?"

라고 했다. 생이 말하기를,

"나는 유학을 업(業)으로 삼고 있어 부처에게 아첨하지 않는 사람이다. 그러나 큰 소원이 있으니 어찌 헛되이 선비의 궁핍함만 지킬 수 있겠느냐?"

하고는, 말을 달려 가시나무와 개암나무를 헤치고 절문 밖에 이르러 보니, 건물은 기울고 흙담장은 허물어졌는데 쑥대가 뜰에 그득하고 까막까치만 헛되이 지저귀고 있었다. 생이 눈을 두리번거리며 우두커니 서 있어도 고요하여 사람 소리가 없었다.

조금 있으려니까 늙은 스님이 구부러진 허리에 지팡이를 끌고 절에서 나오면서 말하기를,

"어떤 속세의 손이시기에 오셨습니까? 이곳은 깊고 외지고 절은 황폐해져서 귀한 사람의 걸음이 이르지 않은 지 이미 수십 년이 되었습니다. 귀한 손께서는 무슨 까닭으로 오셨는지 알 수가 없구료."

하고는, 방으로 인도하여 자리에 앉게 했다. 생이 수놓은 주머니를 풀어 붓을 꺼내고 용을 아로새긴 벼루에다 향기로운 먹을 갈았다. 하얀 종이를 펼쳐 자비로운 부처님 앞에 발원장(發願狀)을 지으니, 그 말의 기운이 바람에 나부끼는 듯하고, 글씨의 형세는 용이 솟구쳐 오르는 듯했다.

그 글에 하기를,

"보려 해도 보이지 않고 들으려 해도 들리지 않지만,
오직 성스러운 분의 신통력이 헤아릴 수 없음을 깨달을 뿐입니다.
아침에 구름이 되고 저녁에 비가 되었기에
아름다운 사람을 바람이여. 만날 수 있을지 알 수가 없습니다."

視不見 聽不聞
惟覺聖神通莫測
朝爲雲 暮爲雨
望美人兮 會合難知

라고 했다. 또 하기를,

"산 사람의 이별이 죽은 사람의 이별보다 더 어려운데
오랫동안 삼상(參商)의 슬픔을 안고 지내왔습니다.
나쁜 인연이면 뒤집어서 좋은 인연으로 만들어 주십시오
원앙의 꿈이 어우러지기를 바라나이다."

生別離 難於死別離
久抱參商之悲
惡因緣翻成好因緣
願諧鴛鴦之夢

라고 했다.

글짓기를 끝내자 늙은 스님이 부처님 앞으로 인도했다. 생은 향을 피우고 원장(願狀)을 축원하고는 빌기를,

"만약 마음속의 일이 이루어진다면 제자(弟子)가 마땅히 큰 절로 지어 드리겠습니다."

하고는, 무수히 이마를 땅에 대고 절을 했다.

늙은 스님과 헤어져 신시(申時)에 고을에 들어가니, 이통판(李通判)이 나와서 맞았다. 함께 동헌에 자리를 잡고 작은 술자리를 마련했는데, 기생들이 줄에 그득했으나 오직 월단단만 없었다. 생이 그윽한 회포로 우울해서 술이 목구멍을 막았다. 술잔치가 장차 끝나려는데 아전이 기안을 가지고 와 통판에게 아뢰어 말하기를,

"단단은 귀한 손님을 모셔야 할 아이인데 이제 또한 괴산 태수께서 오신다는 연락이 먼저 도착했으니, 초(楚)나라를 좇아야 할런지요? 제나라를 좇아야 할런지요? 장차 어떻게 해야 하겠습니까?"

라고 하는 것이었다. 생이 몰래 듣고는 마음과 얼굴이 모두 빛을 잃었다.

통판이 아전을 바라보며 미소를 지으면서 말하기를,

"취하고 버리는 것은 장차 내개 달린 것 아니냐?"

라고 하는 것이었다.

생이 또한 엿듣고 보니 기쁨과 두려움이 교차하여 물러나 잠자리로 와서는 이리저리 배회했다. 생각이 물을 쏟아 붓 듯하고 정신이 혼란스러워서 앉았다 누웠다 하면서 한숨만 내쉬었다. 밤은 거의 이경이 되었는데 아무 소식도 없었다.

한참 있다가 잠이 들락말락 하는데, 단단이 느릿느릿한 걸음걸이로 문을 넘어와서는 생의 뺨을 토닥거리며 말하기를,

"어느 곳의 뛰어난 아이가 빈 객관을 빌려 자는고?"

하는 것이었다. 생이 그 목소리를 듣고는 황급히 붙잡고 일어났다. 단단이 말하기를,

"평생 창기의 몸은 되지 말아야지. 서방님의 행색에 대해 듣고 애타게 오고자 했지만, 때마침 술패랭이꽃과 까마종이가 있었습니다."

하고는, 주루룩 눈물을 흘리는 것이었다. 생은 단지

"고맙고 고맙다. 소중하고 또 소중하구나."

하고 답하고는 마침내 옛 약속을 다시 맺었다.

이때는 사월 십육일이라. 달빛은 아름답고 꽃그림자는 일렁거리는데, 밤은 거의 삼경이나 되었다. 단단이 생의 어깨에 기대어 말하기를,

"서방님이시여, 서방님이시여. 생각이 끝이 없습니다. 이렇게 좋은 밤에 손을 잡고 뜰을 산보하는 것이 어떻겠습니까?"

라고 했다. 사방을 둘러보아도 사람이라고는 없어, 정을 스스로 억제하지 못해서 단단이 생의 팔을 깨무니 거의 피가 나올 지경이었다. 손가락으로 하늘을 가리키면서 말하기를,

“지금의 이 마음을 누가 다시 알아주랴!”
라고 했다. 생이 말하기를,

> “칠월 칠일 장생전(長生殿)에서
> 아무도 없는 한밤중 단둘이 속삭일 때라
> 하늘에서는 비익조가 되고
> 땅에서는 연리지가 되고지고.
>
> 七月七日長生殿　　夜半無人私語時
> 在天願爲比翼鳥　　在地願爲連理枝

라고 한 것은, 당나라 명왕과 옥진의 맹세의 말인데, 오늘 저녁이 꼭 그와 같구나. 어긋난 것이 있다면 흘러가는 달이 있는 점이로다.”
라고 했다. 서로 손을 모으고 달을 향했는데, 단단이 먼저 절을 하고 생이 나중에 절을 하기를 백 번은 했다. 단단은 손가락을 꼽아가며 수를 헤아리는데, 한 번부터 백 번을 다할 때까지 게을리 하는 기색이 없었다.

　절이 끝나고 나자 생이 단단에게 말하기를,

　“생각이 끝이 없으니, 손을 모으고 백 번을 절을 해도 도무지 피로한 줄을 모르겠구나.”
라고 했다.

　이에 머물면서 계속해서 이틀 밤을 자고, 서울로 돌아오자 우울병이 되었다.

　생은 음성현(陰城縣)에 농막이 있었는데, 충주와의 거리가 겨우 삼십 리였다. 생이 집안을 이끌고 내려가서 마침내 단단과 오가며 서로 만난 것이 여러 날 되었다. 생과 계(契)를 같이 하는 친구는 이강(李綱)이라고 하는데, 마침 수참(水站)의 찰방이 되어, 생과 단단을 이르도록 하여 맞으니, 또 금탄역(金灘驛)의 관사에서 수십 일을 머물렀다. 단단이 노래와 춤을 잘하고 음악에도 능하니, 생이 서로 손을 잡고 한 걸음도 떨어지지 않았다. 때로는 밀납으로 광택을 낸 나막신을 신고 높은 산에 오르기도 하고 때로는 배를 강물 중류에 띄우기도 해서, 하루도 빈 날이 없었다.

생이 매번 술이 취하면 노래하여 말하기를,

> 난정의 모임에는 술잔과 시는 있었지만 음악은 없고
> 동산의 놀이에는 아름다운 기생은 있었지만 음악은 없었네
> 적벽강의 소동파는 술이 없어 아내와 의논했고
> 섬계(剡溪)의 자유(子猷)는 홀로 가서 친구를 찾았네
> 음악이 있고 아름다운 기생도 있으며
> 술병을 쥐고 친구와 더불어 했던 이는
> 예로부터 지금까지 오직 나 아니냐.

> 蘭亭之會有觴詠　而無絲竹
> 東山之遊有佳妓　而無絲竹
> 赤壁之蘇仙　無酒而謀婦
> 剡溪之子猷　獨行而訪友
> 有絲竹有佳妓　携酒與友
> 古往今來　惟小子乎

라고 하니, 듣는 사람들이 그 헌활(軒豁)함에 탄복했다.

이별하려 할 때에, 단단과 함께 여울 가에 앉았는데, 단단의 두 줄기 눈물이 턱을 타고 흘러내려 돌 위에 얼룩지니, 돌이 거의 검게 물들 정도였다. 생이 먹을 갈아 시를 지어 단단에게 주면서 말하기를,

> 돌 위의 임의 눈물이여
> 그것으로 먹을 갈아 시를 썼다네.

이것을 그대에게 주어 보내나니
돌을 보면 그리워지리라.

石上情人淚　　和墨爲題詩
將此贈君去　　見石幸相思

라고 했다. 단단이 즉시 그 시를 향주머니에 넣어 가슴 사이에 품었다.
정녕코 이별하게 되매 서로 손을 붙들고 다시 울고는 떠났다.

몇 달이 지난 후 생이 가족들을 이끌고 배를 타고 서울로 돌아가다가
길이 충주에 이르매, 금탄(金灘)에서 배를 멈추어 기다리게 하고는 함께
며칠을 머물렀다. 누각에 올라 하늘을 우러르고 땅을 굽어보면서 비분강
개하여 손아래 처남인 유상사(柳上舍)에게 말하기를,

"내 장모님께서 연세가 많으셔도 건강하시고, 우리 형제가 또한 화목
하고 흡족하니, 이와 같은 아름다운 경치 속에서 한 번 놀아보지 않을
수 없네. 다만 한스러운 것은 가히 즐길 만한 음악과 아름다운 여인이
없는 것이네."
라고 했다.

상사가 말하기를,
"예, 형님 명하시는 대로 하겠습니다."
라고 했다.

다음날 동이 틀 무렵에 생과 상사가 들어가 고을 원님을 뵈었더니, 원
님이 즉시 이름난 기생 수십 명을 가려 딸려 보냈다. 그러나 단단은 그
가운데 없으니, 생은 오랜 바람이 이루어지지 않음에 크게 실망하여, 울
음을 삼키고 머뭇거리면서 좌우에 있는 사람들을 돌아보며 말하기를,

"단단은 지금 어디 있느냐?"

라고 했다. 좌우에 있던 사람들이 말하기를,

"어제 저녁 어떤 조정 관리가 영남에 향을 내리러 가다가 들렀기에 단단이 모시고 자고 있습니다. 조정 관리는 곧 내직별감인 이매(李梅)인데, 통판의 표형제(表兄弟)입니다."

라고 했다. 생이 발끈해서 말하기를,

"내직도 또한 조정 관리란 말이냐! 내가 이(李)를 잘 알거니와, 이가 너희는 쉽게 다루었지만, 풍류와 문채가 사람을 움직이기에는 모자라는 사람이다. 단단이 어찌 이를 후대하고 나에게는 박하게 하는 사람이리요!"

라고 했다.

바로 단단의 집을 찾아갔더니 단단은 마침 숱 많고 아름다운 검은 머리를 빗고 분을 바르고는 거울을 당겨 스스로를 비쳐보고 있었다. 생이 갑자기 들어가 헛기침을 하자 온 집이 떠들썩하게 웃으면서 말하기를,

"서방님께서 다시 오셨군요."

라고 했다. 생이 단단에게 말하기를,

"아까 그대에게 오다가 들으니, 그대가 다른 사람에게 갔다고 하길래 차(茶)의 독에 가슴이 막힌 듯했는데, 이제 능히 그대와 더불어 서로 만나보니, 이는 하늘이 도우심이지 사람이 도운 것은 아니요. 어찌 나를 좇기를 꾀하지 않았소?"

라고 했다. 단단이 말하기를,

"죽고 사는 것이야 오직 운명이지요."

라고 했다. 한 마리 말에 함께 타고 금탄으로 향했다.

이날 한낮이 되자 고을 원님이 잔치를 베풀어 이(李)를 위로했는데, 단단은 이미 금탄으로 떠나버린 뒤였다. 어디로 갔는지 알 수가 없어 급히

못된 아전 수십 명에게 명하여 붙들어 오게 했다.

생과 단단은 이미 금탄에 이르러 배 위에 붙어 앉아 있었다. 비록 만난 것은 하늘이 이루어 주었겠지만 그 기이하고 다행하기는 비할 데 없었다. 겁탈에서 벗어나려는 데에서 나왔지만, 근심과 두려움이 교차해서 서로 붙들고 슬피 울었다.

문득 보니까 바람에 티끌이 뽀얗게 일어나며 말의 발이 날으는 듯하더니 곧바로 배 위로 올라왔다. 흰 몽둥이를 든 못된 아전 수십 명이 단단을 붙들더니 도로 데리고 가버리는데, 구름이 날으고 새가 번덕이는 듯하더니, 아득히 멀어져서 형적이 없었다. 생은 우두커니 서서 눈만 멀뚱멀뚱 뜨고 바라다 볼 뿐이었다.

조금 있으려니까 안에서 소란이 크게 벌어졌다. 생이 말하기를,

"대장부가 어찌 즐겨 아녀자와 반목하여 서로 다투겠는가?"

하고는 소매를 떨치고 일어나 종아이 하나에 한 필 말로 다시 단단의 집을 찾아갔다.

낮 잔치가 막 시작될 무렵에 단단이 또한 도착했는데, 두 고을의 원님들은 참고 단단의 죄를 용서하여 내직에게 기쁘고 즐거운 자리를 갖게 하였다. 단단이 잔치자리에 나아갔으나, 근심 때문에 눈썹을 펴지 못하고 눈물 자욱이 아직 남아 있어 엎드린 채 감히 쳐다보지를 못했다. 내직은 단단이 이별에 임해 마음속에 슬픔이 가득하여 그러는 것으로 알고 스스로 술을 많이 마시고 잔뜩 취해서는, 눈물을 훔치며 단단의 등을 어루만지면서 말하기를,

"이별이란 천지고금에 언제나 있는 일이다. 애야 애야. 스스로를 생각하고 이 늙은이를 마음에 걸어 두지 말아라."

라고 하면서, 자신도 모르게 피식 웃고 말았다.

상 위의 그득한 음식을 잔뜩 먹고 신시에 내직이 출발하니, 단단은 물러나 자신의 집으로 돌아왔다. 생도 또한 이어서 도착했으나, 머뭇거려져서 감히 들어갈 수가 없었다.

이때 문득 방 안에서 한숨소리가 들리더니, 단단이 말하기를,

"서방님이시여 지금은 또 어디 계십니까?"

하고는, 재삼 한숨을 내쉬는 것이었다. 생은 이렇듯 단단의 지극한 사랑에 자신도 모르게 크게 외쳐 말하기를,

"내가 왔다. 내가 왔다."

라고 했다. 단단이 신을 거꾸로 신고 나와 맞으니, 서로 붙들고 통곡하고는 뒷방으로 들어갔다. 서로의 속마음을 살피매 한스러움과 측은함이 간절하고 지극했다. 단단은 지난 일을 말하다가 흰 몽둥이 든 자들에게 도로 붙잡혀 오던 일에 미치자 눈물을 주루룩 흘리면서 말하기를,

"대장부라고 하는 것이 귀한 것은, 높다란 대장기와 꿩털로 장식한 깃발의 앞에서는 사람을 막고 뒤에서는 호위하는 것으로, 고을에서는 그 모습만 보아도 바삐 달리며 엎드려 무릎걸음을 치게 됩니다. 또한 이원의 기생들은 그 모습과 아름다움을 극진히 하여 서로 총애를 다투며, 다행이 총애를 받게 되면 그 부귀영화가 평생 비할 데 없어 부모가 그 은혜를 입고 친척들이 혜택을 입으니, 속담에 이르는 바 '아들 낳기를 중하게 여길 것 없고 딸 낳기를 중히 여겨라.'라고 하는 것이 그것입니다. 당신께서는 장부가 되어 저 하나를 감싸 안지 못하셔서 곤욕이 이에 이르렀으니, 제가 부모와 친척을 뵐 면목이 없습니다."

라고 했다. 생이 말하기를,

"단단아 단단아. 다만 내 계획만 따라라. 내게 좋은 집 한 채가 서울 목멱산 아래에 있다. 또한 별채가 있어 이름난 꽃과 기이한 풀, 기이한

바위와 묘하게 생긴 돌들이 뜰을 빙 둘러 벌여 있고, 왼쪽에는 거문고와 비파요, 오른쪽에는 책이라. 아름다운 계집종들은 줄을 이루고, 좋은 손님들은 자리에 그득하여 하루에 만전(萬錢)을 쓰는데, 없는 것이라고는 석계륜(石季倫)의 녹주(綠珠)와 백락천(白樂天)의 번소(樊素) 뿐이다. 하물며 지금 세상에서 뜻을 얻은 장부임에랴. 아름다운 첩 수백 명이 흰 분을 바르고 녹색 머리띠를 하고, 집에 벌여서 한가히 살아간다. 총애를 질투하고 아름다움을 다투는 것 따위야 구하려 하면 어찌 얻지 못하며, 하고자만 하면 어찌 이루지 못하겠느냐? 내 비록 벼슬은 없으나 꽃다운 나이에 큰 것을 배워 과거에 급제했다. 과거에 올라 정치를 하는 것이야 지금 세상에 눈앞에 있지 않느냐? 너는 마땅히 부귀를 누리지 못할 것을 근심할 것이요 부귀하지 못하다고 근심하지는 말아라. 어찌 나와 더불어 늙을 때까지 같이 살아가려고 하지 않느냐?"

라고 했다. 단단이 말하기를,

"죽자고 해도 또한 피하지 않을 것이데, 하물며 저를 살려 주시겠다는 분께이겠습니까! 차라리 죽지 않고 그렇게만 살았으면 좋겠습니다."

라고 했다. 생이 기뻐하며 말하기를,

"어젯밤 꿈에 물수리가 날아 들어와 내 옷소매 가운데에 안기더니 마침내는 남에게 잡히는 바가 되었다. 이것이 어찌 네가 나의 짝이 될 징조가 아니었겠느냐?"

라고 했다.

생이 마침내 단단과 더불어 같이 말에 올랐다. 단지 종아이 한 명만이 갈 채비를 등에 지고는 외롭게 터덜터덜 뒤를 따랐다. 일행이 달천(獺川) 근처에 이르러 물가를 바라보니 선비 집 여인들이 구름같이 모여 있고 가마와 수레가 뒤섞였으며, 현악기와 관악기는 요란하게 울리고 있었다.

이것은 대개 중원(中原) 지방의 습속에, 좋은 계절의 길한 날에 마을의 어른들이 자식들을 이끌고 달천 위에서 계제(禊祭)를 지내는 것으로, 해마다 이 모임은 항상 하는 것으로 생각하는 것이었다.

중원 고을의 크고 작은 관원들이 모두 모여 취하도록 마시고 있었다. 생과 단단이 얼굴을 숨기고 자취도 없이 가려다가, 뜻하지 않게 많은 사람들이 모인 큰 모임과 갑자기 맞닥뜨리게 된 것이었다. 그러나 이미 길로 들어섰으니 달아날 수도 없는 형편인지라, 얼굴을 가리고 길옆을 흘깃흘깃 보면서 지나갔다.

이때 어떤 못된 젊은이가 있다가 크게 외쳐 말하기를,

"저기 같이 말을 타고 가는 것은 관기인 월단단이 아닌가."

라고 했다.

모든 고을 관원들이 말하기를,

"단단은 관기로서 고을 관원에게 예를 표하지 않으니 그 죄는 용서할 수 없다."

하면서, 건장한 종 수십 명에게 명하여 붙들어 오게 했다. 건장한 종들이 단단과 생을 붙들어 즉시 말에서 내리게 했다. 고을 관원이 단단을 가혹하게 벌하고 있었지만, 생은 어찌할 수 없어 장막 옆에 머뭇거리고 서서 바라다만 볼 뿐이었다.

조금 있으려니까 단단을 묶어서 달천 가운데에 눕혀 놓고는, 모든 고을 관리들이 의논하기를, 생을 잡아다가 단단히 욕보이고자 하였다. 생이 어쩔 수 없이 말을 달려 달천을 뚫고 지나갔다.

단단이 외쳐 말하기를,

"서방님은 지아비가 아니십니까? 어찌해서 저 같은 한 여자를 구해주지 않으십니까?"

라고 했다.

생은 한 걸음마다 열 번을 돌아보니 온 자리의 사람들이 크게 웃었다.

생이 몇 마장을 지나와 고삐를 늦추어 천천히 가면서 스스로 마음속으로 말하기를,

"어젯밤 꿈에 물수리가 날아 들어와 내 옷소매 가운데에 안기던 것은 단단이 나를 좇을 징조였지만, 마침내 남에게 잡히는 바 되었던 것은 오늘 달천의 화(禍)였구나. 꿈이 헛되지 않는다는 것을 알겠도다."

라고 했다. 아직 회포가 우울하여 마침내 시 한 편을 지어 이르기를,

원한의 눈물은 금탄에 얕고
근심의 성(城)은 월악에 높네.
상사의 그리움 부질없이 이어지매
밤마다 꿈이 먼저 수고롭네.

冤淚金灘淺　　愁城月嶽高
相思空脉脉　　夜夜夢先勞

라고 했다.

생이 오히려 샛길로 가다가 금탄 객사에서 부인을 만났다. 안에서는 소란이 벌어졌고, 온 집안이 다투게 되니, 생도 다시는 어쩔 수 없었다. 강지수사(江之水詞)를 지어 이르기를,

강물이여, 오는 것은 다함이 없구나.
잇고 이어 흘러옴이여, 가는 것은 아득하구나.
일찍이 내 마음 속의 우울함 가운데 하나도 씻어주지 못하니
홀로 구슬프게 물이 임했도다.

江之水兮 無窮來者
袞袞兮 去者悠悠
曾不能洗 予懷之一鬱兮
獨惆悵而臨流

라고 했다.

생은 물을 따라 흘러 내려가다가 여강(驪江)에 이르러, 청심루(淸心樓)에 올라 한숨을 쉬며 탄식해 말하기를,

"아름답구나, 산과 강의 경치여. 단단과 함께 하지 못하는 것이 한이로구나."

라고 했다. 눈물을 글썽이며 또 '사미인사'(思美人詞)를 지어 이르기를,

임을 생각하도다 예성(藥城)에 있네.
눈길이 아득하고도 아득하도다 내 마음 근심하게 하네.
생각이 다함이 없으니 어찌 할거나
둥글디 둥근 달이여 구름 끝에서 나오네.
달이 떨어지지 않으매 내 잠 못 이루네.
내 마음은 흔들리고
내 눈물은 흐르고 흐르는도다.

思美人兮 藥之城
木渺渺兮 愁予肝
思無盡兮 可奈何
月團團兮 生雲端
月不落兮 我不眠
我心兮搖搖
我淚兮潺潺

라고 했다.

생은 서울로 돌아와 날로 단단을 생각하느라 쇠약해지고 파리해져서 병이 들어 거의 죽게 되었다.

안교수(安敎授)는 매번 말이 단단의 일에 미치면, 입에 침을 튀겨가면서 사람들로 하여금 지루한 줄을 모르게 했다고 한다.

-『태평한화골계전(太平閑話滑稽傳)』 제1화

* 사마자장(司馬子長) : 중국 전한(前漢)의 역사학자인 사마천(司馬遷)을 가리킴. 자가 자장이며 유명한 『사기(史記)』를 지었음.
* 광평(廣平) : 중국 당나라 시대 문인인 송경(宋璟)임. 자가 광평이며 정조(貞操)가 군세어서 철장석심(鐵腸石心)이라 불렸음.
* 삼상(參商)의 슬픔 : 삼성(參星)과 상성(商星)의 슬픔. 남녀가 헤어진 후 서로 다사 만나지 못하는 슬픔을 말함. 삼성은 남서쪽 신(申)의 자리에 있고, 상성은 동쪽 묘(卯)의 자리에 있다. 따라서 이 두 별은 동서로 나누어져 있어서, 하나는 유월에 보이고 하나는 십이월에 보이게 되므로 둘이 동시에 하늘에 나타나는 일이 없다.
* 난정(蘭亭)의 모임 : 중국 진(晉)나라 왕희지(王羲之)를 비롯한 당대의 명사 42인이 난정에 모여 곡수유상(曲水流觴)하며 시부를 짓고 놀았던 모임.
* 동산(東山)의 놀이 : 중국 진(晉)나라 사안(謝安)이 동산에 모여 시를 짓고 놀았던 놀이.
* 섬계(剡溪)의 자유(子猷) : 왕희지가 눈 내리는 밤에 대규(戴逵)를 찾아 섬계로 갔다가 그 집 앞에서 되돌아왔다는 고사. 자유는 왕희지의 자.
* 석계륜(石季倫)의 녹주(綠珠) : 석숭(石崇)의 애첩 녹주. 계륜은 석숭의 자(字)
* 백락천(白樂天)의 번소(樊素) : 백거이(白居易)의 첩 번소. 낙천은 백거이의 자. 백락천에게 두 명의 첩이 있으니, 하나는 소만(小蠻)이고, 다른 하나는 번소(樊素)이다. 번소는 노래를 잘하고, 소만은 춤을 잘 추었기에 '번소소만'이란 말이 생겼다고 함.

月纖纖(월섬섬)

독곡(獨谷) 성문경공(成文景公=石璘)이 회양(淮陽) 기생 월섬섬을 사랑하였다.

일찍이 개성부 판윤으로 있었는데, 하루는 문득 월섬섬을 찾아가고 싶은 흥(興)이 일어나 칭병하여 사직하고는 곧바로 회양군으로 갔다. 회양 태수 아무개는 독곡과 과거에 같이 급제한 친구였다. 행차가 김화현(金化縣)에 도착하자 사람을 시켜 먼저 그 사실을 알렸는데, 원님이 바야흐로 월섬섬과 좋아하는 사이였기 때문에, 독곡이 온다는 소식을 듣고는 월섬섬을 이끌고는 속현인 장양현(長楊縣)으로 피해 버렸다.

독곡이 이르러 보니 이미 원님은 보이지 않고, 또한 정을 두었던 사람도 만날 수 없었다. 빈 객관이 쓸쓸하고 긴 밤은 끝없이 지루하니 스스로 감정을 억제할 수 없어 절구(絶句) 한 수를 지어 이르기를,

노쇠하여 술 마시기를 좋아하는 개성 판윤은
홀로 외로운 등잔을 대하고 있는데 백발이 훤하네.
주인이 묵어갈 손님을 싫어하는 줄 일찍 알았더라면
역참의 관리로 하여금 소식 먼저 전하지 않았을 것을.

龍鍾嗜酒判開城　　獨對孤燈白髮明
早識主人嫌宿客　　莫敎郵吏報先聲

라고 했다.

새벽녘에 가마를 재촉하여 돌아가려니까, 역참의 관리가 말하기를,

"영공께서는 어찌 그리 속히 오셨다가 속히 돌아가시기를 이같이 하십니까?"

라고 했다.

독곡이 말하기를,

"내가 월섬섬을 사랑하는 흥을 타고 왔다가, 월섬섬을 보지도 않은 채 흥이 다해서 돌아가네."

라고 했다.

역참의 관리가 말하기를,

"예로부터 호랑이 앞에서 고기를 구걸한다는 말은 들어본 적이 없습니다."

라고 했다.

독곡은 크게 웃었다.

－『태평한화골계전(太平閑話滑稽傳)』 제109화

柳纖纖(유섬섬)

　　섬섬은 전주 기생이다. 지나간 계사년 오월일은 곧 진주성 함락 기념일이다. 충렬사(忠烈祠)와 의기사(義妓祠)는 모두 진주 촉석루 밑에 있다. 고을 사람들이 이날에 제사를 올렸는데, 그 의식과 예절이 다른 해에 비해서 갑절이나 성대하고 정중했다. 제사를 맡아보는 관원, 진신(縉紳)을 비롯해서 구경하는 인사가 무려 수천 명에 이르렀다. 충렬사의 제관은 관원과 지방 유지들이 주관하였다. 의기사 유향소의 직원이 헌관이 되고, 교방 기생들이 계복(戒服) 차림으로 피리 불고 북을 울려 신을 맞아하였는데 이것은 하나의 풍류적인 제례였다. 제례를 마친 뒤 본부의 기실(記室)인 김진사(金進士)가 문사들을 모아 시를 짓고 명기들을 불러 술을 따르게 했다. 다른 읍에서 온 기생들도 이 자리에 참석하였다. 진주 기생이 다른 고을 기생에 비해서 매우 뽐내는 기색이 있었는데, 이것은 의기가 그 고장에서 났다고 믿었기 때문이다.

　유섬섬이 나와서 말하기를

　"내 듣기로는 의기는 전라도 출신이다."

하였다. 진양 기생들이 이 말을 듣고 입을 모아 증거가 없다고 반박하였다. 섬섬은 여러 기생들의 공격을 당해내지 못했다. 내가 해명하여 말하기를, 논개는 본디 전라도 장수(長水) 기생이다. 그 고을에 옥녀봉이라는 봉우리가 있는데 기상이 수려했다. 옛날이 지사(地師)가 말하기를 '이 산 밑에서 반드시 미인이 날 것이다' 했는데, 논개가 이 옥녀봉 밑에서 태어났다. 처음에는 병사 김천일(金千鎰)의 수청을 들었으나, 충청병영으로 따라갔다가 다시 진주 병영으로 오게 되었다. 당일에 순절하여 충렬사에 봉사(奉祠)된 영령이 어찌 진주 사람뿐이겠는가. 그때 성을 잃은 장수라든지 피난하던 남녀가 모두 진주성이 막아준다고 하여 모였으니, 몸을 던져 죽은 자가 어찌 삼장사와 논개뿐이겠는가. 삼장사는 용감하게도 의에 죽었으며, 또 '한 잔 술로 웃으면서 장강을 가리키네'(一杯笑指長江水) 하는 시를 남겨서 그 이름이 길이 세상에 전해진다. 당일에 성 안의 부녀는 기생이나 숙녀를 막론하고 몸이 더럽혀지는 것을 치욕으로 여겨서 절개를 지키려는 생각에 겨를이 없었다. 오직 남강의 거리가 가까웠으므로 높은 곳에 올라 몸을 강물에 던져 삽시간에 많은 사람들이 목숨을 끊었으니, 마치 부여의 낙화암을 연상케 하였다. 그러나 오직 논개만은 옷을 갈아입고 화장을 했다. 보는 사람마다 모두 도적에게 아첨하여 목숨을 살리려는 것으로 생각했다. 논개는 마침 의암에 올라 바람을 맞이하여 춤을 추기 시작하였다. 어떤 왜졸(倭卒)이 이 광경을 보고 바위 위로 뛰어 올라 범하려 하였다. 이때 논개는 왜졸을 안고 남강에 몸을 던졌던 것이다. 백여 년이 지난 뒤 병사의 계청에 따라 비로소 정표(旌表)하게 되었다. 그러니 이제 유섬섬이 논개를 전라도 출신이라고 말한 것도 근거가 없는 것은 아니라 했다. 진주 기생들이 이 말에는 감히 항변하지 못했다. 그러나 모두들 불평의 기색이 있었다. 기실 김진사가 좋은 말로 마음을 풀어주었다. 나도 시 한 수를 지어서 그 마음을 풀어주었으니 이르기를

이제 다시 임진년 있다면
장강에 수많은 의기사 세워지리.

如今更有壬辰歲　　無數長江義妓祠

했다. 김진사가 기생들로 하여 가곡을 만들어 의기의 넋을 부르게 했으며, 체재는 육자배기로 본뜨게 했다. 기생들이 지시에 따라 노래를 지어 가지고 차례로 일어나 불렀는데, 어느 것이나 충(忠), 렬(烈) 두 글자가 들어 있을 뿐 가사가 매우 저속하였다. 오직 유섬섬만이 머리에 수건을 두르고 띠로 허리를 묶고 장고를 안고 나왔다. 장구를 치며 앞으로 나아가기도 하고 뒤로 물러서기도 하면서 육자배기로 노래를 불렀는데, 마치 어양(漁陽)에서 비고(鼙鼓)를 두드리는 것만 같아서 사람들이 모두 혀를 내둘렀다.

노래는 다음과 같다.

초혼의기(招魂義妓)

가련타 가련타 의기선생 가련타
황량한 술잔에 이 빠진 제기 이지러진 술잔이 가련타
선생이 만약 남자로 태어났던들
충렬사 안에 혈식 받는 사람이었으리라.

可憐佗 可憐佗 義妓先生 可憐佗
一片荒祠 冷豆殘盃 可憐佗
先生若爲男子身
忠烈祠中血食人

지정(之亭)이 말하기를

"후배가 선배를 선생이라고 하는데 논개를 선생이라고 부르는 것은 노래의 특색이며, 또 의기 논개에 감복하고 있다. 충렬사와 대등하게 보지 않는 것 또한 갸륵하다."

하였다.

－『조선해어화사』

* 어양(漁陽)의 비고(鼙鼓) : 어양에서 두드리는 북소리. 고려 이색(李穡)의 싯구에 '어양비고성동동'(漁陽鼙鼓聲鼕鼕)이라고 했음. 어양은 진(秦)대에 두었던 군(郡)이름.

有魚堂(유어당)

유어당은 유영(柳營=統營) 기생 당편(堂扁)으로 그 이름은 전해지지 않는다. 30년 전에 선형(先兄) 야사(野史)선생이 통영에서 노닐 때 기생 어미의 집을 숙소로 정했다. 그 딸이 기생이었음에도 몸단장을 게을리 하고, 독서에 열중했기 때문에 항상 어미에게 꾸지람을 들었다. 또 시인 묵객과 함께 놀기를 좋아하고, 부유한 사람을 멀리 했기 때문에 그 어미가 더욱 미워하였다.

한 번은 선생이 당편의 뜻을 물었다.

"좋은 남편을 얻어서 어수(魚水)의 즐거움을 누리려는 것인가?"

기생이 대답하기를

"선산(善山)의 정녀(貞女) 약개(若介)의 시에, 물에는 고기가 있다고 하지 않습니까."

하였다. 선생이 이 말을 듣고 기특하게 생각했다.

어느 날 통영의 시인이 술자리를 마련하고 사람들을 소사(蕭寺)로 초대했다. 때마침 통제사가 다른 읍의 수령들과 함께 만하루(挽河樓)에서 잔치를 베풀었다. 기생들이 모두 배석했으나 유어당만은 병을 빙자하여 참석하지 않고 소사로 가서 시인들의 흥을 도왔다. 선생이 시를 지어 말

하기를

> 물고기가 큰 비 만나면 연못 떠나고
> 새가 명산 만나 종일 지저귀네.

魚因大雨辭淵去　　鳥遇名山盡日啼

했다. 물고기란 유어당을 가리킨 말이고, 새는 기생의 소리에 비유한 것
이다. 좌중에서 모두 절창이라고 했다. 기생이 붓을 들어 연구(聯句)를 하
나 썼다.

가어소(嘉魚少)

> 물 흐리면 가어가 적고
> 산 깊으면 이조가 많다

水濁嘉魚少　　山深異鳥多

이에 통제사가 탐학무도하여 민간의 돈을 빼앗아 땅에 뿌려서 기생들
에게 줍게 하여 엎치락뒤치락 몰려드는 광경을 구경하였다. 유어당만은 침
착하게 돈을 주어서 거리의 아이들에게 주었다. 이것 때문에 통제사의 미
움을 샀다. 이런 일들 때문에 유어당만 탐관을 가까이 하려 하지 않았다.
시 안의 이조(異鳥)라는 말은 시회(詩會)에 모였던 문사를 지적해서 하는
말이다. 선생의 일기 속에 기생의 이름이 있었으나 내가 잊어버렸다.

―『조선해어화사』

柳枝(유지) 1

　　　　최입(崔岦)의 『간이집』(簡易集)에 실린, 율곡공(栗谷公)
의 운을 빌린 황주 기생 유지의 권축 가운데 있는 절구 2수는 모두 자신
의 일을 읊은 시이다.

　　고운 아씨에게 어떻기 글을 표현하나
　　마주앉아 웃으니 함박웃음 나오네.

　　詎將文字重織娥　　一笑前頭當笑多

　　선생의 의로움이 감동되오.
　　새 화장해도 거울은 다시 보지 말 것을

　　最是先生名義感　　新粧不復攬菱華

　　율곡이 원접사가 되어 황주에 이르자 주사(主使)가 한 기생을 천침케
하였는데, 이름이 유지로서 재주와 자태가 출중하였다. 율곡이 말하기를
　　"너의 자태를 보니 가히 사랑스럽다. 다만 내 사사로운 것으로서 마땅
히 내 집에서 함께 거느려야 옳으나, 이는 심히 무거운 일이므로 하지

못하노라.”

하고 드디어 물리쳤다.

후에 해주에서 거하는데 유지가 밤을 틈타 멀리서 찾아왔다. 율곡이 ‘유지사’(柳枝詞)를 펴 보이면서 물리치는 뜻을 밝혔으며 끝내 더럽힌 바가 없다. 잠야(潛治)가 논한 것은 비록 이와 같으나, 신재(愼齋)의 말은 잠야의 말과 서로 반대되니 어느 것이 정론(正論)인지 알 수 없다.

—『조선해어화사』, 『남계집(南溪集)』

柳枝(유지) 2

율곡이 해주관찰사가 되어 황주를 순시하다가 유지와
천침하였다. 선생이 시를 지어 주었다.

연약한 체질에도 머리를 살짝 수이고도
눈짓을 보내지 않네.
허공에 들리는 건 파도소리요
운우의 꿈이 아닌 것을
오로지 응하는 것은 너의 긴 이름으로
침방은 열었으나 내가 쇠약한 것을
국향은 정해진 주인 없으나
시들어 가는 것이 가련키만 하다

弱質愁低首　　秋波不肯回
空聞波濤曲　　未夢雲雨臺
爾長名應擅　　吾衰閤已開
國香無定主　　零落可憐哉

그 뒤 원접사로 황주에 이르렀는데 유지가 곁에 있었으나 한 번도 가까
이 하지 않았다.

계미년에 일이 있어 황주에 이르니 유지가 소사(蕭寺)에서 송별했다. 율곡이 강촌으로 돌아오자 밤에 누군가 문을 두드렸는데 유지였다. 말하기를

"공의 의로운 이름을 사람들이 모두 앙모하는데, 하물며 방기(房妓)라 해서 찾아오지 못하겠습니까? 색을 보고도 무심하면 진실로 섬기기 어려우며 뒷날을 기약하기 어렵습니다. 그래서 멀리서 왔습니다."
하니, 드디어 선생이 1절을 지었다.

아름답고도 가냘픈 한 선녀
십년을 서로 알면서 의태도 많았던 것을
내 간장이 목석이 아닐세.
나이 많아 분화를 사양하는 것일세.

天姿綽約一仙娥　　十載相知意態多
不是吳兒腸木石　　只緣年老謝芬華

이듬해 선생이 하세(下世)하니, 유지가 분곡(奔哭)하고 삼년동안 복을 입었다.

―『조선해어화사』,『남계견문록(南溪見聞錄)』

　　* 율곡이 유지에게 준 '친필연서'(親筆戀書)가 현재 이화여대 박물관에 보관되어 있는데 정비석의 『명기열전』에 보면 다음과 같이 기록되어 있다.

문제의 친필연서는 전문이 573자에 이르는 만지장서(滿紙長書)의 천하 명문으로서, 내용을 상세하게 검토해 보면 5장으로 분류되어 있다.

제1장은 율곡 자신과 유지와의 친교 관계를 산문으로 서술한 전말기(顚末記)이고, 제2장은 유지에 대한 운문체의 예찬시(禮讚詩)이고, 제3장은

애모의 정을 읊은 칠언율시 3수로 되어 있다.

서두의 제1장은 '유지는 선비의 딸로 황주 고을 기적에 올라있었다. 내가 일찍이 황해 관찰사로 있을 때' 라는 말로 시작하여, 266자에 이르기까지 유지와 율곡 자신과의 교제 경위를 간결명료한 문체로 서술하였다. 그 내용만은 내가 쓴 이야기와 거의 같았다.

서해에 여인이 있으니
슬기롭기 선녀 같고
상냥할손 마음씨요
영롱할손 색깔일레.

若有人兮　海之西
鍾淑氣兮　稟仙姿
綽約兮　意態
瑩婉兮　色辭

이런 식으로 유지를 예찬하는 운문체의 찬사가 장장 50여 행이나 계속되고 있다.

그런데 그 찬사는 자자구구가 한결같이 주옥처럼 절묘하여, 사부(詞賦)로서도 천하일품이다. 이렇듯이 명시가 나오게 된 것은 유지를 진심으로 사랑했기 때문이었음은 말할 것도 없으리라.

兪姬(유희)

홍섬(洪暹)이 일찍이 기생 유희와 사통(私通)하였는데, 이때 유생 송강(宋康)도 유희와 애정이 깊었다. 섬이 도승지가 되고 이준경(李浚慶)이 동부승지에 임명되었을 때, 송강이 죽으니, 섬이 말하기를

"나와 같은 해, 같은 달, 같은 시에 태어났는데 벌써 죽으니, 궁달이 같지 않으니 어찌 괴이하지 않으랴."

하였다. 준경이 말하기를

"도령공도 유희를 사랑하고 송강도 유희를 사랑했으니 사주가 같은 것만 아니라 한 일도 같습니다."

하였다. 여러 승지가 모두 서로 돌아보면서 실색하고 아전들도 매우 놀랐다. 전에 볼 수 없었던 변고라 하여 준경의 집에서 벌연을 행하기를 무릇 일곱 번이나 하고 나서야 그만두었다. 준경이 말하기를

"내가 이 일로 가산을 모두 기울여 없앤다 해도 화제(話題)가 하도 좋으니 말하지 않을 수 없다."

고 하였다.

중고(中古) 이래로 기강이 퇴폐하여 옛 풍속이 날로 무너져서 지금에

와서는 다시 옛날 세상의 일을 볼 수 없게 되었으니, 또한 세월의 변천을 이것으로 살필 수 있다.

–『조선해어화사』, 『어우야담(於于野談)』

銀臺仙(은대선) 1

       왕명을 받든 관리가 지방에 나가면 기생을 거느리고 있는 각 관청에서 기생을 천침시키는 것이 예(例)로 되어 있었다. 다만 감사(監司)는 풍기(風紀)를 맡은 관료이기 때문에 비록 본읍에서 기생을 천침시켜도 데리고 다니지 못하는 것이 또한 전례(前例)이다. 진천군(晉川君) 강혼(姜渾)이 영남지방을 순찰할 때에 성주(星州) 기생 은대선을 사랑하였다. 하루는 성주로부터 여러 고을을 순시하는 길에 대낮에 부상역에서 쉬었다. 역은 성주 관할이기 때문에 기생도 따라갔다. 날이 저무는데도 차마 헤어지지 못해서 역에서 잤다. 이튿날 아침에 시를 지어 은대선에게 주었다.

      부상관 안의 한 장소의 즐거움
      자는 나그네 이불 없이 초가 다 탔네
      열두 무산 새벽꿈에 도취 되여
      역루(驛樓)의 봄밤에 추위도 몰랐네.

      扶桑館裏一場歡　　宿客無衾燭燼殘
      十二巫山迷曉夢　　驛樓春夜不知寒

모든 침구를 이미 개령(開寧)으로 보내서 가져올 수 없었기 때문에 이부자리도 없이 하룻밤을 지새웠던 것이다.

또 어떤 감사는 기생과 함께 상방(上房)에서 잤다. 새벽에 일어나 뒷간에 갔는데 종자가 밀고 하기를

"사또께서 일어나 나오신 뒤에 한 소년이 재빨리 방 안으로 들어가 기생을 범하고 나왔습니다. 참으로 해괴하옵니다."

하였다. 감사가 웃으면서 말하기를

"너는 말하지 말라. 그자의 것을 내가 빌려서 재미를 본 것이다. 본남편이 하는 일을 어찌 해괴하다고 하느냐."

하였다. 진천군의 법도를 지키는 태도와 감사의 너그러운 도량이 다같이 어려운 것이라고 보겠다.

―『조선해어화사』, 『견한잡록(遣閑雜錄)』

銀臺仙(은대선) 2

목계(木溪) 강혼(姜渾)이 일찍이 영남에 가서 성산 기생 은대선을 사랑하였다. 돌아올 때 부상역까지 말에 태워가지고 왔는데, 이미 침구를 가지고 먼저 가지고 가 버렸기 때문에 고운 기생과 더불어 이불도 없이 역사에서 하룻밤을 자고 시를 지어주었다 한다.

… (시 생략) …

그리고 또 읊기를

> 선녀 같은 저 모습 옥 같은 흰 살결에
> 새벽 청문 열고 거울 앞에서 눈썹 그리네
> 묘주에 거나하게 취하니
> 동풍이 살짝 스치니 감은 머리 흩날리네.

> 姑射仙人玉雪肌　　曉窓金鏡畵蛾眉
> 卯酒半酣紅入面　　東風吹鬢綠參差

또 시를 지었으니 이르기를

머리 빗고 높은 누에 올라
섬섬옥지로 쇠피리 부네
만리 관산에 한 둥근 달
몇 줄기 맑은 눈물 흘러내리네.

雲鬢梳罷依高樓　　鐵笛橫吹玉指柔
萬里關山一輪月　　數行淸淚落伊州

하였다. 상주에 이르러 비로소 헤어졌다. 성주 서생 여(呂)가라는 자를 만
났다. 공이 쾌히 함께 술을 마시고 편지를 써서 기생에게 부쳤는데, 그
글에 이르기를

"내 낭자와 서로 일찍이 알지 못했는데, 이제 천 리 밖에서 신교(神交)
를 맺었으니 어찌 전생의 인연이 아니겠는가. 상산(商山)에서 헤어진 뒤
저물매 두메마을에 이르렀는데 텅 비어 있는 객관이 쓸쓸도 한데 처마
끝에서 떨어지는 빗방울 소리는 처량하기만 하다. 등잔불 돋우어 홀로
앉아 있으니 외로운 그림자가 이리저리 흔들리는데, 이때의 정회는 서글
퍼서 말할 수가 없구료. 내일 아침 재를 넘으면 시냇물이 졸졸 흐르고
산새가 구슬피 지저귈 것이니 이 간장이 녹는 것만 같다. 그 정경이 어
떨까? 비록 낭자의 옥피리 소리를 들어보려 한들 어찌 얻을 것인가."
하였다.

　기생은 공의 시와 편지를 가지고 병풍을 만들었는데 공은 일찍부터
필재가 있었다. 자획이 조화를 이루어서 마치 용과 뱀이 움직이는 것 같
았다. 남쪽으로 내려가는 선비로서 성주를 지나는 이들은 그 병풍을 구
경하려 하지 않는 이가 없었으므로 이것으로 수입이 있게 되었다.

－『조선해어화사』, 『견한잡록(遣閒雜錄)』

銀臺仙(은대선) 3

진천군(晉川君) 강혼이 성주 기생 은대선을 사랑하여 시 3수를 지어주었는데, 그 둘째 수에 이르기를

… (시 생략) …

하였다. 내가 그 기생을 만나보았을 때에는 이미 여든이 넘었다. 스스로 말하기를
"검은머리 흩날리다가 이제는 흰머리 흩날리네로 변했습니다."
하면서 하염없이 눈물을 흘렸다.

-『조선해어화사』, 『송계만록(松溪漫錄)』

一枝梅(일지매)

평양에 일지매라는 기생이 있었다. 문필, 가무가 뛰어났고, 용모체태(容貌體態)가 절묘했고, 더욱이 절개가 고고(孤高)하여 역대의 평안감사도 그의 수청을 받지 못했다. 백호(白湖)가 평양에 들렀을 때, 이 기생의 소문을 듣고 자기가 한번 이 기생을 녹여보겠다고 장담하며 나섰다.

해질 무렵, 백호는 해진 갓과 더러운 옷을 입고, 생선 몇 마리를 꿰어 들고 일지매의 집을 찾았다. 그 집 앞에서

"생선사려."

하고 외치니, 그 집의 계집종이 나와서 생선을 흥정하였다.

이 기회를 놓치지 않고 백호는 그 집의 행랑채에서 하루 묵기로 했다. 흙방에 가마니 하나를 깔고 기왓장으로 베개를 삼았다. 때는 칠월 보름이라 달은 휘영청 밝아 있고, 사방은 괴괴하리만큼 고요했다. 안방에 있는 일지매도 이 밤의 회포를 풀기가 힘들어서인지 월하에 단정히 앉아서 거문고를 뜯으며 노래 한 곡을 불렀다.

이것을 들은 백호는 곧 허리춤에서 피리를 꺼내어 한 곡을 불었다. 그 소리가 맑고 아름다워 정녕 절세의 지음(知音)이었다고 한다. 놀란 것은

일지매다.

마당에 내려와서 피리 소리가 난 곳을 찾았으나, 여음은 하늘에 사라지고 달만이 낮처럼 밝을 뿐, 피리의 주인공은 묘연하기만 했다.

일지매는 다시 마루에 올라 탄식하며 이르기를,

"창백(窓白)은 정녕 희황(羲皇)적 달이로고."

했다. 그랬더니 홀연히 남자의 목소리가

"헌청(軒淸)은 정녕 태고풍(太古風)이로다."

라고 들려 왔다. 일지매는 사방을 찾아 다녔으나, 정체는 없고 오직 사랑방에는 생선장사의 코고는 소리뿐이다.

일지매는 다시

"비단 금침을 누구와 함께."

라고 독백했다. 그랬더니 생선장사가

"나그네의 베개 한편이 비어 있구려."

라고 응수했다. 이윽고 사랑방에 뛰어 들어가, 생선장사를 일으키며

"어떤 호한자(好漢子)가 나의 약한 간장을 녹이느냐?"

라고 했다.

이에 둘은 오래 사귄 사이처럼 함께 안방으로 들어가서 노래와 정담, 그리고 사랑으로 밤을 지새웠다.

—장덕순, 『황진이와 기방문학』

一枝香(일지향)

　　와서(瓦署)의 간사(幹事)인 스님 설위(雪緯)는 자못 글
에 능했으나, 성격이 음란하고 제멋대로였다. 오랫동안 이익과 재물을 오
로지하고 나라 금고를 사사로이 하여 매우 부유했는데, 서울에 이름난
기생이나 예쁜 여자가 있다는 말을 들으면 반드시 후한 재물로 그를 차
지했다.

　　하루는 이름난 기생 일지향의 집에 이르러 성대하게 음식을 차리고
잔치를 벌여 즐거움을 누렸는데, 일지향은 본래 깨끗한 이름이 현저한
어떤 젊은 낭관과 서로 좋아하는 사이였다.

　　문득 문간에 수레와 말소리가 나기에 가만히 보았더니, 그 낭관이 좋
은 친구 두세 명과 함께 와서 말에서 내리는 것이었다. 일지향이 황급히
스님을 깊은 방에 숨기고 물건으로 그를 덮고는 마중을 나갔다. 모든 낭
관들이 마루 가운데에 앉아서는 자그마한 술자리를 마련하여 술을 마시
며 즐겼다.

　　때마침 스님이 부러움을 이기지 못해서 가만히 창틈으로 그것을 엿보
았다. 이 때 바야흐로 서쪽으로 기우는 해가 방안을 비추니, 모든 낭관들
이 종이를 바른 창 사이에 은은하게 사람의 형체가 있는 것을 보았다.

모든 낭관들이 일지향에게 일러 말하기를,

"규방 안에 다른 사람이 있다."

라고 하니, 일지향이 크게 웃고는 스님을 불러 말하기를,

"스님은 마땅히 속히 나와서 절을 하십시오."

라고 했다.

스님이 놀랍고 두려워 튀어나와서는 무릎을 꿇고 절을 하며, 용서를 빌었다.

낭관들 가운데 스님과 서로 아는 사람이 있었는데, 꾸짖어 말하기를,

"까까머리가 금법(禁法)을 무릅쓰고 기생의 처소에 드나들었으니, 마땅히 그 죄를 묶어 죽어야 한다."

하고는, 마당에 묶어 놓고 말하기를,

"네가 문담(文談)으로써 너의 죽음을 용서받은 수 있겠느냐?"

라고 했다.

스님이 말하기를,

"그렇게 하겠습니다."

라고 했다.

그 낭관이 말하기를

"그러면 그것을 말해 보아라."

라고 했다.

스님이 말하기를

"저는 아난(阿難)의 후신입니다. 도로 아라한(阿羅漢)이 되고자 해서 처음에는 천당에 들어가 몸소 관음보살을 보았으나, 조금 있다가 지옥에 떨어져 뜻하지 않게 아귀(餓鬼)를 만났습니다."

라고 했다.

모든 낭관들이 말하기를,

"까까머리가 감히 제 것은 관음보살에 비기고 우리들은 아귀라고 한단 말이냐? 만약 고치지 않으면 마땅히 법사(法司)에 부치리라."
라고 했다.

스님이 말하기를

"모든 낭관께서는 대자대비 하셔서 사람을 건지시는 것이 양(量)도 없고 끝도 없으십니다. 제 죄는 항하(恒河)의 모래로 헤아릴 수 있을 것이나, 삼천대천(三千大千)에서 구해 내어 주십시오."
라고 했다.

모든 낭관들은 웃고는 그를 용서했다.

─『태평한화골계전(太平閑話滑稽傳)』 제259화

* 아난(阿難) : 아난타(阿難陀)의 준말. 석가 10대 제자 중의 하나. 16나한의 하나로 기억력이 매우 좋아 석가가 열반 후에 경전을 엮는데 공이 컸다고 함.

一枝紅(일지홍)

　　정통(正統)　정사년에　길창부원군(吉昌府院君)　권람(權擥)과 상당부원군(上黨府院君)　한명회(韓明澮)와 김해공(金海公) 이문형(李文炯) 등 수십 명의 동지가 서원(西原)에서 노닐었는데, 기생 일지홍은 길창부원군이 사랑하고, 은대월(銀臺月)은 김해공이 마음속으로 사랑하였다. 몇 년 뒤에 길창부원군과 김해공이 다시 서원에서 노닐었는데, 일지홍은 이미 세상을 떠나 버렸다. 김해공이 길창부원군의 마음을 헤아려 시 한 수를 읊었다.

　　　　지난 무오년에 놀던 일 생각하면
　　　　일지홍의 요염한 자태 선비의 간장 녹였지
　　　　오늘 다시 감개가 무량하나
　　　　가련하다 외로운 무덤 인간을 등졌구나.

　　　　憶昔來遊戊午年　　一枝紅艶惱儒仙
　　　　今日重遊還遺感　　可憐孤塚隔寒烟

　　19년 뒤에 김해공이 좌승지로서 승전(乘傳)을 타고 서원을 지나게 되었

다. 은대월은 아직도 건재하여 말술과 닭을 가지고 와서 은근하게 회포를
풀고, 즐거움을 극진히 한 다음 헤어졌다. 길창부원군이 이때에 정승이 되
어 김해공의 말을 듣고 강중(剛中 ; 金守溫의 字)에게 전했다. 강중도 젊은
시절의 일을 말하였다. 강중이 젊은 시절에 서원 기생 봉황지(鳳凰池)와 함
께 고을 북쪽 율봉역에서 이별을 슬퍼하였다. 누각 아래 작은 연못이 있고
연못에는 때마침 연꽃이 활짝 피어 있어 소년은 넋을 잃고 저도 모르게 연
못으로 굴러 떨어졌다. 7년 뒤에 다시 서원에 이르러서 보니 봉황지가 세
상을 떠난 지 이미 두 해째였다. 감상에 젖어 역루에서 시 한 수를 읊었다.

밭두둑에 보리는 씩드고 매화는 시들어
강남에서 온 나그네 마음 절로 상하네
적은 연못은 예나 다름없고 연꽃은 청초하건만
그 때 술 권하던 사람 볼 수 없네.

隴麥初胎梅已仁　　江南行客動傷神
小塘依舊荷花淨　　不見當時勸酒人

길창부원군이 웃으면서 말하기를
"서원은 본래 미인이 많은 곳이다. 김해가 전거(傳車)를 타고 고을로 달
려가서 반갑게 앞을 가로막는 사람을 보게 되었으니 그 얼마나 영광스런
일인가. 나와 그대가 비록 서원에 이른다하더라도 시에서 한탄한 그대로일
것이다. 김해와 같은 이 한이 어찌 이루어지랴. 옛사람이 말한 '정기를 앞
세우고 지나가건만 누 위에는 이 행차 바라보는 이 없네.'라는 시구는 나
와 그대를 두고 한 말일 것이다."
하면서 손뼉을 치고 크게 웃었다.

-『조선해어화사』, 『동인시화(東人詩話)』

名妓 일화집　323

一朶紅(일타홍)

　　일송(一松) 심희수(沈喜壽)는 어려서 아버지를 여의고
배울 기회를 놓쳤다. 머리를 땋고 다닐 때부터 오로지 호탕하게 놀기만
일삼았는데, 밤낮으로 협사(俠士)들이나 들락거리는 청루에 왕래하며, 공
자(公子) 왕손(王孫)의 잔치와 노래하고 춤추는 계집들의 모임치고 가지
않는 곳이 없었다. 쑥대처럼 헝클어진 머리에 살쩍은 비쭉 내밀고, 다 떨
어진 신과 헤진 옷차림으로도 조금도 부끄러워하지 않으니, 사람들이 모
두 미친 아이라고 일컬었다.

　　하루는 또 권세 있는 재상의 잔치 자리에 가서 울긋불긋한 기생들이
빽빽한 가운데 섞여 있었다. 사람들이 침을 뱉으며 욕하여도 끄떡하지
않았고, 몰아내어도 가지 않았다. 기생 가운데 나이 어린 명기로 일타홍
이라는 자가 새로이 금산(錦山)에서 올라왔는데, 용모와 가무가 일세에
독보였다. 심동(沈童)이 그 미색을 사모하여 자리 옆에 앉았으나, 홍(紅)은
조금도 꺼리거나 괴로워하는 기색이 없었다. 오히려 때때로 은밀히 추파
를 던지며 그의 동정을 살피더니, 일어나 뒷간에 가며 손으로 심동을 불
러냈다. 심동이 일어나 그 뒤를 따르자, 홍이 귀에 대고 말하였다.

　　"집이 어디신가요?"

심동이 어느 동네 몇 번째 집을 알고 자세히 말하자 홍이 말하였다.

"모름지기 먼저 가시면, 첩이 마땅히 바로 뒤따라가지요. 기다리고 계시면, 첩이 언약을 저버리지는 않을 것입니다."

심동은 바라던 것 이상이라 몹시 기뻐하며 먼저 집에 돌아가, 집안의 먼지를 말끔히 청소해놓고 기다렸다. 날이 아직 저물지 않았는데, 홍이 과연 약속했던 대로 왔다. 심동은 기쁨을 이기지 못하여 무릎을 맞대고 수작을 주고받는데, 동비(童婢) 하나가 안에서 나오다가 그런 장면을 보고 모부인께 돌아가 아뢰었다. 부인이 그 아들의 광탕함을 근심하여 바야흐로 불러내어 꾸짖고자 하는데, 홍이 말하였다.

"동비를 재촉해서 불러내세요. 제가 장차 들어가 대부인께 배알하겠어요."

심동이 그 말대로 종을 불러서 통지케 하자, 홍이 들어가 섬돌 아래에서 절하며 아뢰었다.

"저는 금산에서 새로 온 기생 아무개이옵니다. 오늘 모 재상집의 잔치에서 마침 귀댁 도령을 뵈었는데, 여러 사람이 모두 광동이라고 눈짓하였사옵니다. 그러나 천첩의 우견(愚見)으로는 크게 귀하게 되실 기상임을 알아보았습니다. 그러나 그 기상이 몹시 거치오니, 색에 굶주린 아귀라고 말할 수 있을 것입니다. 지금 만약 억제하지 않으면, 장차 완전한 사람이 되지 못하는 지경에 이를 것이니, 그 기세를 이용하여 이끄는 것이 가장 좋을 것입니다. 첩이 오늘부터 도령을 위하여, 가무를 파는 화류판에서 자리를 거두고, 필연(筆硯)과 서적 사이에서 돌보면서, 성취에 이르는 길이 되기를 바라겠사옵니다. 다만 부인의 뜻이 어떠하온지 알지 못하겠습니다. 첩이 혹여 정욕으로 이런 말씀을 드린다면, 하필 가난한 과수댁의 광동(狂童)을 취하겠사옵니까? 첩이 비록 옆에서 모시더라도, 결단코 날

뛰는 정욕에 이끌려 해를 입지 않도록 하올 것이니, 이는 염려하지 마소서.”

“우리 아이가 일찍이 엄친을 여의고 학업을 일삼지 않은 채 전연 광탕(狂蕩)한 짓만 일삼고 있으니, 늙은 몸이 제지할 수가 없는지라, 밤낮으로 애를 태우고 있노라. 지금 어디에서 불어온 바람이 이러한 가인을 보내어, 우리 광동으로 하여금 성취에 이르도록 하려 하는지? 막대한 은혜라고 이를 수 있을 것이니, 내가 무엇을 꺼리고 무엇을 의심하겠느냐? 그러나 우리 집이 본래 가난하여 조석을 잇기 어려운데, 너는 호사스러운 기생으로서 춥고 배고픈 것을 견디며 머무를 수 있겠느냐?”

“그것은 조금도 꺼리지 않사오니, 만에 하나라도 염려치 마소서.”

마침내 그날로 청루에서 자취를 끊고 심가(沈家)에 은신하였는데, 머리를 빗질해주고 때를 씻어주는 범절이 시종 게으르지 않았다. 해가 뜨면 책을 끼고 이웃집으로 가서 배우도록 하고, 돌아온 뒤에는 책상머리에 앉게 하였는데, 새벽과 저녁으로 일과를 권하며 공부하는 과정을 엄격히 세워두었다. 조금이라도 게을리 하려는 뜻이 있으면, 발끈하고 화낸 낯빛을 띠며 떠나겠다고 겁을 주었는데, 심이 홍을 사랑하면서도 내심 무서워하였기에 공부하는 일과를 게을리 하지 않았다.

혼인을 의논할 때에 이르렀으나, 심동이 홍 때문에 아내를 맞이하려 들지 않았다. 홍이 그러한 뜻을 알고 그 까닭을 물으며 엄히 책망하였다.

“당신은 명가의 자제로서 앞길이 만리인데, 어찌 천한 창기를 생각하여 인륜의 대사를 폐하실 수 있겠습니까? 첩은 결코 저로 말미암아 집안을 망하게 하고 싶지는 않으니, 이제 떠나겠습니다.”

심동은 부득이 아내를 맞아들였는데, 홍은 한결같이 온순하고 목소리를 부드럽게 하며 마치 노부인 섬기듯이 섬겼다. 날짜의 한도를 정하되,

심동이 사오일을 안방에 들어가야 하루는 자기 방에 들어오도록 허락하였는데, 만약 기한을 어기면 반드시 문을 닫고 들리지 않았다. 이렇게 한 지 수년이 되자, 배우기 싫어하는 심동의 마음이 전날보다 배는 더한지라, 책을 홍의 침실에 던지며 말하였다.

"네가 비록 공부할 것을 부지런히 권한다 해도, 내가 하기 싫은 데에야 어떡할 것이냐?"

그의 태만한 마음을 말다툼으로는 어찌할 수 없으리라고 헤아린 홍은, 심생이 밖에 나간 때를 틈타 노부인께 고하였다.

"낭군께서 글 읽기를 싫어하는 본성이 요즈음 더욱 심하서, 첩이 비록 성의를 다하여도 어찌 할 수 없으니, 첩이 이제 하직을 고해야 하겠사옵니다. 첩의 이번 거동은 바로 격동시켜 권하려는 계책이오니, 첩이 비록 문을 나서더라도 어찌 영구히 하직할 수 있겠사옵니까? 만일 과거 급제 소식을 듣는다면 모름지기 즉시 돌아올 것이옵니다."
하고는 일어나 하직하는 절을 올리자, 부인이 손을 잡고 울며 말하였다.

"네가 온 뒤로 우리 집의 미친 아이가 엄한 스승을 만난 것 같았으니, 다행이 몽학(蒙學)을 면한 것도 모두 너의 힘이었다. 이제 어찌하여 글 읽기를 싫어하는 하찮은 일 하나로 인해, 우리 모자를 버리고 가느냐?"

홍이 일어서며 아뢰었다.

"첩도 목석이 아니오니, 어찌 이별의 괴로움을 모르겠사옵니까? 그러나 격동시켜 권할 수 있는 도리는 오직 이것 한 가지 밖에 없사옵니다. 낭군이 돌아와, 첩이 하직을 아뢰었고, 과거급제 후 다시 만나기로 약조했다는 말씀을 듣자 오시면, 반드시 발분하여 부지런히 공부하실 것입니다. 멀면 육칠 년이옵고, 가까우면 사오년 사이의 일이옵니다. 첩은 마땅히 몸을 깨끗이 하고 살면서 급제하신 후의 기약을 기다리겠사옵니다.

바라건대 이러한 뜻을 낭군께 전해주옵소서. 이것이 제 소망이옵니다."

이러고서 슬픈 심정으로 문을 나섰다. 이어 부인이 없는 노재상의 집을 찾아가 살 곳을 하나 얻었는데, 그 주인인 노재상에게는 이렇게 말하였다.

"화가여생(禍家餘生)으로 몸을 맡길 곳이 없어 괴로운지라, 뒷간을 치는 비복의 줄에라도 들고자 하옵니다. 하찮은 정성이라도 바치게 해주시오면, 삼가 침선과 주식을 맡아서 보살필 것이옵니다."

그 노재상이 홍의 단려하고 총명함을 보자 가엾고도 사랑스럽게 여겨 몸을 의탁하도록 허락하였다. 그날로부터 홍이 부엌에 들어가 음식을 준비하는데, 극진히 맛을 내어 식성에 맞추므로, 노재상이 더욱 기특하게 여기고 사랑하였다.

"늙은이가 기이한 운수로 요행히 너와 같은 사람을 얻었구나. 내가 이미 마음을 허락하였고 너 또한 정성을 다하였으니, 이제부터는 부녀의 정을 맺는 것이 좋겠다."

노재상이 홍을 안채로 들어와 살게 하며 딸이라고 불렀다.

한편 심생이 집에 돌아왔는데 홍이 간 곳이 없는지라 괴이하여 물어보자, 그의 모부인이 헤어질 때의 말을 전해주며 꾸짖었다.

"네가 공부를 싫어하는 까닭에 이런 지경에 이르렀으니, 장차 무슨 면목으로 세상에 나서겠느냐? 그 애가 이미 너의 급제를 기약으로 삼았으니, 그 사람됨으로 보아 필연코 식언할 이치가 없을 것이다. 네가 만약 급제치 못한다면 이생에서는 상봉할 기회가 없을 것이니, 오로지 네 뜻대로 하거라."

심생이 말을 듣고 실성한 것처럼 망연하더니, 여러 날 동안 서울 안팎으로 두루 찾아다녔으나 끝내 종적이 없는지라, 마음속으로 맹세하였다.

"내가 한 여자로부터 버림받고서야 무슨 면목으로 사람을 대하랴? 저 사람이 이미 급제 후에 상봉하기로 약조하였으니, 애써 공부하여 상봉할 수 있도록 해야 마땅하겠다. 만일 과거에 이름이 오르지 못한다면, 약조를 지키지 못할 것이니, 살아서 무엇 하겠는가?"

마침내 문을 닫아걸고 객을 사양하며, 밤낮으로 글 읽기를 그치지 않았으니, 겨우 두어 해가 지나자 등용문에 높이 올랐다. 심생이 신은(新恩)으로 유가(遊街)하는 날에 성내들을 두루 찾아다녔는데, 그 노재상은 바로 아버지의 벗이었다. 두루 다니던 길에 배알하니, 노재상이 흔연히 맞이하여 옛일과 지금 일을 이야기하였다. 머물며 조용히 이야기를 하고 있노라니 이윽고 안으로부터 음식이 나왔는데, 신은은 술상의 음식을 보더니 서글프게 얼굴빛이 변하였다. 노재상이 괴이하여 묻자, 일어나 절을 올리고서야 비로소 전말을 이야기한 다음 다시 아뢰었다.

"시생(侍生)이 애써 공부하며 과거에 오르기를 기약했던 것은, 오로지 옛사람과 상봉하려던 것입니다. 이제 음식을 보아하니 완연히 옛사람이 한 것이라, 자연히 상심했던 것입니다."

노재상이 그 나이와 생김새를 듣더니 말하는 것이었다.

"나에게 양녀가 하나 있는데, 어디에서 왔는지는 모르네만, 바로 이 여자가 아닌가 하네."

말이 미처 끝나지도 않았는데, 홀연 어떤 가인 하나가 뒤창을 밀며 뛰어 들어오며 신은을 안고 통곡하는 것이었다. 신은이 일어나 주인에게 절을 올리며 말하였다.

"어르신네, 이제 시생에게 주실 것을 불가불 허락해주셔야 하겠습니다."

"나는 내일 모레면 죽을 나이인데, 다행히 이 아이를 얻었는지라 여기에 의지하며 천운으로 여기고 있었네. 이제 만약 보내주기를 허락한다면, 늙은이가 좌우의 손을 잃어버린 것 같을 테니, 일이 매우 난처하네. 그러나 일이 매우 기이하고 서로 이처럼 사랑하는데, 내가 어찌 차마 허락하지 않겠나?"

신은이 일어나 절을 올리며 누누이 감사하다고 아뢰었다. 이때에 날이 이미 어두워졌으므로, 홍과 함께 말 하나에 나란히 타고, 횃불로 길 앞을 인도하게 하였다. 행차가 문에 이르자 모부인을 급히 부르며 말하였다.

"홍랑이 왔어요."

모부인도 기쁨을 이기지 못하고 중문 안까지 급히 나오더니 홍의 손을 잡고 섬돌로 올라갔다. 기쁨이 집안에 넘쳤으니, 두 사람도 전날의 좋아하던 정이 다시 이었다.

심이 그 뒤 천관랑(天官郞)이 되었는데, 하루 저녁에는 홍이 옷깃을 여미며 말하는 것이었다.

"첩의 한 오라기 깊은 정성은 오로지 나으리의 성취를 위한 것이었습니다. 십여 년이나 다른 것에는 생각이 미치지 못하였고, 우리 고향 부모님의 안부 또한 들을 겨를이 없었으니, 이는 바로 첩이 밤낮으로 가슴을 치는 까닭입니다. 나으리께서 이제 주선하실 수 있는 자리를 맡으셨으니, 바라건대 저를 위해 금산(錦山) 원님 자리를 구하셔서, 첩으로 하여금 생전에 부모님을 뵐 수 있게 해주신다면, 지극한 한이 풀릴 것입니다.

"그것이야 아주 쉬운 일이네."

이에 상소를 꾸며 군으로 보내주기를 빌었는데, 과연 금산 원님이 되었다. 홍을 끌고 함께 가 부임하던 날, 홍의 부모의 안부를 물어보니 과연 모두 아무 탈이 없었다. 삼일이 지난 뒤, 관아에서 성대히 술과 음식을 갖추어 그 본가로 갔다. 부모에게 절을 올리며 뵙고, 친척을 모아 삼일 동안 큰 잔치를 벌였으며, 의복과 물품 등을 더할 수 없이 넉넉히 하여 부모에게 드리며 말하였다.

"관부는 사가와 다르고, 관가의 안식구는 더욱 다른 사람과 구별이 있습니다. 부모와 형제가 혹시라도 그로 말미암아 자주 출입하면 다른 사람의 말에 오르내리고 관정에도 누가 됩니다. 제가 이제 관아에 들어가면 한 번 들어간 뒤로는 다시 나올 수 없고 또 자주 상통할 수도 없습니다. 그러므로 서울에 있는 것처럼 아시고 다시는 왕래하지 마시와 내외의 구분을 엄격히 해주십시오."

이어 절을 올리며 하직하고 돌아갔는데, 한 번도 바깥과 상통하지 않았다.

거의 반년쯤 지났을 때 하루는 갑자기 안으로부터 종이 소실의 말이라고 전하며 들어오도록 청하였다. 마침 공사가 있어 미처 바로 일어나지 못하였는데, 종이 잇따라 와서 청하였다. 공이 괴이하여 안으로 들어가 물으니, 홍이 새 옷을 입고 새 이부자리와 베개를 깔았는데, 별 탈은 없었지만 얼굴에 슬픈 기색을 띤 채 말하는 것이었다.

"첩은 오늘 나으리를 영결할 것입니다. 영영 떠날 즈음에 바라건대, 나으리께서는 옥체 보중하시고, 영화와 부귀를 누리시고, 첩 때문에 가슴 아파하지 마소서. 첩의 유해(遺骸)랑은 나으리의 선영하에 반장하여 주시기를 바라니 이것이 소원입니다."

말을 마치더니 갑자기 죽었다. 공이 곡을 하며 서러워하더니 말하였다.

"내가 외직으로 나온 것은 다만 홍랑을 위한 것이었는데, 이제 죽었으니 내가 어찌 홀로 머물러 있겠는가?"

이에 사직 단자를 바치고 직책이 바뀌자 돌아갔는데, 관(棺)과 동행하며 도망(悼亡)시를 지었다.

금강에 내리는 봄비에 붉은 기가 젖으니
가인이 이별하며 흘리는 눈물인 줄 알겠구나.

錦江春雨丹旌濕　　知是佳人別淚餘

오호라! 참으로 기이하도다.

-『계서야담』 제77화

* 같은 이야기가 대동기문 제376화에 '심희수 위일타홍 구금산재'(沈喜壽 爲一朶紅
求錦山宰)라 수록되어 있고,『청구야담』 권13에도 같은 내용이 수록되어 있다. 대
동기문에는 다음과　같은 이야기가 추가되어 있다.

서울로 운구하는 길에 금강을 지나는데 가을바람이 소슬히 불어오고
가을비가 부슬부슬 내렸다. 보이는 것은 모두 슬픈 생각을 자아내게 해
슬픔을 이기지 못하고 시를 한 수 지었다.

한 떨기 붉은 꽃상여에 싣고 가니
향기론 혼백은 무슨 일로 머뭇대노.
금강의 가을비에 붉은 영정 젖어드니
어여쁜 이 이별의 눈물인가 여기노라.

一朶紅蒟載輀車　　芳魂何事去躊躇
錦江秋雨丹旌濕　　疑是佳人別淚餘

희수는 귀양 와 있던 소재(蘇齋) 노수신(盧守愼)의 문하에서 공부했다.

기축년 정여립(鄭汝立)의 옥사가 일어났을 때 참람하고 막히는 일이 많자, 희수는 당시 재상을 지내던 이의 집에 찾아가 비분강개하며 대들다가 옷을 밀치고 일어났다. 문을 나서다가 장운익(張運翼)을 만나 웃으면서 싯구로 말을 건넸다.

흰 갈매기 노는 파도 넓고도 아득하니
만리에 어느 뉘가 길들일 수 있으리

白鷗波浩蕩　　萬里誰能馴

이 말을 전해들은 권신들이 불쾌해하며 그를 강원도 삼척부사로 보임하여 내쳐버렸다. 광해군 갑인년에 정온(鄭蘊)을 변호하다가 이이첨(李爾瞻)에게 밉보였고, 광해군이 인목대비를 폐모시키자 둔산으로 물러나 살면서 빙뢰누인(氷雷累人)이라 자호했다. 뒤에 영조는 공에 관한 이야기가 나오면 그 이름을 부르지 않고 반드시 심일송이라고 호를 불렀다. 그는 선조 갑진년에 의정 벼슬에 올라 좌의정까지 지냈으며 대제학을 맡기도 했다. 시호는 문정(文貞)이었다.

紫洞仙(자동선)

기녀 자동선은 재주와 미모가 으뜸으로 견줄 자가 없었다. 종실 영천군(永川君) 정(定)이 그녀를 사랑하였는데 그는 일찍이 청교월(靑郊月)을 총애한 적이 있었다. 이미 애정이 자동선에게 옮겨간 뒤 마침 송도에 갔는데 송도에는 청교월과 자동선이 있었다. 달성군(達城君) 서거정(徐居正)이 이로 인해 그에게 시를 지어 주었다.

청교 양류에 상심이 깊더니
자동 노을에 마음이 흡족하구나.

靑郊楊柳深傷心　　紫洞煙霞滿意濃

영천군이 몹시 기뻐하며 중인(衆人) 가운데에서 이 시를 읊으며 자랑하였다.

한림 장녕(張寧)이 우리나라에 사신으로 왔는데, 잔치에서 매번 자동선을 지목하여 참으로 경국지색이라고 하였다. 그 뒤 중국 사신 김식(金湜)이 제천정(濟川亭)에서 노니는데 붉게 단장한 기생들이 앞에 가득한지라 물었다.

“장한림이 늘 귀국 자동선을 칭찬하였는데 그게 누굽니까?”

예관이 거짓으로 다른 기생을 가리키자 김이 말하였다.

“아니오. 과연 이 사람을 장공이 칭찬했을 리가 없소”

예관이 감히 숨기지 못하고 역말을 타고 영천의 집으로 가 자동선을 찾았다. 그러자 김이 웃으며 말하였다.

“이는 참으로 그 사람이요.”

—『계서야담(溪西野談)』 제236화

* 성비석의 『넝기얼선』에서 사동신은 조신 세종조의 송도 태생의 기녀로, 재색을 겸비하고 가무사죽(歌舞絲竹)에 능했으며, 글씨도 명필이라 하였다. 뒤에 영천군의 소실이 되어 자녀까지 여러 명을 두었다고 했다.

紫鸞(자란)

옛날에 한 재상이 관백(關伯)이 되었는데, 외아들이 있어 데리고 가서 살았다. 그때에 그와 동갑인 동기(童妓)가 있었는데, 용모가 아름다운지라 친해져서 사랑하는 정이 산 같고 바다 같이 두터웠다. 기백(箕伯)이 체귀할 때에, 부모는 그가 기생과 정을 끊고 헤어지지 못하면 어쩔까 걱정하여 물었다.

"네가 모 기생과 정이 들었는데, 오늘 갑자기 정을 자르고 결연이 돌아갈 수 있겠느냐?"

그 아들이 대답하였다.

"이는 풍류호사에 불과하거늘, 어찌 연연해한다고 말할 것이나 있겠습니까?"

그 부모가 다행히 여기고 기뻐하였다. 떠나는 날에 그 아들은 별로 이별을 애석해하는 뜻도 없었다. 한양에 돌아오자 그 아들로 하여금 산사로 부급(負笈)시켜 삼여(三餘)에 공부를 부지런히 하게 하였다.

서생이 산방에서 글을 읽고 있었는데, 어느 날 밤 큰 눈이 처음으로 개어 밝은 달이 뜰에 가득하였다. 홀로 난간에 기대어 쓸쓸히 사방을 둘러보니, 삼라만상이 소리를 죽이고 온 숲이 적막한지라. 마치 구름 사이의 외로운 학이 무리를 잃고 슬피 우는 것 같고, 암혈의 외로운 잔나비가 짝을 찾아 애타게 부르짖는 것 같았다. 이때에 마음이 서글퍼지며 관서의 모 기생이 홀연 생각났다. 그 고운 자태와 단아한 용모가 눈앞에 있는 것처럼 삼삼하여 상사의 마음이 샘처럼 솟아나니, 잊으려 하여도 잊을 수 없는지라 끝내 억누를 수 없었다. 그래서 앉은 채로 새벽종이 울리기를 괴롭게 기다렸다가 옆 사람이 모르게 홀로 짚신은 들메 신고, 약간의 노잣돈을 허리에 차고 산문을 나서서 걸어 나가 곧바로 관서길을 향하여 갔다.

다음 날 여러 중들과 동학들이 크게 놀라서 수색했으나 끝내 그림자도 없는지라 그 집에 고했다. 온 집안이 놀라서 두두 산골싸기를 뒤졌으나 찾지 못하여 호랑이에게 물려갔다고 여겼는데, 그 원통해 하는 모습은 형언할 수 없었다.

서생은 구불구불 험한 길을 걸어서 나선 지 여러 날 만에 겨우 평양성에 도착했다. 바로 그 기생의 집을 찾아가니 기생은 없고 다만 기생어미만 있었는데, 서생의 행색이 초라함을 보더니 차가운 눈으로 상대하며 전혀 반갑고 정성스럽게 맞이하는 뜻이 없었다. 서생이 물었다.

"자네 딸은 어디 있는가?"

대답하였다.

"바야흐로 신임사또 자제에게 수청 들러 들어갔는데, 한 번 들어간 후로 아직 나오지 않았소. 그런데 서방님은 무엇 하러 천리 길을 걸어서 오시었소?"

서생이 말했다.

"내가 자네의 딸을 생각하는 까닭으로 애가 끊어질 듯하다네. 불원천리하고 온 것은 오로지 한 번 만나볼까 해서라네."

노기가 냉소하며 말했다.

"천리 타향에 공연히 헛걸음하시었습니다. 제 딸이 이곳에 있지만 나 역시 상면할 수 없거늘, 하물며 서방님이야 어떻겠습니까? 일찍 돌아가시는 것이 나을 것입니다."

말을 마치자 방으로 도로 들어가 버리더니 조금도 영접할 뜻이 없었다. 생은 이에 탄식하며 문을 나섰으나 갈 곳이 없었다. 감영의 이방이 일찍이 친숙하였고 또 부친에게 은혜를 많이 입었던 것을 생각하고 그 집을 물어서 가보니, 그 이방이 깜짝 놀라서 일어나 자리로 맞이하며 말했다.

"서방님께서 이곳이 어쩐 일이십니까? 귀공자께서 천리 먼 길을 걸어서 오시다니 진실로 꿈밖입니다. 감히 묻겠는데 이곳에 오신 것은 무슨 뜻입니까?"

서생이 그 까닭을 고하자 이방이 머리를 끄덕이며 말했다.

"대단히 어렵습니다. 대단히 어려워요. 이번 관찰사의 자제가 이 기생을 총애하여 잠시 반걸음도 떨어지지 않으니, 실로 상면할 방도가 없습니다. 그러나 잠시 소인의 집에서 며칠 머무르시면 여러 가지로 만날 기회를 도모해 보겠습니다."

그리고는 접대를 정성껏 하였다. 서생이 며칠을 머무르자 하늘에서 홀연 큰 눈이 내렸는데 이방이 말했다.

"지금이 한 번 만날 기회입니다만, 서방님께서 능히 행하실 수 있을지 모르겠습니다."

서생이 말했다.

"만약 나로 하여금 그 기생의 얼굴을 한 번이라도 볼 수 있게 해준다면 죽음이라도 피하지 않을 것이거늘, 하물며 그 밖의 일이야 어떻겠나?"

이방이 말했다.

"내일 아침에 읍내의 정정들을 징발하여 감영의 눈을 쓸게 할 터인데, 소인이 서방님을 책방의 눈을 쓰는 자리에 충원한다면, 어쩌면 잠깐 상면할 수 있을 것 같습니다."

서생은 홀연히 이 꾀를 따라 상천(常賤)의 의관으로 갈아입고, 눈 쓰는 장정들의 무리에 섞여 들어가서 비를 안고 책방의 뜰을 쓸었다. 이때에 자주 대청 위를 훔쳐보았으나 끝내 상면할 수 없더니, 한 식경이 지난 후 방문이 열린 곳으로 그녀가 곱게 단장하고 나와 굽은 난간 위에 서서 설경을 완상하고 서 있었다. 서생이 쓸기를 멈추고 주목하여 바라보자, 그녀가 홀연 얼굴빛이 변하여 봄을 돌려 방으로 들어가더니 다시 나오지 않았다. 서생이 마음으로 심히 한스럽게 여기며 하릴없이 나왔다.

이방이 물었다.

"기생을 보셨습니까?"

서생이 말했다.

"삽시간에 얼굴을 보았네."

그리고는 한 번 들어가더니 나오지 않는 정황을 말하였다. 이방이 말하였다.

'기생의 정태는 본디 이와 같아, 형세가 추운지 따듯한지 비교하여 송구영신하는 것이니, 어찌 족히 책망하겠습니까?'

서생이 스스로 행색을 생각하니 진퇴가 난감한지라 마음속으로 심히 번민하였다. 그 기녀는 서생의 얼굴을 한번 상면하려고 해도, 책실 도령이 잠시도 떠날 수 없게 하니, 어찌 하리오. 이윽고 마음속으로 몸을 빼낼 계책을 생각해내고 홀연 눈물을 흘리며 슬픈 형상을 하니, 책실이 놀라서 물었다.

"너는 왜 이러고 있느냐?"

기생이 몰래 눈물을 감추고 슬픔을 억누르며 대답하였다.

"소인 집은 다른 형제가 없는 연고로, 소인이 집에 있던 날에는 돌아가신 부친 산소의 눈을 몸소 쓸었습니다. 오늘 큰 눈이 내렸는데 눈을 쓸 사람이 없으니 이것이 슬펐습니다."

책실이 말하였다.

"그러면 내가 종 한 놈에게 시켜서 쓸도록 하마."

기생이 만류하며 말했다.

"이것은 관가의 일이 아닌데, 이 추위에 그에게 부당하게 소인의 선산을 쓸게 하시면, 소인의 죽은 아비가 필시 무한한 욕설을 들으리니, 이는 크게 불가합니다. 소인이 잠시 가서 쓸고 바로 들어오는 것이 무방할 것입니다. 게다가 아비의 묘소가 성 동쪽 십리 지점에 있으니 갔다 오는 사이가 불과 수식경일 것입니다."

책실이 그 사정을 가련하게 여겨 허락하였다. 그 기녀는 즉시 집으로 가서 어미에게 물었다.

"모처 서방님이 아니 내려오셨소?"

어미가 말했다.

"수일 전에 잠시 와서 보고 갔다."

기생이 소리를 죽이며 그 어미를 책망하였다.

"인정이 정말 이와 같으오? 그는 경상가의 귀공자로서 천릿길 이번 행차는 오로지 나를 보기 위하여 온 것인데, 모친께서는 어찌하여 붙잡아두고 내게 통지하지 않으셨소? 어머니가 차가운 마음으로 접대하니 그가 이곳에 기꺼이 머무르려 했겠소?"

그리고는 눈물을 뿌려 마지않았다. 그가 있는 곳을 찾으려 하였으나 물을 곳이 없었는데, 홀연 지난번 태수의 이방이 매번 책실에게 친근하였으니 혹시 그 집에 기숙하였을까 하는 생각이 떠올랐다. 걸음을 서둘러 가서 찾으니 과연 그가 있었다. 서로 손을 잡으니 희비가 교차하였다. 기생이 말했다.

"첩이 이왕 한 번 서방님을 보았으니 결단코 이별할 생각이 없습니다. 이제 서로 붙잡고 도망하는 것이 낫겠습니다."

그리고는 도로 그 집에 가니 마침 어미가 없었다. 상자 속에 모아둔 오륙 냥 은자를 찾고, 또 장식용 패물로 보따리를 하나 꾸려서 사람을 세내어 등에 짊어지게 하고, 이방의 집으로 가서 이방으로 하여금 말 두 필을 세내어 얻어오게 하니, 이방이 말했다.

"말을 세내러 왔다가갔다가 하는 사이에 종적이 쉽게 드러납니다. 저에게 두어 필 건장한 말이 있는데, 전별금으로 드리는 것이 좋겠습니다."

그리고는 다시 사오십 냥을 꺼내어 주며 노잣돈으로 삼게 하였다. 그 기녀와 즉시 떠나서 한양으로 가다가, 덕산과 맹산 지경의 조용하고 궁벽진 곳에 집을 사서 살았다.

그날 감영에서는 그 기녀가 늦도록 돌아오지 않는 것을 괴이하게 여겨 사람을 시켜 찾아보게 하였으나 간 곳이 없었다. 그 어미에게 물어보니 어미 역시 놀라며 허둥지둥 할 뿐 간곳을 알지 못했다. 사람을 시켜 사방을 수색하였으나 종내 알 수가 없었다.

그 기녀가 하루는 서생에게 말했다.

"낭군께서는 이미 어버이를 등지고 이런 행실을 하셨으니, 가히 부모에게 죄인이라 할 수 있습니다. 속죄하는 방도는 오직 등과하는 데 있습니다. 과거에서 결실을 맺는 방도는 부지런히 글공부에 힘쓰시는 것으로, 그런 후에는 길이 있을 것입니다."

그로 하여금 두루 서책을 구하게 하였는데, 책을 사는 데 그 값을 따지지 않았다. 이로부터 부지런히 힘쓰니 과거공부가 날마다 진보하였다.

사오 년이 지난 후 나라에 경사가 있어 바야흐로 과거를 설치하고 선비를 뽑는데, 여자가 서생에게 권하여 과거행차를 꾸리고 자부(貲斧)를 마련하여 보냈다. 서생이 상경하였으나 집에는 갈 수가 없는지라, 여관에서 묵다가 기일이 닥쳐 과장에 갔다. 글제가 걸린 후에 일필휘지하여 시권을 내고 방을 기다렸다. 방이 나오니 서생이 일등으로 높이 올라 있었다.

임금께서는 이판을 불러 탑전에 가까이 오게 하여 하교하셨다.

"일찍이 들으니 경의 독자가 산에서 글을 읽다가 호랑이에게 물려갔다 하였소? 이제 신방 장원의 봉내(封內)를 보니 확실히 경의 아들인데, 어찌하여 직함을 대사헌이라 썼는지 이것이 의아하오. 부자가 동명이라면 또한 이상한 일이오. 또 조정 재상의 반열에 어찌 경의 이름이 두 사람이 있으리오? 진실로 그 연고를 모르겠소"

임금께서 신은을 불러 오라 하시니, 이판이 탑하에서 부복하고 기다렸다. 신은이 입시하니 과연 그 자식이었다. 부자가 서로 붙잡고 그윽히 눈물을 흘리며 차마 서로 헤어지지 못하였다. 임금께서 이상히 여겨 옆으로 가까이 오게 하여 상세히 그 곡절을 물으시니, 신은이 부복하였다가 일어나, 그 부친을 저버리고 도피하던 일과 감영의 눈을 쏠던 일, 기생과 도피하여 공부에 힘써 등과한 연유를 일일이 상세하게 아뢰었다.

임금께서는 책상을 치며 기이함을 칭송하고 하교하셨다.

"너는 패륜한 아들이 아니라 바로 효자로다. 네 처의 절개와 지려(志慮)는 남보다 탁월하니 이는 곧 천한 창기의 부류인 줄 알지 못하겠다. 이제 이처럼 인물까지 되었다면, 이는 곧 창기로 대접할 수 없으니, 부실로 올려야 되겠도다.”

당일로 관서 도신(道臣)에게 유지를 내리셨으니, 행장을 차려 그 기녀를 보내도록 하였다. 신은이 은혜에 감사하고 물러나 부친을 따라 집으로 돌아가니, 집안에서 기뻐하는 모습이 안팎으로 넘쳤다. 봉내에 직함을 대사헌으로 썼던 것은 아마 그것이 산에 올라갈 당시 지닌 직책이었던 까닭일 것이다. 기생의 이름은 자란(紫鸞)이고 자(字)는 옥소선(玉簫仙)이라 한다.

—『계서야담』 제92화

* 자부(貲斧) : 여행 중에 산이나 들에서 형극(荊棘)을 베는 데 쓰는 도끼. 즉 여비(旅費)를 가리킴.

紫雲兒(자운아) 1

　　손영숙(孫永叔)이 이조정랑이 되어서 봉명사신으로 호남에 가서 옥사를 심문한 일이 있다. 나주의 기녀 자운아를 사랑하였는데 자운아는 서울에서 생장하여 이원(梨園)의 제일부에 소속되어 있었다가 죄를 짓고 나주로 귀양 간 여자이다. 영숙은 우활한 선비이고 자운아는 명기이다. 비록 벼슬의 위세에 눌리어 수청을 들고 있으나 항상 마음에 불만이었다.

　　하루는 유생들이 지은 시문을 가지고 와서 등급을 매기고 있으니 기녀가 묻기를

　　"무엇으로 좋고 나쁨을 구별합니까?"

하였다. 영숙이 말하기를

　　"가장 잘 지은 것을 상상(上上) 상중(上中) 상하(上下)라고 하고, 그 다음 것을 이상(二上) 이중(二中) 이하(二下)라고 하며 또 그 다음의 것을 삼상(三上) 삼중(三中) 삼하(三下)라고 하고 등에도 들지 못하는 것을 차상(次上) 차중(次中) 차하(次下)라고 하며 가장 열등한 것을 경지경(更之更)이라고 한다."

고 하였다.

얼마 안 되어 영숙이 일을 마치고 서울로 돌아왔다. 조치규(趙稚圭)가 전주부윤이 되어 나주(羅州)에 이르러 또한 자운을 사랑하였다. 정답게 잠자리에 들어서 묻기를

"네가 사람을 많이 겪었을 터인데, 나 같은 사람은 몇 등에 드는가?"
하니, 기녀가 말하기를

"영공께서는 겨우 삼하입니다."
고 하였다. 조가 말하기를

"영숙은 몇 등이나 되는 사람인가?"
하니 기녀가 말하기를

"정말 경지경이었어요. 오직 군수 정문창(鄭文昌)만이 넉넉히 이등에 들 것입니다."
고 하였다.

노희량(盧希亮)이 시를 지어 희롱하기를

> 호남의 봉명사신 누가 가장 황당하였던고,
> 이부낭중 사북량이라네.
> 삼년동안의 풍류를 사람들이 말들 하지만
> 그때에 정문창이 있었음은 알지 못하네.
>
> 湖南奉使孰荒唐　　吏部郎中絲北良
> 三載風流人膾炙　　不知時有鄭文昌

라고 하였다. 대체로 당시(唐詩)를 모방한 것이다.

병신년의 중시(重試)에 영숙의 책문이 처음으로 장원을 하였다. 겸선이 시관이었는데 편지를 보내어 축하하기를

"군의 이번 책(策)이 일의일이 되었으니 다시는 옛날의 경지경은 아니

네.”

라고 하였다.

그 뒤에 임금이 장차 학궁에 거둥하여 존사(尊師)의 예를 행하고 알성과를 보게 되었다. 그 때 영숙이 예방승지였다. 길에서 기지(耆之)를 만났는데 영숙의 얼굴에 근심하는 빛이 있었다. 기지가 말하기를

“자네 어째서 매우 근심하는 빛이 있는가?”

하니 영숙이 말하기를

“영산(永山 ; 金守溫)은 불교를 좋아하고, 하동(河東 ; 鄭麟趾)도 또한 물의(物議)가 있는 사람이니, 이와 같은 성사(盛事)에 기일이 이미 임박하였는데 지금가지 경로(更老)를 결정하지 못하였네. 그래서 근심이라네.”

라고 하였다. 기지가 말하기를

“그것은 임금과 대신과 의논하여 정할 것이니 자네가 사사로이 근심할 일은 아닐세. 만약 부득이하다면 인선(人選)하는 것이 무엇이 어렵겠는가.”

라고 하니, 영숙이 얼굴빛을 바르게 고치고 그 사람이 누구이냐고 물었다. 기지가 말하기를 “파주부원군의 집 앞에 첨정 이삼경(李三更)이 살고 있네. 그 사람이야말로 삼로(三老)일세. 족하(足下)가 자운의 논평을 받아 이미 이경(二更)이 되었으니 만약 또 삼경에게 평을 받는다면 곧 오경이 되겠네.”

라고 하였다. 듣는 사람들이 우스워서 배를 움켜잡고 몸을 가누지 못하였다.

사북량(絲北良)이라고 한 것은 영숙이 젊었을 때에 생원시에 응시하였는데, 방이 나붙었을 때에 성명을 흘림글씨로 써놓았다. 영숙이 겁이 나서 얼굴빛이 질려서 말하기를

“방에 내 이름은 없다.”

고 하였다. 그 벗이 손가락으로 가리키며 말하기를

“저 몇째 줄에 있는 것이 자네 이름일세.”

라고 하니, 영숙이 말하기를

“저것은 손비장(孫比長 ; 영숙의 성명. 영숙은 자)이 아니고 사북랑(絲北良)이야.”

라고 하였다. 지금까지도 듣는 사람들이 웃는다.

—『용재총화』 권6 제33화

紫雲兒(자운아) 2

손씨(孫氏) 성을 가진 어떤 문사(文士)가 호남에 사신으로 갔다. 손은 문장을 잘하고 문장을 감식하는 능력이 있었기 때문에, 호남의 선비로 과거공부를 하는 사람들이 다투어 시권(試券)을 가지고 와서 바로잡아 줄 것을 요구했다. 손은 고열(考閱)하고 품평(品評)하기를 조목조목 매우 자세히 했다.

나주(羅州) 기생 자운아는 타고난 눈치가 있었는데, 봉사(奉使)가 무척 정을 쏟은 사람이었다.

하루는 조씨(趙氏) 성을 가진 재추(宰樞)가 나주에 왔는데, 자운아가 잠자리 시중을 들게 되었다. 조는 스스로 풍류와 문채(文彩)를 믿고 있었기 때문에, 자운아에게 말하기를,

"네가 지금까지 좋아한 사람이 매우 많았을 것이다. 겉으로 드러내지는 않아도 속으로는 좋고 나쁨에 대해 스스로 엄정한 평가가 있을 것인데 나 같은 사람은 어떠하냐?"

하고 물었다.

자운아가 말하기를,

"당신은 차삼등(次三等)에 둘만 합니다."

라고 했다.

　조가 놀라서 말하기를,

　"네가 창가(娼家)의 아이로 어찌 우리 문사들의 일을 아느냐?"

하고 물었다.

　자운아가 말하기를,

　"제가 오랫동안 손봉사께서 선비들의 시권을 품평하는 것을 겪었는데, 글 전체가 둥근 구슬이 그득하고 비점(批點)으로 아로새겨져 가히 볼 만한 것은 일등이라 하고, 그 다음은 이등이라고 하며, 그 다음은 삼등이라고 하고, 그 합격권에 들지 못하는 것은 차삼등이라고 하며, 또 그 격(格)이 가장 낮아서 글 전체가 고친 곳 투성이고 쓸모가 없는 것은 경지경(更之更)이라고 했습니다."

라고 했다.

　조가 말하기를,

　"손봉사는 어느 줄에 둘 만하냐?"

라고 했다.

　자운아가 말하기를,

　"경지경입니다."

라고 했다.

　조가 손보다 앞에 놓인 것을 다행으로 생각하면서도, 차삼등에 놓인 것을 싫어하여 자못 부끄러워하는 기색이 있었다.

　자운아가 비위에 맞추어 해명해서 말하기를,

　"아까 한 말은 장난이었습니다. 당신은 가히 일등에 놓일 만합니다. 당신이 어찌 저 창가(娼家)의 높이고 낮추는 방법을 아시겠습니까? 지금 무릇 법을 집행하는 사람들이 송사(訟事)를 듣는데, 송사하는 사람을 억

누르고 포승줄로 묶어 꼼짝 못하게 하고 태(笞)로 볼기를 치는 등, 관정
(官庭)에서 온갖 욕을 보입니다. 그리고는 천천히 그 묶인 것을 풀어주고
사또 앞으로 불러 앉혀서, 화락(和樂)한 얼굴과 따뜻한 말로 그 기쁨을
두 배나 다섯 배로 하는 것은 어째서이겠습니까? 묶지 않고 풀어준다면
풀어준 사람이 무슨 공이 있으며, 물에 빠지지 않았는데 건져준다면 건
져준 사람이 무슨 덕이 되겠습니까? 먼저 누르고 뒤에 올리며, 먼저 깎아
내리고 뒤에 상을 주는 것, 이것은 대장부를 거꾸러뜨리는 방법입니다."
라고 했다.

조가 크게 웃고 자운아의 등을 어루만지며 말하기를,

"네가 바로 여자 가운데 손오(孫吳)로다. 어찌 꾀를 지님이 그리 많으
냐?"
라고 했다.

-『태평한화골계전(太平閑話滑稽傳)』 제108화

* 손오(孫吳) : 중국의 유명한 병법가인 손자(孫子)와 오자(吳子).

將本(장본)

　　백광훈(白光勳)은 시에 능하고 초서를 잘 써서 호남지방에서 이름이 제일 높다. 부여를 지나갈 때에 현감이 유람선에 술을 싣고 공주의 기악(妓樂)을 빌려 가지고 그가 오는 것을 기다렸다.

　　그가 오고 보니 포의(布衣)의 한 선비로서 용모가 보잘 것 없었다. 기생 중 장본이라는 자가 있었는데 농을 잘 했다. 말하기를

　　"일찍이 백광훈의 이름이 산보다도 큰 것으로 들었는데, 이제 대해보니 조룡대(釣龍臺)에 지나지 않는다."

했다.

　　부여 백마강 위에 조룡대가 있으니 당나라 장수 소정방이 백마를 미끼로 용을 낚는데서 얻어진 이름이다. 조룡대란 조그만 바위에 지나지 않는다. 그 때문에 장본의 말이 백광훈을 잘 형용하고 있다. 백광훈이 한 짤막한 시가 있어 세상을 울렸으니 이르기를

　　　청산은 중첩하고 물은 흘러가는데
　　　금궐 아니면 옥루였으리
　　　당시의 전성을 이제 와서 물을 길 없어
　　　달 밝은 썰물녘 외로운 배에 몸 의지했네.

青山重疊水空流　　不是金宮卽玉樓
全盛至今無更問　　月明潮落倚孤舟

하였다. 내가 보기에는 이 시 또한 조룡대를 두고 지은 터일 것이다.

-『조선해어화사』, 『어우야담(於于野談)』

＊『대동기문(大東奇聞)』에는 이와 비슷한 글이 수록되어 있다.

백광훈(白光勳)은 해미(海美) 백씨로 자는 창경(彰卿)이며 호는 옥봉(玉峰)이었다. 관직은 참봉에 그쳤으나 시로 이름이 났다. 한 번은 공주에 놀러 간 일이 있었는데 그 고을 원이 귀한 손님을 맞는다 하여 목욕재계하고 잔치자리를 벌여놓은 뒤 오리정까지 마중을 나갔으며, 기생들도 모두 잘 단장을 하고 기다렸다.

백공이 도착했는데 보아하니 빈한한 선비에다 생김새도 아주 보잘 것 없어 도무지 사람의 마음에 깊은 인상을 주지 못했으므로 서로 보며 비웃을 뿐이었다. 어떤 기생이,

"백공을 뵈오니 바로 조룡대로소이다."

하자 듣는 사람이 모두 크게 웃었다.

부여에 있는 조룡대가 명승지로 이름이 크게 났으나 실지로는 아무 볼 것이 없는지라 이렇게 조롱한 것이다. 그가 지은 <홍경사(弘慶寺)> 시는 이러하다.

전 왕조 절간엔 가을풀이 가득코
한림학사 글 새긴 비석만 남아있네
천년토록 강물은 쉼 없이 흐르나니,

황혼에 저무는 구름만 바라보네.

秋草前朝寺　　殘碑學士文
千年有流水　　落日見歸雲

그는 일재(一齋) 이항(李恒)의 문하에서 공부하였다.

—『대동기문』 권2 제274화

秋草前朝寺　　殘碑學士文
千年有流水　　落日見歸雲

丁香(정향)

　　정비석의 『명기열전』에서 정향을 "기명(妓名)은 정향. 성과 본명 모두 미상. 세종조 평양 태생. 재색을 겸비하고 두뇌가 백령백리(百怜百俐)하여 풍류남아 양녕대군(讓寧大君)을 한 번에 사로잡았음"이라 소개하였다.

　　그녀는 나중에 양녕대군의 소실이 되어 자녀도 여러 명을 낳았다. 기생으로 왕족의 부실이 된 것은 정향이 처음이라고 한다.

－정비석, 『명기열전』

趙非燕(조비연)

　　조비연은 한성(漢城) 기생이다. 시재(詩才)가 있고 노래를 잘 불렀다. 몸이 살져서 춤을 추지 못했으므로 스스로 몸의 민첩함이 조비연(趙飛燕)만 같지 못하다 하여 비연이라 이름하였다. 이석전(李石田)은 음률에 밝았기 때문에 비연을 지음(知音)으로 인정하였다. 석전이 시를 지어 조롱하기를

> 손 놀려 춤 배우나 춤추지 못하니
> 인간에 어찌 철장(鐵掌)의 사람이 있을쏜가.

掌中學舞終難得　　豈有人間鐵掌人

하였다. 그의 몸이 무거운 것을 말한 것이다. 비연이 시를 지어 화답하였는데, 그 글 솜씨가 이와 같았다.

　　과이상사석전고택(過李上舍石田古宅)

> 사람들은 당나라 궁녀 옥환이 살졌다 했지만

은총이야 어찌 이 춤에서 얻어지랴

唐宮人說玉環肥　　恩寵那由掌上舞

―『조선해어화사』

　　* 옥환(玉環) : 양귀비(楊貴妃)의 유명(幼名)

竹間梅(죽간매) 月下逢(월하봉)

사문(斯文) 안(安) 권(權) 두 선비가 있었다. 장차 충주를 향해 떠나가는데 안은 푸른 옥 갓끈을 노씨(盧氏) 집에서 빌려 오고, 권은 붉은 지초 무늬 띠를 박씨의 집에서 빌어 왔다. 안의 별명은 독수리이고 권의 별명은 봉시관(奉時官)이다. 권은 항상 수염 만지는 일을 그치지 않았다.

충주에 가서 안은 기녀 죽간매를 사랑하고, 권은 기녀 월하봉을 사랑하였다. 함께 네 고을을 두루 돌아다니며 수십 일을 놀았다.

다 같이 달천(獺川) 냇가에서 작별하였는데 서로 붙잡고 슬피 우니 사문(斯文) 금생(琴生)이란 자가 또한 덩달아 눈물을 흘리며 흐느껴 울었다. 지금에 이르기까지 사람들은 그들이 앉았던 돌을 교리석(校理石)이라 부른다.

사문(斯文) 유공(柳公)이 시를 지어 말하기를

말고삐와 재갈을 나란히 하여 화산을 떠나니
예성을 동으로 향하여 길이 아득히 멀구나.
붉은 지초의 무늬 박가의 띠는 허리에 둘러 가늘고
푸른 옥 노씨의 집 갓끈은 뺨에 비쳐 차가와라

죽간에 날개 펼치니 목마른 독수리로구나
월하에 수염을 비비는 건 봉시관이더라
수십일 운우의 정은 사람들의 웃음에 이바지하고
네 고을 풍류의 자취는 기절한 경치를 보았네.
배 위에서 두 낭군은 눈물을 뿌려 이별하였는데
언덕 위의 두 기녀는 노래 부르면서 돌아가더라
우스워라, 금공은 무엇 하는 손님이기에
못나게도 남의 이별에 덩달아 눈물을 지었던고

並轡聯鑣發華山　　蕊城東指路漫漫
紫芝朴帶圍細腰　　靑玉盧纓照臉寒
張翅竹間臨渴鷲　　掀髥月下奉時官
數旬雲雨供人笑　　四郡風流絶勝觀
船上兩郎揮淚別　　陌頭雙妓放歌還
堪笑琴公何許客　　籧篨同作別離籬

라고 하였다.

－『용재총화』 제6권 제4화

眞娘(진랑)

      허균(許筠)이 이자민(李子敏)에게 보낸 글에 이르기를

"부기(府妓) 진랑은 내가 조운(漕運)을 독려할 때 사랑했으며, 그녀가 혜민국에 출사하여 또 음신(音信)을 통하고 있으니 내 딸과 다름없다. 그대는 어찌하여 독찰이 심한가. <녹음서(綠陰書)>에 그대는 좋은 정취를 적게 찾고 그녀의 괴로운 하소연을 듣는다며 사랑하는 정을 움직이리라 하였으나, 나를 위하여 좋은 정취 찾는 일을 늦추기 바란다. 오리를 쫓지 말라. 원앙이 놀래리라."

하였다.

—『조선해어화사』,『성소복부고(惺所覆瓿藁)』

陳玉樹(진옥수)

진옥수는 금릉(金陵＝金海) 기생이다. 그러나 이 사람이 실지로 있었는지는 모르겠다.

몇 해 전에 어떤 사람이 와서 말하기를

"옥수가 시를 잘하나, 시사(詩社)에 응모할 때마다 입선이 되지 못했습니다. 이제 숭양시사(崇陽詩社)에서 상원(上元)의 밤을 제목으로 시를 모집하고 있는데 옥수가 선생께 시를 빕니다."

하였다. 내가 마음속으로 기생이 시에 능한 것을 어여삐 생각하여 옥수의 내력을 물었다. 대답하기를

"일찍이 서울 광교에서 살았으며 노래와 춤으로 궁중 진연 때 뽑혀 들어가서 한때 이름을 크게 떨쳤습니다. 본명이 진옥섬(陳玉蟾)이었으나 옥수(玉樹)로 고쳤습니다. 이것은 세상일 돌아가는 것을 슬프게 생각하여 진(陳)나라 후주(後主)의 옥수정화(玉樹庭花)에서 뜻을 딴 것입니다."

하였다. 그 이름을 아름답게 여겨 입에서 나오는 대로 시 한수를 불러서 전해 주라고 하고는 그 일을 잊어버리고 말았다.

그 뒤 서울에 왔을 때 문사로서 일을 벌이기를 좋아하는 자가 진옥수의 원소(元宵) 시를 외워 들려주면서 최우수 작품으로 입선된 것이라 하

였다. 시는 바로 그때 내가 지어준 것이었다. 이것을 가지고 본다면 여류가 지은 문장으로서 사람의 입에서 애송되는 것이 그 반은 차작(借作)에 속하는 것이라고 보겠다. 이렇기 때문에 참고로 여기에 기록하는 바이다.

상원야유감(上元夜有感)

우리 집 일찍이 광통교에 있어
달구경 꽃구경 쓸쓸함 몰랐지
님 오실까 신발소리 귀 기울이고
정다운 벗과 함께 통소 배웠지
지난 일 추억하면 섬도 이제 늙었으리
홍망을 말한다면 계도 이젠 시들었어
그 예날 궁궐에서 가무하던 곳 바라보니
상원 밤인데도 등불만 가물거리네

儂家曾住廣通橋　　賞月看花不寂寥
有感待人聞響屐　　盡情求伴學吹簫
追思往昔蟾應老　　若說興亡桂亦凋
回首舊宮歌舞地　　漆燈明滅上元宵

평하기를

"뜻이 깊고 말이 절실하다. 화류계에서 이 같은 훌륭한 작품이 나올 줄 몰랐다. 마땅히 일등을 차지한 것이다. 상원의 밤을 제목으로 하면서 '유감(有感)'이라는 표현은 대체(大體)를 잃고 있다. 그 때문에 한 등을 내려서 2등으로 정했다."
하였다.

누가 시험관이 되고 누가 논평한 것인지 모르겠으나 시라는 것은 사람의 마음의 느낌에서 나오는 것이다. '유감'이라는 말이 무엇이 예(例)에 거리낌에 있어 2등으로 내렸단 말인가. 예를 따져본다면 시권(試券)을 모두 깎고 물리쳤어야 할 것이다. 어쨌든 우스운 일이다.

—『조선해어화사』

蔡小琰(채소염)

채소염은 성천(成川) 기생이다. 본명은 소염
(素簾)이다. 사기(史記)를 읽기에 앞서 채문희(蔡文姬)를 사모했으므로 이
름을 고쳐 소염이라 했다.

마상음(馬上吟)

성천 길 위에 말 멈추니
꽃 지는 봄날 두견새 시름일세
물길은 평양으로 통하고
땅은 강선루에 잇닿았네.

駐馬成川路　　花殘杜宇愁
津通箕子國　　地接降仙樓

다른 책에 첫째 구와 둘째 구가 '마수강동현 춘심화기부'(馬首江東
縣 春深花氣浮)라 했음은 잘못된 것이다. 강동도 관서의 고을 이름이

며 강선루는 성천에 있다.

–『조선해어화사』

　* 채문희(蔡文姬) : 후한 채옹(蔡邕)의 딸. 이름은 염(琰). 자가 문희임. 음률에
　　정통했음.

天官(천관) 1

　　김유신(金庾信)은 계림 사람으로 이루어 놓은 업적이 혁혁하게 국사(國史)에 실려 있다. 어렸을 때 어머니가 날마다 엄하게 훈계하여 함부로 사귀어 놀지 못하게 했다. 하루는 우연히 기생집에서 잤는데, 그의 어머니가 보고 꾸짖어 말하기를

　"내 이미 늙었다. 밤낮으로 네가 성장하여 공명을 세우고 임금과 어버이를 위해 영예롭게 되기를 바랐는데, 이제 네가 도고(屠沽)의 아이들과 어울리어 기생방과 술집에서 놀아나느냐?"

하고 흐느껴 울자, 어머니 앞에서 바로 다시는 그 집 문을 지나가지 않기로 맹세했다. 어느 날 술이 취해 집에 돌아오다가 말이 전에 다니던 길을 따라 기생집에 잘못 이르렀다. 기생이 기쁨과 원망이 뒤섞이어 눈물을 흘리며 나와 맞거늘 공이 벌써 깨닫고 탔던 말을 베어 안장을 버리고 돌아왔다. 기생이 원사(怨詞)를 한 곡 지어 전했다. 동도(東都)에 있는 천관사(天官寺)가 바로 그의 집이다. 상국(相國) 이공승(李公升)이 동도에 관기(管記)로 부임해서 시를 지어 이르기를

　　절 이름 천관사는 옛날의 사연이 있나니,

홀연 처음 일을 들으니 한결같이 슬프도다.
다정한 공자는 꽃 밑에서 노니는데
원한 품은 가인은 말 앞에서 울도다.
붉은 말은 정이 있어 오히려 길을 나는데
푸른 머리는 무슨 죄로 부질없이 채찍인가.
오직 한곡의 가사 묘한 것이 남아있어
섬토와 같이 잠들어 만고에 전하도다.

寺號天官昔有緣　　忽聞經始一悽然
多情公子遊花下　　含怨佳人泣馬前
紅鬣有情還識路　　蒼頭何罪謾加鞭
惟餘一曲歌詞妙　　蟾兎同眠萬古傳

하였다. 천관은 바로 그 기생의 호(號)이다.

－『파한집』 권중 제24화

* 도고(屠沽) : 백정과 술파는 사람. 천한 직업에 종사하는 사람일 일컫는 말.

天官女(천관녀) 2

　　김유신(金庾信)은 계림 사람인데 그 공적이 혁혁하여 국사에 산재해 있다. 어렸을 때에 모부인이 엄히 가르쳐 함부로 교유하지 못하였는데, 하루는 창기(娼妓)의 집에서 묵자 모친이 책망하였다.

　"나는 이미 늙었다. 밤낮으로 바라는 것은 네가 장성하고 공명을 세워 어버이의 영예를 높여주는 것이다. 그런데 이제 네가 술파는 아이와 음방(淫房) 주사(酒肆)에서 노느냐?"

　부르짖으며 울어 마지않는지라 공은 바로 어머니 앞에서 다시는 그 집문 앞을 지나가지 않겠다고 맹세하였다.

　하루는 술에 취하여 집으로 돌아가는데 말이 옛길을 아는지라 창기의 집에 잘못 다다랐다. 그 창기가 기쁜 듯 원망하는 듯 눈물을 흘리며 나와 맞이하였는데, 공은 어느새 술이 깨어 말의 목을 베고 안장도 버려둔 채 돌아갔다.

　여자는 원망하는 노래 한 곡을 지어서 전하였다.

　동도(東都)에 천관사(天官寺)가 있는데 바로 그 무덤이다. 상국(相國) 이승(李升) 공이 일찍이 동도에 갔었는데 그에 대해 시를 지었다.

… (시 생략) …

천관은 바로 그 여자의 호이다.

-『계서야담』 제238화

靑蓮(청련)

유씨(柳氏) 성을 가진 어떤 문사(文士)가 영남에 놀러 갔다가 성산(星山) 기생 청련을 지극히 사랑했는데, 돌아와서도 늘 그리워하여 마음이 편하지 못하고 울적했다.

그의 아내 송씨가 사납고 질투가 심해 욕설로 함부로 꾸짖다가, 심지어는 간혹 주먹으로 때리기까지 하니, 유는 그 괴로움을 견딜 수 없었다. 그래서 한 번 위엄으로 눌러 보기로 했다.

하루는 관청 일을 마치고 집으로 돌아와서, 모자와 띠도 풀지 않은 채로 단정히 앉아 정색을 하고 말하기를,

"여자는 질투해서는 안 된다. 시경(詩經)에서는 문왕의 후비(后妃)가 질투가 없는 것을 아름답게 여겼고, 소학에서는 부인을 내쫓을 수 있는 경우가 일곱 가지가 있으니, 음란하면 내쫓고, 질투하면 내쫓는다고 했다. 그대는 어찌 된 사람이길래 감히 질투함이 이와 같단 말인가?"
라고 했다.

송이 몹시 성이 나서 곁에 있던 전판(剪板)을 들고 일어나서는 크게 으르렁거리며 꾸짖어 말하기를,

"문왕의 후비가 어째? 음란하면 내쫓아도 좋고 질투하면 내쫓아도 좋

다고!"
하면서, 닥치는 대로 유를 들고 치니, 유는 다급해서 창문을 넘어 도망갔
다.

－『태평한화골계전(太平閑話滑稽傳)』 제190화

靑玉(청옥)

내가 온정으로부터 돌아오는 길에 동래부에 이르러 기녀 청옥의 집을 주인으로 삼으니, 청옥은 동래부의 유명한 기생이다. 자색의 아름답고 고움과 가무의 정연하고 원숙함이 서울의 이름난 기생들을 상대해도 양보치 않을 것이다.

다음은 그를 두고 지은 시조이다.

秋波(추파)에 섯는 연꽃 夕陽(석양)을 쯰여 잇셔
微風(미풍)이 건듯허면 香氣(향기) 놋는 네로고나
너 엇지 너른 보고야 아니 썻고 엇지허리.

─안민영, 『금옥총부(金玉叢部)』

楚腰輕(초요경)

       초요경은 이원(梨園)의 아름다운 기생이었고, 최유강(崔有江)은 역관(譯官)으로 유명한 사람이었는데, 그 이름이 중국 발음으로 대충 비슷했다.

    정(鄭)씨 성을 가진 어떤 선비가 중국말을 약간 알았는데, 일찍이 연경(燕京)으로 사신을 가서 한 방에 혼자 앉아 있었더니, 어떤 중국 선비가 정(鄭)에게 말하기를,

    "최유강이 잘 있소?"

라고 했다.

    정이 초요경으로 잘못 알고는,

    "잘 있습니다."

하고 대답하고는, 이역관(李譯官)에게 말하기를,

    "초요경은 한 작은 기생으로 이름이 중국에 진동하여, 중국 선비가 또한 물으니, 우리 동방(東邦)에 절색(絶色)이 있음을 가히 알 만하네."

라고 했다.

    이(李)가 말하기를,

    "중국 선비가 천한 계집을 알 리가 없습니다. 그대가 잘못 아신 것 아

닙니까?"

라고 했더니, 정(鄭)이 말하기를,

"모모(嫫母)와 무염(無鹽)은 추악(醜惡)했으나, 오히려 그 이름이 만고에 전해졌는데, 초요경의 자질의 아름다움으로 이름이 중국에 진동하는 것이 어찌 의심스럽다는 말인가!"

라고 했다.

이(李)가 중국 선비에게 말하기를,

"초요경은 우리나라의 한 작은 기생인데, 대인(大人)께서는 무엇으로 좇아 그 이름을 아십니까?"

라고 하자, 중국 선비가 크게 웃고 말하기를,

"내가 물은 것은 최유강이지 초요경이 아닙니다. 정관인(鄭官人)이 반드시 초요경에게 사랑을 기울였기에 그렇게 들었을 것입니다. 그것은 바람소리와 학의 울음소리를 듣고는 모두 왕의 군대가 이미 도달한 것으로 생각하고, 팔공산(八公山)의 풀과 나무를 모두 진(晉)나라 병사(兵士)로 알았던 것과 같은 부류가 아니겠습니까?"

라고 하였다.

―『태평한화골계전(太平閑話滑稽傳)』 제83화

* 모모(嫫母) : 중국 황제(黃帝)의 네 번째 비(妃). 얼굴은 매우 못생겼으나 대단한 덕이 있었다고 함. 후대에는 못생긴 여자를 가리키는 말로 쓰임.
* 무염(無鹽) : 무염녀(無鹽女)를 가리킴. 제(齊) 선왕(宣王)의 부인으로 이름은 종리춘(鍾離春). 매우 못생겼으나 선왕의 정치를 잘 도왔다 함.

楚月(초월)

내가 동래로부터 돌아오는 길에 최치학(崔致學)과 더불어 밀양에 도착하여 널리 기생과 악공들을 불러 여러 날 질탕하게 놀았는데 동기(童妓) 가운데 초월이가 있어 색태가 갖추어져 있고 가무가 정묘해서 가히 절세의 색예라 이를 만했다. 근래 남인(南人)의 전언을 들으니 초월의 색예가 일도(一道)에서 제일이라 이르더라.

지난해에 먼저 왔을 때 장차 크게 진취할 뜻이 있음을 알았으나, 어찌 오늘날에 들리는 바와 같으리라 짐작하였으리오.

그를 두고 지은 시조가 다음과 같다.

映山紅綠(영산홍록) 봄보롬에 黃蜂白蝶(황봉백접) 넘노는 듯
百花園林(백화원림) 香氣(향기)속에 興(흥)쳐 노는 두룸인 듯
두어라 千態萬狀(천태만상)은 너뿐인가 하노라.
　　　　　　　　　　　　　　　　　　－안민영, 『금옥총부(金玉叢部)』

秋月(추월)

　　추월은 공산(公山) 기생이라. 가무와 자색이 제일로 빼여 상방(尚方)에 들어오니 풍류 소년들이 다투어 사모하여 번화(繁華) 장중(場中)에 천명(擅名)한 지 수십 년이라.

　그 연로함에 미쳐는 스스로 말하되,

　"평생에 가소사(可笑事)가 세 건(件)이 있으니, 하나는 이상서 댁에서 피리와 노래 훤굉(喧轟)할 때에 잡가를 부를 제 줄이 급히 구르매 소리 정히 높더라. 마침 한 재상이 들어오니 용모가 단정하여 눈으로 사시(斜視)치 아니하니 가히 그 정인군자인 줄 알러라. 주인 대감으로 더불어 한훤(寒暄)을 마치매 이로 인하여 가무로 즐김을 다하고 파하니 그때 금객(琴客) 김철석(金哲石)과 가객 이세춘(李世春)과 명기 계섬(桂蟾)과 매월(梅月)의 무리 다 참예한지라. 수일 후 한 하인이 와 말하되. '아무 대감이 너희들을 급히 부르신다' 하거늘 드디어 가금(歌琴) 제기(諸妓)로 더불어 가니 향일 이상서 댁에 오신 대감이라. 대감이 단정히 앉았거늘 문안하매, 하여금 청상에 오르라 하여 돈연히 사안(賜顏)하는 빛이 없고 다만 노래 부르라 하니 비록 흥치 없으나 강잉하여 부를 새, 초장 이장을 하고 삼장을 미치지 못하여 대감 노기 대발하여 일병(一竝) 끌어내려 가로

되,

"너희 등이 향일 이상서 댁 연석에는 가무가 가히 들음 즉하더니 이제 가곡이 가늘고 느즈러져 흥치가 하나도 없으니 나의 음률을 알지 못함으로써 그러하냐."

내 이미 그 뜻을 헤아린지라. 사죄하여 가로되,

"초장 소리 우연히 세미하였사오니 지죄지죄(知罪知罪)로소이다. 만일 다시 시험하시면 구름을 머물고 들보에 둘리는 소리 경각에 내리이다."

대감이 특별히 관서(寬恕)하고, 하여금 다시 부르라 하니 기객(妓客)이 서로 눈 주어 자리에 올라 우조(羽調)를 발하니 잡사(雜詞)와 급현(急絃)이 어지러이 부르고 잡되이 화답하여 전혀 곡조가 없는지라. 대감이 대락하여 부채로써 서안을 쳐 가로되

"잘한다. 노래를 마땅히 이같이 못하랴."

삼장을 마치매 그만 쉬라 하고 주효를 내어 먹이거늘 드디어 하직하고 돌아온 일이요, 한번은 하인이 와 가로되

"우리 댁 진사주(進士主)가 너희 등 부르신다."

하고 무수히 재촉하거늘 드디어 금객으로 더불어 따라간 즉 동문 밖 연미동(燕尾洞)의 한 초옥이라. 시문(柴門)에 들으니, 단칸방에 외헌(外軒)이 없고 다만 토계(土階)가 있으니 위에 초석 한 닢을 깔고 주인은 폐의파립으로 탕건 쓴 자가 향객(鄕客) 수인(數人)으로 더불어 방중에 앉았으니 한 무변 출신이라. 인하여 초석에 올려 앉히고 노래하게 하니 두어 곡조를 하매 주인이 손을 둘러 그치라 하고 가로되

"족히 들음 즉지 아니타."

하고 탁주 일배로 배송하거늘 드디어 하직하고 돌아왔으며, 한번은 여름에 창의문 밖 세검정에 가 연회할 새, 재자명사가 구름 모이듯 하여 백

석(白石) 청류(淸流) 사이에 주배를 날리며 가무하는 자리에 관광하는 자가 중중첩첩 하더니, 한 향객이 의복이 초초하고 형용이 초췌하여 걸인의 행색 같은지라. 멀리 연융대(練戎臺) 아래서 쏘아보거늘 추월이 괴이히 여겼으나, 기인이 손을 들어 부르거늘 마지못하여 간즉 가로되

"나는 창원 상납(上納) 아전이라. 그대 향명을 익히 들었더니 이제야 다행히 만났도다."

하고 허리를 더듬어 돈 한 냥을 내어주거늘 마음에 웃어 가로되.

"천하에 어린 자는 네로다."

하고, 사양하여 가로되,

"이름 없는 물(物)을 어찌 받으리오. 그대 주는 뜻을 감사하여 받지 아니하나 받음과 같다."

하니,

"기인이 굳이 주되 받지 아니하고 입을 가리고 돌아오니 재상의 매몰한 풍채와 무변의 심심한 의취와 향리의 너무 어림이 내 평생 잊지 못하노라."

하더라.

－『청구야담』 권4 <추기임노설고사(秋妓臨老說故事)>

秋香(추향)

추향이는 호남에서 이름난 기생이다. 능히 글도 알아서 일찍이 이연평(李延平)에게 자주 편지를 쓰곤 했다. 그런데 편지 뒤에는 꼭 '글재주가 없어 이만 줄입니다'라는 말을 붙였다.

연평이 하루는 추향을 만나 말했다.

"네 편지에 '글재주가 없어 이만 줄입니다'라는 구절을 정말 싫증나도록 보게 되는구나."

추향이 곧바로 대꾸했다.

"소인도 대감 말씀에 '진실로 황공하옵고 진실로 두렵습니다'라고 하는 구절을 정말 싫증이 나도록 봅니다요."

이연평이 일생동안 일만 있으면 상소를 올렸는데, 무려 몇 번을 올렸는지도 모른다.

원래 상소 윗면에는 반드시 '신 아무개는 진실로 황공하고 진실로 두려워 머리를 조아리고 머리를 조아립니다'라 해야 한다. 그래서 기생이 비꼰 것이다.

─『고금소총』 제34화 <宰妓相嘲>

春節(춘절) 1

　　명종 때 유일(遺逸) 성제원(成悌元)의 호는 동주소선(東州笑仙)으로 대세학 석용(石瑢)의 후예이다. 유일로 천거되어 보은현감에 배수되었다.

　공이 일찍이 명산을 유람할 때 서원(西原)을 지나는데 주의 목사가 시중드는 아이 춘절에게 명하여 따라가라고 하였다. 공이 원근을 두루 다니면서 함께 노닐었다. 달은 밝은데 시종이 한 침상에 있어도 범하지 않았다. 공이 산을 유람할 때 산의 절경을 보면 그림을 그리고, 또론 부시(賦詩)를 부쳐 여러 폭을 그렸다. 산에서 내려왔을 때는 수십 폭이 되었다. 공이 기생에게 이르기를

　"내가 너를 범하지 않았는데도 사람들은 반드시 나에게 곁눈질했을 것이라고 말할 것이다. 그러나 너를 돌아보지 않았으니 너에게 이로운 것은 이 종이에 있다. 사람들에게 보이면 나를 잊지 않을 것이며, 또 너를 긍휼히 여길 것이다."

하였다.

　임진왜란 뒤 경자년에, 성감찰(成監察)이 청주목사와 술자리에 모여서 이 이야기를 듣고 좌우의 노기(老妓)에게 물어 그 기생이 아직 죽지 않았

다는 것을 알고, 청주목사가 불러 보니 나이가 이미 여든이었다. 그 노기
는 성감찰에게 이분이 공의 형의 손임을 들어서 안다 하고 눈물을 쏟으
면서 말하기를

"오늘을 생각하지 못했는데 동주(東州)의 손자를 보게 되었구나. 비록
한 번 곁눈질한 사랑이나 어찌 차마 저버리겠는가."
하였다.

종신토록 마음을 고쳐먹지 않고 서화로 첩(帖)을 만들어 보이니, 제공
들이 이 첩을 보고 상을 후하게 주어서 여기에 힘입어 자활(資活)하였으
나 난리 중에 그 첩을 잃어버렸다.

―『조선해어화사』, 『노서일기(魯西日記)』

春節(춘절) 2

　　명종(明宗) 때 청주에 춘절이라는 명기가 있었다. 어릴 때부터 용모가 천하일색이고, 기예가 득출한 기생이었다. 게다가 정조 관념이 강하여 한량배들이 끊임없이 유혹을 해 왔음에도 불구하고 열일곱 살이 될 때가지 누구에게도 몸을 허락한 일이 없었다. 그 때의 청주 목사였던 이충담(李忠膽)은 춘절의 지조가 유달리 강한 것을 보고 내심 매우 가상하게 여겨,

　"춘절아! 너는 노류장화의 몸으로 절개가 그토록 굳으니, 장차 어떤 사람에게 머리를 얹어 받으려고 그러느냐?"
하고 물어 본 일이 있었다. 그러자 춘절은 서슴지 않고 이렇게 대답하는 것이었다.

　"여자에게는 오직 한 사람의 남성이 있을 뿐이라고 쇤네는 생각하옵나이다. 그러므로 쇤네는 마음으로부터 존경할 수 있는 어른이 아니면 결코 몸을 허락하지 않을 것이옵나이다."

　"어떤 사람이면 네 마음에 흡족하겠느냐?"

　"인격이 고매하고 학문이 도저하여 쇤네가 가히 존경할 만한 어른이라고 생각되오면, 그분이 바로 제 마음에 드는 어른이 될 것이옵니다."

"그 조건이 매우 까다롭구나. 네가 존경하더라도 그 사람이 너를 좋아하지 않으면 어떻게 하겠느냐?"

"그런 경우에는 쉰네는 멀리서 그 어른을 사모하면서 혼자 깨끗하게 살아갈 생각이옵나이다."

"하하하, 네가 아직 나이가 어려 큰소리를 하지만, 남녀 관계란 그토록 간단한 것이 아니니라."

청주 목사 이충담은 춘절의 장담을 일소에 부쳐 버렸다.

그런 일이 있은 지 얼마 후에 당대의 석학인 동주(東洲) 성제원(成悌元)이 청주 고을에 놀러 오게 되었다. 성제원은 사육신의 한 사람인 성삼문의 후예로서, 성리학을 비롯하여 천문, 지리, 의학, 서화, 복술 등에 모두 정통한 사람이었다. 벼슬에는 뜻이 없어, 나라에서 특별히 내려 준 보은(報恩) 현감의 자리조차 이태가 못 가 사퇴해 버리고 명산대천으로 돌아다니며 산수만을 즐겼던 것이다.

동주 성제원은 보은 현감으로 있을 때에도 노상 산수에 노닐며 거의 하는 일이 없었다. 그럼에도 불구하고 그의 덕이 백성들에게 널리 퍼져서, 그가 현감을 그만두고 청주를 떠날 때에는 백성들이 모두 몰려나와 길을 막고 떠나지 못하게 했을 지경이었다. 그러한 성제원이 천하를 주유하다가 어느 해에 청주 고을에 들르게 되었다.

청주 목사 이충담은 평소에 성제원을 사숙해 오던 사람인지라, 그의 내방을 진심으로 환영하였다. 동주 선생 성제원이 청주 근방으로 산수편답의 길에 오르려고 하자 명기 춘절을 불러 이런 부탁을 하였다.

"이번에 우리 고을을 찾아 주신 동주 선생으로 말하면 우리나라에서는 으뜸가는 대학자이시다. 그 어른께서 내일부터 우리 고을의 산수 구경을 떠나신다고 하는데, 혼자 다니시기가 고적하실 테니, 네가 길동무

삼아 선생을 모시고 따라다니려무나."

춘절은 즉석에서 고개를 끄덕이며 대답했다.

"쇤네가 그 어른을 직접 배안(拜顔)하지는 못했사오나, 동주 선생님의 글은 진작부터 많이 읽어 와서 선성을 익히 알고 있사옵니다. 그러므로 그 어른을 모시고 다닐 기회를 베풀어 주신다면 쇤네는 무상의 영광으로 알고 정성껏 모시고 다니겠사옵니다."

"네가 평소부터 동주 선생의 선성을 익히 모셔 왔다면 더욱 잘된 일이로다. 그러면 내일 아침 선생과 동행할 채비를 차리고 있거라. 선생한테는 미리 말씀드려 두겠다."

이리하여 춘절은 노학자인 성제원과 산수 구경을 함께 나실 기회를 가지게 되었다. 그날 밤 청주 목사 이충담은 성제원에게 이렇게 말했다.

"선생께서 내일은 산수 구경을 떠나신다고 하셨는데, 혼자 다니시기가 외로우실 것 같아서 춘절이라는 기생으로 하여금 선생을 모시고 다니게 하였습니다."

성제원은 그런 말을 별로 탐탁하게 여기지 않는 기색이었다.

"허어, 내가 워낙 여색을 좋아하는 사람이 아닌데, 기생은 무엇 때문에 딸려 주겠다는 것이오?"

"선생님의 성품은 잘 알고 있사옵니다마는, 산중으로 혼자 다니자면 고적하실 것이 아니옵니까. 춘절이란 아이는 제법 영리한 기생이오니 꼭 데리고 떠나 주시옵소서."

이충담은 춘절을 억지로 떠맡기다시피 하고, 춘절을 조용히 불러 미리 이런 귀띔을 해 주었다.

"동주 선생은 당대의 문호이지만 성품이 결백하고 재물에 청렴하여 여자조차 가까이하지 않는 분이시다. 그러므로 이번 행차중에 네가 만약 동주 선생을 가까이 해 주기만 한다면 나는 너에게 상을 후하게 내려 주리라."

"그 어른이라면 쇤네도 가까이 모실 수 있도록 노력해 보겠사옵니다."

지조가 견고하기로 소문난 춘절의 입에서 놀랍게도 그런 말이 나왔다.

그날부터 나들이를 같이 다니는 동안에 춘절은 성제원을 존경하는 마음이 점점 짙어졌다. 성제원이야말로 일생을 맡기고 싶은 인격자라고 생각되었던 것이다. 그러기에 춘절은 아침 저녁으로 기거를 같이 하며 정성을 다해 받들어 모셨다. 성제원도 춘절의 정성을 갸륵하게 여겨 무척 귀여워하였다. 그러면서도 몸만은 결코 범하려 하지 않았다. 다만 산수 좋은 곳에 이르러 마음이 흡족하면, 춘절에게 술을 따르게 하였고, 취흥이 도도해 오면 때로는 그림도 그리고 때로는 시도 지어서 춘절에게 간직하게 하였다. 게다가 달이 밝고 바람이 맑은 날 밤이면, 춘절과 함께 술잔을 기울이며 서로 어울려 노래도 부르고 춤도 추었다. 그런 생활이 두 달 동안이나 계속해 오는 동안 성제원은 춘절을 한 번도 범하지 않았다.

마침내 나들이를 끝내고 청주에 돌아와 작별을 나누게 되자 성제원은 춘절에게 이렇게 말했다.

"내 너를 범하지 않았으되 남들은 누구도 그것을 믿지 않으리라. 그러므로 남들은 나와 친하다 해서 너를 돌보려고 하지 않을 테니 네 생계가 곤란하게 될게다. 내가 너를 도와 줄 것은 아무것도 없어서 그동안에 그린 그림과 글씨를 모두 너에게 주고 갈 테니 생활이 곤란한 경우에는 그것이라도 팔아 쓰도록 하거라."

춘절은 그 말에 감격의 눈물을 흘렸다.

성제원이 청주를 떠나자 춘절은 그날부터 그를 위해 절개를 지켰다.

그러고는 그가 남겨 준 그림과 글씨를 첩으로 만들어 두고 날마다 감상하는 것을 유일한 낙으로 삼았다.

몇 해 후에 성제원이 세상을 떠났다는 부음을 듣자 춘절은 5년 동안 꼬박 심상(心喪)을 지켰다.

그로부터 수십 년이 지난 뒤에 성제현의 장조카가 감찰로서 청주를 지나다가 그 이야기를 듣고 춘절을 찾아오니, 그녀는 나이가 이미 80세였다.

그러나 춘절은 성제원의 조카를 만나자 눈물을 흘려 반가워하며 문제의 화첩을 내보여서 동석했던 사람들이 한결같이 감격의 눈물을 금하지 못했다.

-『명기열전』, 『일사유사(逸士遺事)』

卓文兒(탁문아)

가정(嘉靖) 갑진년 사월 보름날 청량산(淸凉山)에서 놀았다. 어린 악공을 시켜 자민루(字民樓)에 올라 피리를 불게 했더니, 그 소리가 맑아서 월궁에 사무치는 것 같았다. 복주(福州)의 기생 탁문아는 나와 동갑이었다. 술 한 통을 마련해 가지고 와서 말하기를

"오늘 밤 노인어른께서 흥이 높으신 것 같고, 이 늙은 기생도 흥이 없지 않습니다."

하고 술을 권해서 크게 취하였다. 내가 말하기를

"만일 대학을 외우지 않는다면 방탕의 폐단을 면치 못할까 두렵다."

하고, 그녀로 하여금 대학을 외우게 하였다. 그녀의 마음이 안정을 얻게 되니, 나 때문에 이로움이 있었다면서 되풀이해서 외었다. 예전의 느낌이 있었다.

—『조선해어화사』, 『무릉잡고(武陵雜稿)』

浿江春(패강춘)

대동강의 다락배에 정간의(鄭諫議＝鄭知常)의 시가 있으니, 그 시는

비 갠 둑에는 풀빛이 많은데
남포에서 임 보내니 슬픈 노래 움직이네
대동강물이야 언제 마르리.
해마다 이별 눈물 더하는 것을.

雨歇長堤草色多　　送君南浦動悲歌
大同江水何時盡　　別淚年年添綠波

이라는 것이다.

선비인 김위민(金爲民)이 일찍이 평안도 경력(經歷)이 되었다가 임기가 차서 장차 돌아가게 되니, 교관(敎官)인 김현좌(金賢佐)가 대동강에서 그를 송별했다. 기생인 패강춘은 경력이 무척 정을 쏟았던 사람이었는데 이별에 임하게 되자 통곡했다. 김이 스스로 감정을 억제하지 못하여 눈물로 옷깃을 적시면서, 정의 시를 외워 말하기를,

대동강 물이야 언제 마르리.
해마다 이별 눈물 더하는 것을.

이라고 했다. 교관이 옆에서 또한 소리 내어 우니, 김은 패강춘의 등을
어루만지면서, 손은 교관의 손을 잡고, 소리를 내지 못하고 울며 말하기
를,

"'해마다 이별눈물 더하는 것을'이라는 옛사람의 시구가 어찌 나를 속
이리요."
라고 했다. 마침내 스스로 흐느껴 울어 그치지 않으며, 차마 떠나지 못하
는데, 옆에는 구경하는 사람이 그득했다.

광대(廣大)인 최독두(崔禿豆)가 일찍이 임금님 앞에서 이 광경을 보여
드렸더니 임금님께서 크게 웃으셨는데, 뒷날 이조(吏曹)에서 김을 관직(館
職)에 천거했더니 임금님께서 말씀하기기를,

"이 사람이 바로 대동강의 김위민인가?"
라고 하셨다.

—『태평한화골계전(太平閑話滑稽傳)』 제105화

下陽臺(하양대)

　　　　서원(西原) 기생 하양대는 재주와 미모를 지녀서 많은 문사들의 사랑을 받았다.

　　하루는 문사 몇 사람이 모여, 글을 짓고 술을 마시면서 하양대에게 노래하기를 명하여 말하기를,

　　"오늘은 벼슬이 바뀌어 새로운 사또가 전임 사또를 마주하는 자리라. 웃는 것과 우는 것은 다 감히 할 수 없으니, 바야흐로 대인난(對人難)의 노래로 놀이를 삼기로 하자."
라고 했다.

　　술이 거나해지고 분위기가 무르익었는데, 양대의 노랫소리는 가는 구름을 멈추게 할 정도였다.

　　어떤 무사(武士)가 말석에 앉아 있었는데, 마침 누런 참새가 처마 끝에 깃들었다. 무사가 참새를 향해 탄환을 쏘았는데, 탄환이 처마를 때리고는 되돌아와 양대의 입으로 들어가 앞니를 부러뜨렸다.

　　그 자리에 있던 어떤 조대(措大)가 시를 지어 그것을 조롱해 말하기를,

　　　서원의 예쁜 기생 하양대는

노래하고 춤추는 무리 가운데에서 홀로 재주를 떨치누나.
가장 한스러운 것은 올해 문사들의 모임이니
마침 어떤 무인(武人)이 왔던가.
금 탄환이 문득 풍류의 구멍으로 들어가니
옥 같던 이빨이 도리어 성가퀴처럼 열렸네.
이로부터 대들보를 휘감던 소리 도리어 듣기 싫어져서
괜히 자리의 손님들로 하여금 한스럽게도 시 짓기 어렵게 하였네.

西原佳妓下陽臺　　歌舞叢中獨擅才
寂恨當時文士會　　適從何處武人來
金丸忽入風流竅　　玉齒飜成睥睨開
從此繞梁聲反澁　　空教坐客恨難裁

라고 했다.

　문사들이 모두 손뼉을 치면서 크게 웃고 말하기를,

　"장하도다 무사여. 우리 관아의 뭇 사람들의 시기하는 마음을 풀어 주
셨으니."

라고 했다.

－『태평한화골계전(太平閑話滑稽傳)』 제225화

海月(해월)

      통영의 기생 해월은 자못 아름다운 빛이 있고 가무에 조금 통달했다. 내가 진양에 있을 때 통영에 들어가 해월과 서로 만나 여러 말을 서로 따랐는데 어느날 밤에 달은 밝고 바람이 맑아 바다의 빛이 지붕에 비쳤는데 문득 외로운 기러기 한 마리가 울면서 지나가더라.
      이때의 심정을 읊은 시조가 아래와 같다.

> 기럭이 넙피 쁜 뒤예 서리달이 萬里(만리)로다
> 네넷짝 차즈랴구 이밤의 나랏는야
> 져 건너 蘆花叢裏(노화총리)예 홀노 안져 우더라,
>
> —안민영, 『금옥총부(金玉叢部)』

香藺(향린)

　　　　완산(完山)의 노기 향린은 정상국(鄭相國) 지화(知和)가
소년 시절에 사랑했던 여인으로 도성의 여러분이 많은 시를 지어주어 권
축을 이루었다. 시축 가운데 장난삼아 쓰다.

　　　푸른 옷소매에 칠보무늬 시들었지만
　　　아직도 지난날 향기 남아 있네.
　　　백발의 정승이 박정해서
　　　양대에서 다시 운우를 꿈꾸지 못하네.

　　　翠袖凋殘七寶紋　　尙憐薌澤藹餘薰
　　　白頭丞相情緣薄　　無復陽臺夢化雲

－『조선해어화사』, 『서파집(西坡集)』

玄桂玉(현계옥)

계옥의 자는 섬가(蟾柯)이고 호는 예상(霓裳)으로 달성(達城) 기생인데 밀양에서 태어났다. 그 아비는 악공으로 계옥에게 가곡을 가르쳤는데 총명이 뛰어나서 하나를 들으면 열을 알았다. 그 아비가 기적에 올리려 하였으나 악공의 딸이라 하여 받아들여 주지 않아서, 달성으로 이사 가서 노래를 팔았다. 이 때문에 교방 기생들이 빛을 잃었다. 이렇게 해서 동기가 되어 기적에 올리는 것이 허락되고, 드디어 기계(妓界)에서 이름을 떨치게 되었다. 진주 논개의 사당과 평양 계월향의 사당이 퇴락되었음을 듣고, 비녀와 가락지를 팔아서 중수했다가 경관에게 알려진 바 되어 여러 번 잡혀가서 고문을 당했다. 이때부터 칼 찬 사람들이 계옥의 행동을 일일이 감시하게 되어 영업에 지장이 많았다. 마침내 동지등과 함께 극단을 조직하여 평양으로 갔다가 압록강을 건너서 상해의 한국정부를 찾아갔다. 정부 직원이 사람을 알아보지 못해서 여탐정으로 의심하였다. 계랑이 거문고에 맞추어 노래를 부르니 소리가 심히 구슬펐으며, 노래를 마치자 눈물이 하염없이 흘러내렸다. 그제서야 사람들이 비로소 의심을 풀었다. 계옥은 연극을 해서 얻은 돈을 남김없이 군자금으로 희사했다. 화장도구를 모두 팔아치우고 비단옷을 벗어 버린 뒤

나무비녀, 베치마 차림으로 부엌일을 맡아서 했다. 계옥의 이력에 대해서는 창번(滄藩) 박해철(朴海澈)이 보내온 기록과 서로 다른 점이 있다. 모두 보존해 두었다가 기록이 나타나기를 기다릴 수밖에 없다.

목란화병(木蘭火兵)

마자강 머리에는 구름이 끝없고
만주의 모래 위에 북풍이 세차게 부네
목란이 이미 길쌈을 그만두고
군영으로 가서 대병되었네.

馬眥江邊雲漠漠　滿珠沙上朔風驚
木蘭已謝當窓織　好向營中作火兵

마자강은 압록강이며, 만주(滿珠)는 만주(滿州)를 말한다. 땅에서 주옥을 생산하기 때문에 만주(滿珠)라고도 한다. 목란은 여자의 이름이다. 그 아비가 화병으로 출정하게 되었는데 목란이 남장하고서 아비를 대신하여 종군하였다. '당창직'(當窓織)은 목란사(木蘭詞)의 '즉즉 또 즉즉 창가엔 베짜는 소리'(唧唧復唧唧 木蘭當窓織)에서 나온 말이다. 즉 창가에서 길쌈한다는 뜻이다. <계랑가(桂娘歌)> 원본에 어떻게 나와 있는지 모르지만 이검암(李劍庵)은 이처럼 엮고 있다. 압록강을 마자강으로 만주(滿州)를 만주(滿珠)로 표현한 것을 본다면 포부가 보통이 아닌 여인임을 알 수 있다.

-『조선해어화사』

蕙蘭(혜란)

평양 기생 혜란은 온갖 색태가 절묘하고 기이할 뿐만 아니라 난초를 잘 그리고 노래의 기문고에 성통하며 경성(傾城)의 아름다움이 있다. 내가 연호(蓮湖) 박사준(朴士俊)의 농막에 거처할 때 일이 있어 평양에 갔었다. 혜란과 더불어 7개 월동안 서로 따르며 정의로 사귐이 밀접해서 작별할 즈음이 되자, 혜란은 나를 장림 북쪽에까지 와서 송별했다. 떠나고 머무르는 슬픔이 과연 억제하기가 어려움뿐이더라.

그를 위해 지은 시조가 아래와 같다.

任 離別(임이별) 하올져긔 져는 나귀 한차 마소
가노라 돌쳐 셜제 지난 거름 안이런들
곳 아리 눈물격신 얼골을 엇지 仔細(자세) 보리요.
　　　　　　　　　　　　－안민영, 『금옥총부(金玉叢部)』

洪娘(홍랑) 1

　　홍원(洪原) 기녀 홍랑은 자색이 있고 절의를 사랑했다. 고죽(孤竹) 최경창(崔慶昌)리 북평사로 있을 때에 홍랑을 사랑하였다. 최가 벼슬이 바뀌어 돌아가게 되자 홍랑이 쌍성(雙城)까지 따라가서 송별하였다. 최가 함관령(咸關嶺)에 도착했을 때 날은 어둡고 비까지 내려서 쓸쓸함을 이기지 못해 노래 한 장을 지어 홍랑에게 보냈다. 그 뒤에 최가 병들었다는 소식을 듣고 홍랑이 그날로 길을 떠나 밤낮으로 칠일 만에 도성에 도착하였으나, 나라의 법금 때문에 체류를 허락받지 못하였다. 최가 병이 쾌차한 뒤에 시를 지어 홍랑에게 보냈다.

맥맥히 보았을 뿐, 사랑하는 그대에게 시를 보내네
천애의 그 먼 곳을 며칠 걸려 돌아갔나
함관령 옛 곡조일랑 노래하지 마라
지금도 그 푸른 산은 운우에 가리워져 있으리.

相看脉脉贈幽蘭　　此去天涯幾日還
莫唱咸關舊時曲　　至今雲雨暗靑山

－『조선해어화사』, 『기문총담(奇聞叢談)』

洪娘(홍랑) 2

홍랑은 홍원의 관기이다. 소시적에 시인인 고죽 최경창의 사랑을 받았다. 최경창이 도성으로 돌아가서 병이 깊어지자, 밤낮으로 7일을 걸어 도성에 가서 병을 간호하였다. 최경창이 죽은 뒤에는 몸을 단장하는 일 없이 파주(坡州)에서 무덤을 지켰다. 임진왜란 때에는 고죽의 시고(詩稿)를 등에 짊어지고 다녀서 겨우 병화(兵火)를 면하였다. 홍랑이 죽자 고죽의 무덤 아래 장사지냈다.

-『조선해어화사』

紅蓮(홍련)

      강릉 기생 홍련은 즉 여주(驪州) 양가집 딸이었다. 사람의 꾀임에 넘어가 서울에 올라왔는데, 색태가 여러 사람들 가운데 뛰어나 기적(妓籍)에 잘못 들어가게 되니, 이는 다른 사람에게 속은 것이지 그의 본의가 아니었다.

    부역에서 풀려난 뒤에 나와 더불어 가까이하며 반드시 탈역(脫役)으로 만년을 보낼 뜻을 금석처럼 굳게 약속하였고, 잠시도 서로를 버릴 수가 없었다. 조물(造物)이 많이 꺼려 마침내는 뜻과 같이 되지 않았다. 그러나 피차 골수에 맺힌 정은 어찌 하루라도 잠시를 잊겠는가? 그의 모습을 그려 벽에다 걸고 바라보다가 오래지 않아 태워버렸다.

    이 같은 심정을 노래한 시조가 아래와 같다.

그려 걸고보니 丁寧(정녕)헌지라만은
물너 對答(대답) 업고 손쳐 오지 아니ᄒ니
野俗(야속)다 조물(造物)의 猜忌(시기)허미여 魂(혼)을 아니 붓칠줄이.
ㅡ안민영, 『금옥총부(金玉叢部)』

紅粧(홍장) 1

　　　　　　박신(朴信)은 본관이 운봉(雲峰)이었다. 젊은 시절에 벌써 사람들로부터 칭송을 받았으며 우왕 때에는 문과에 급제하였다. 관동 지방에 안렴사로 갔을 적에 강릉 기생 홍장을 사랑했다. 하루는 여러 군들을 순방하고 돌아오니 강릉부윤 석간(石磵) 조운흘(趙雲仡)이,

　　"홍장이 죽어 선녀가 되어 갔습니까?"

라고 속였다. 박신이 그리워하는 정을 참을 수 없어 하니, 운흘이 박신을 초청하여 경포대로 놀러 나갔다. 몰래 홍장을 시켜 화려하게 치장하도록 하고, 또 따로 그림배를 마련하여 얼굴이 처용 닮은 아전을 가려 그 배에 홍장을 싣게 하였다. 또 색색의 현판을 걸어두고는 거기에다 이런 시를 써 붙였다.

　　신라성대 살았던 늙은 신선 안상은
　　천년 전의 풍류를 아직도 못 잊네.
　　듣건대 사신께서 경포에 논다하니
　　모란배에 홍장을 아니 싣고 어이라.

　　新羅聖代老安詳　　千代風流尙未忘

배를 천천히 포구로 들게 하여 모래톱 가를 돌아다니게 하고는 운흘이 말했다.

"이곳에는 신선의 유적이 있는 관계로 지금도 신선들이 그 사이로 왕래합니다. 꽃 피는 아침이나 달 밝은 저녁에 사람들이 가끔 보기도 하나, 멀리서 바라볼 수 있을 뿐 가까이 갈 수는 없습니다."

박신이,

"산천이 이와 같이 수려하고 풍경이 유별나게 아름다우니 어찌 신선이 없겠소?"

하면서 눈물이 솟아 눈에 가득 고였는데 그림배에 탄 사람을 자세히 보니 바로 홍장이었다. 좌석의 모든 사람들이 크게 웃고는 즐겁게 놀다가 잔치를 마쳤다.

－『대동기문(大東奇聞)』권1　제13화

<박신도염홍장 체루영광(朴信悼念紅粧 涕淚盈眶)>

紅粧(홍장) 2

　　혜숙(惠肅)은 젊어서 시로 명성이 있었다. 강원도의 안찰사로 있을 때 강릉 기생 홍장을 좋아하여 퍽 아꼈다. 임기가 차서 돌아가게 되자 강릉부윤 석간(石磵) 조운흘(趙云仡)이

　　"홍장은 벌써 죽었다."

하고 속였다. 공은 홍장의 죽음을 슬퍼하고 생각하느라 퍽 쓸쓸해졌다. 강릉부에는 경포대가 있는데 경치 좋기로 관동의 으뜸이다. 부윤은 그곳에 나가 놀기로 안찰사를 초대해 놓고 몰래 홍장을 시켜 화장을 하고 옷을 곱게 입게 하고, 따로 단청한 배를 한 척 마련하여 늙은 관원—수염과 눈썹이 하얀—한 사람을 골라 의관을 버젓하게 해 외모를 처용(處容)같이 만들어 홍장을 싣게 했다. 또 그 배에다 '신라의 성대는 언제나 안상하여 천년토록 그 풍류는 잊혀지지 않는구나 안찰사 경포대에 논다는 소리 들어, 차마 그냥 있을 수 없어 난주에 홍장 실었노라'고 써서 채색을 가한 액자에 넣어 달고 서서히 노를 저어 포구에 들어와 물가를 배회하고 맑고 부드러운 풍악소리를 내게 하여 공중에 떠 있는 것같이 보이게 했다. 부윤이 안찰사에게

　　"이 곳에는 옛날 신선 놀던 자리가 있습니다. 산마루에는 차 끓이던

부뚜막이 있습니다. 여기서 수십리 떨어진 곳에 한송정(寒松亭)이 있사온
대 정에는 사선비(四仙碑)가 있습니다. 지금까지도 신선들과 그 반려들이
그곳을 왕래하옵는데 화조월석에는 사람들이 가끔 그들을 보게 되기도
하나 바라볼 수 있을 따름이지 근접하지는 못한답니다."
했다. 박은

"산천이 이러하고 풍경이 유달리 좋아도 흥이 안 나는데 하물며 눈물
이 눈에 가득 고인 처지에야 더 말할 것 있겠는고?"
했다. 그러는 동안에 배는 순풍을 받고 떠나갔다. 바로 앞을 훌쩍 보니
노인이 배를 젓고 가는데 형모가 궤이(詭異)하고 배 속에서는 기생 홍장
이 아리땁게 덩실덩실 노래하며 춤을 추고 있다. 박은 놀라서

"틀림없이 선계의 인물이다."
하고 잘 보니 다름 아닌 홍장이었다. 좌중의 사람들은 다 박장대소하고
실컷 놀다 헤어졌다. 박의 기관동시(寄關東詩)는 이러하다

젊었을 때 부절을 가지고 관동에 내려가
경포대에서 유쾌하게 놀던 일 꿈꾸어 본다
대 밑에 난주 또 띄워볼까 생각하니
도리어 고은 여인이 맥 빠진 늙은이 비웃을까 두렵다

少年持節按冠童　　鏡浦淸遊入夢中
臺下蘭舟思又泛　　却嫌紅粉笑衰翁

관동은 산수가 가려하기로 천하에 으뜸가는 곳이다. 또 공무(公務)가
간단하고 사람들이 순박해서 안건을 처결하는 괴로움이 없다. 옛날부터
이곳에 안찰사로 내려오는 사람은 왕왕 풍류객으로 자처하고 지낸다. 동
원(東原) 함부림(咸傅霖)이 애인과 방림역(方林驛)에서 작별하게 되었을

때 막 헤어지게 된 마당에 막상 헤어지지 못해서 말을 머뭇거리고 있다
가 길가에 돌이 있어 거기에다 이런 시를 썼다.

너 돌은 어느 때의 돌이냐?
나는 지금 사람인데
이별의 괴로움을 모르고
홀로 서 있으며 몇 번이나 봄을 겪었느냐?

爾石何時石　　吾人今世人
不知離別苦　　獨立幾經春

―『시화휘성(詩話彙成)』 제274화

紅嬙(홍장)

      강릉 땅에 경포대 있으니 집이 호상에 있고 십리에 평평한 물이 거울 같아서 깊지 아니하매 자고이래로 빠져 죽는 자가 없으니 일명은 군자호(君子湖)이라. 호 밖에 바다가 있어 빛이 하늘같고, 모래 언덕이 하나 있어 날마다 급한 파도가 들이치되 막히어 일찍 무너지는 바가 없으니 또한 이상한 일이더라.

   시속에 이르되 경호 터는 옛적에 한 부요한 사람이 살 때에 곡식을 만 섬이나 쌓고 살되 성품이 인색하여 한 싸라기도 남을 주지 아니하더니, 일일은 문 밖에 한 노승이 와 양식을 빌거늘 주인이 답하되,

   "양식이 없노라."

   승이 정색 왈,

   "곡식을 전후에 뫼같이 쌓고 없다함은 어쩜이오."

   주인이 노하여 가로되,

   "중놈이 어찌 감히 이렇듯 하리오."

하고, 똥을 떠 주니, 승이 아무 말도 아니하고 자루를 열고 받은 후 절하고 가더라. 오래지 아니하여 뇌전(雷電)이 대작하며 큰 비 붓듯이 오더니 땅이 두려빠지며 큰 호(湖)가 되니 일문 사람이 하나도 죽기를 면한 자가

없고, 쌓았던 곡식이 다 흩어져 들어가 화하여 조개 되니, 이름하여 제곡(齊穀)이라 하고 강변 남녀가 아침저녁으로 주워다가 먹고, 또 흉년에 구황한다 이르더라.

호중에 홍장암(紅嬙巖)이라 하는 바위 있고 근처에 홍장이라 하는 명기 있어 그 때 순사로 아무가 순력할 제, 이 땅에 이르러 홍장을 수청들이고 심히 총애하였다. 그 후로 능히 정을 잊지 못하여 매양 본관을 만난즉 미미(娓娓)히 말하니, 그 원은 순상과 절친한 벗이라. 속이고자 하여 거짓말로 가로되,

"월전에 홍장이 죽었다."

하니 순상이 망연히 슬퍼하더니, 그 후에 또 순력으로 이 땅에 이르러 청연히 무엇을 잃은 듯하여 홀홀히 즐겨 아니하거늘, 원이 가로되,

"금야에 월색이 정히 좋으니 한번 경호에 놂이 어떠하뇨 들으니 경호는 신선의 곳이라. 매양 풍청월백한 즉 왕왕이 생소(笙蕭)와 난학(鸞鶴)의 소리 들린다 하니 홍장은 명기라 혹 신선이 되어 선관선녀를 따라와 노는지 어찌 알리오. 만일 이러한 즉 혹 만날까 하노라."

순사가 흔연히 좇아 배를 호중에 띄우니 맑은 달빛은 정신을 어리고 푸른 갈대와 흰 이슬에 연기는 사라지고 바람은 맑은데 밤이 삼경이더니, 홀연 들으니 멀리서 옥저소리 오오열열하거늘 순사가 귀를 기울이고 듣다가 옷깃을 여미고 문왈,

"이 무슨 소리뇨"

원이 가로되,

"이는 반드시 해상 선녀가 놂이니 사또가 인연이 있기로 이 소리를 들음이요, 또한 그 소리 이 배를 향하여 오는 듯하니 또한 일이 이상하외이다."

순사가 흔연하여 향을 피우고 기다리더니, 이윽고 일엽소선이 바람을 따라 지나거늘 살펴본 즉 한 학발노인이 선관우의로 단정히 선상에 앉았다. 앞에 청의동자가 옥소를 불고 곁에 한 소아(小娥)가 취수홍상으로 옥배를 받들어 뫼셨으니 표표하여 능운보허(凌雲步虛)하는 태도가 있거늘, 순사가 어린 듯 취한 듯 눈을 쏘아본 즉 완연한 홍장이라. 인하여 몸을 일어 선사에 뛰어 올라 머리를 조아려 가로되,

"하계(下界) 범골(凡骨)이 상계 진선의 강림하심을 알지 못하옵고 영후(迎候)하는 예를 잃었으니 원컨대 죄를 사하소서."

노선이 소왈,

"그대는 상계 신선으로 인간에 적강한 지 오래더니 오늘밤에 만나니 또한 일단 선연이라."

하고, 곁에 있는 가인을 가리켜 왈

"그대는 이 낭자를 아는가. 이 또한 옥제 향안 전 시아(侍兒)로 인세에 적강하였더니 이제 기한이 차매 돌아가느니라."

하거늘, 순사가 눈을 들어본 즉 과연 전일 홍장이라. 청산을 잠간 찡기고 추파를 반만 움직여 원망하는 듯 슬퍼하는 듯하거늘, 순사가 그 손을 잡고 울어 가로되,

"네 어찌 나를 버리고 어디로 가려 하느뇨."

홍장이 또한 눈물을 뿌려 대왈,

"인간 인연이 이미 다하매 어찌할 길 없더니 상제께오서 상공이 첩을 권연하는 정성에 감동하샤 하룻밤 말미를 주샤 그대로 하여금 한 번 모시게 하시나이다."

하거늘, 순사가 노선을 대하여 왈,

"이미 옥제의 명이 계신 즉 마땅히 홍장을 허하소서."

노선이 가로되,

"그러면 그대는 홍랑으로 더불어 배를 한 가지 타고 돌아가라."

하고, 또 홍랑을 경계하여 가로되,

"이미 상제의 정하신 연분이 있으니 이 사람으로 더불어 하룻밤 자고 오라. 내 미명시에 마땅히 이곳에서 배를 대고 기다리리라."

홍랑이 염임(斂衽) 대왈,

"삼가 가르침을 받들리이다."

노선이 표연히 일어 순사와 홍장을 선상에 올려 보내고 일진청풍에 돛을 돌이켜 가더라.

순사가 홍장으로 더불어 성중에 들어가 침실로 이끌어 들어가니 견권(繾綣)의 정과 운우의 꿈이 상시(常時)로 다름이 없더라.

날이 밝은 후 놀라 깨어 마음에 생각하되 홍장이 이미 갔으리라 하였더니, 눈을 들어 본 즉 홍장이 곁에 앉아 단장을 다스리거늘 흔들어 연고를 물으니 답치 아니하더라. 문득 또 보니 본관이 들어와 웃으며 왈,

"양대(陽臺)의 꿈과 낙포(洛浦)의 연분이 어떠하뇨. 하관에게 월로(月老)의 공이 없지 않으리라."

하거늘, 순사가 비로소 속은 줄 알고 서로 더불어 대소하더라.

경호의 홍장암과 명기 홍장의 일은 또한 읍지에 기록함이 있더라.

ㅡ『청구야담(靑邱野談)』 권지11 <경포호순상인선연(鏡浦湖巡相認仙緣)>

　　* 양대(陽臺)의 꿈 : 무산지몽(巫山之夢)과 같은 말. 초나라 양왕(襄王)이 고당에서 놀다가 지쳐 낮잠을 들었는데 꿈에 어떤 부인이 나타나 '나는 무산의 여자인데 왕이 고당의 나그네가 되어 노니신다는 말을 듣고 침석을 돕고자 왔다'고 하여 그 여자와 즐겼다는 데서 유래하여 남녀간의 즐김을 말함.
　　* 낙포(洛浦)의 연분 : 낙수(洛水)의 수신(水神)과 만남. 옛날 복희씨의 딸 복비(宓妃)가 낙수에 빠져 수신이 되었다고 함. 후에 인연이 있으면 그 수신

을 만날 수 있다고 함.

* 월로(月老)의 공 : 남녀간에 혼인을 맺어준 공로. 당나라 위고(韋固)가 달빛
  에 글을 읽는 노인을 만났는데, 그 노인의 주머니 속 붉은 끈이 장래 부부
  가 될 남녀가 태어나면 둘의 발을 묶는 것이라고 함.

花名(화명)

　　　　정구(鄭逑)가 영천(永川)의 권춘란(權春蘭)을 방문하였
는데 관기로서 화명이란 자가 있었다. 징이 잘라 말해서 가라고 명하였
다. 공이 그 뜻을 물으니 말하기를

　"사람이 유혹되기 쉬운 것은 색과 같은 것이다. 그러므로 이름을 더럽
힐까 싶어 가라고 하였노라."
하였다.

　권공이 말하기를

　"내 마음의 주(主)가 있으면 남위(南威)와 서시(西施)가 있어도 변하지
않는 것이니, 그 이름을 빌려서 어찌 두려워하는가. 부(府)의 밝은 정치는
억말(抑末)이다."
라고 하였다.

　정이 그 말에 감복하였다.

-『조선해어화사』, 『연려실기술(燃藜室記述)』

　* 남위(南威) : 중국 진(晉)나라 때 미인. 진나라 문공(文公)이 그에 반하여 사
　　흘간 정사(政事)를 게을리 하다가 스스로 잘못을 깨닫고 그를 멀리 한 다
　　음, 후세에 반드시 여색(女色)으로 나라를 망치는 일이 있을 것이라 말하였

다고 함.

* 서시(西施) : 춘추시대 월(越)의 미인. 월왕 구천(九踐)이 회계에서 패하자 범여(范蠡)의 미인계로 서시를 오왕 부차(夫差)에게 바쳤다. 부차는 그녀의 아름다움에 혹하여 정사를 돌보지 아니하였고, 결국 도리어 구천의 침공을 받아 망하였음.

黃眞(황진) 1

화담(花潭) 서경덕(徐敬德)은 명종(明宗) 때 사람이다. 그는 인종(仁宗)이 돌아가신 후에는 집 문을 나서지 않았다. 그는 성리학 외에 신술(神術)에도 능했었는데 사람들은 알지 못하였다.

그가 일찍이 지리산 정상에 올랐는데, 얼굴은 어린애 같고 골격은 학과 같은 한 도사가 날개옷을 입고 훌쩍 그곳에 날아와 화담에게 말하기를,

"공은 나를 따라 놀지 않겠습니까?"

하였다. 화담이 대답하기를,

"나는 유학자니 공을 따라 놀기를 원치 않습니다."

하니 도사가 웃으며 말하기를,

"나 역시 공의 고결한 뜻을 알고 있습니다."

하고는 드디어 몸을 솟구쳐 구름 속으로 들어가 버렸다.

화담의 아우 서숭덕(徐崇德)이 일찍이 천하명산을 두루 돌아다니다 돌아와서 화담과 함께 시냇가 정자에 앉았는데, 그 시냇가는 매우 얕았다. 숭덕이 시내에 낚싯대를 던져 잉어 한 마리를 낚았는데 그 길이가 한 자쯤 되었다. 화담이 웃으며 말하기를,

"너의 솜씨가 그런 지경에 이르렀구나."

하고는, 즉시 시내에 낚싯대를 던져 누런 용을 낚으니 숭덕이 넙죽 엎드려 절을 했다.

초당(草堂) 허엽(許曄)은 화담의 문하생이었다. 그는 화담에게 찾아가서 인사를 드리려 하였는데 큰 비를 만나 개울물이 불었기에 건너 갈 수 없었다. 사오일 지난 후에 화담의 집에 이르러 부엌을 보니 풀이 무성하고, 불을 때지 않은 지가 여러 날이었다. 그러나 화담의 얼굴색은 윤기가 있었고, 굶주린 빛이 전혀 없이 홀로 앉아 거문고를 타고 있었다.

세상에 전하기를, 황진이는 송도의 유명한 기생으로 그를 본 사람은 누구나 할 것 없이 다 반했다고 한다. 황진이는 한번 시험하고자 화담의 집에 이르러 뵙기를 청하니 그는 쾌히 허락했다.

황진이는 스스로 원해 침실에서 한 이불을 덮고 자기를 며칠을 하였으나 화담은 조금도 마음의 동요가 없었다. 황진이는 반드시 그를 파계시키고자 아첨하고 아양 떨기를 수없이 행했지만 끝내 화담에게는 통하지 않았다. 결국 황진이는 엎드려 절을 하며 굴복하고 돌아갔다.

세상에서 송도삼절을 '화담', '박연', '황진이'라고 칭한다.

—『금계필담(錦溪筆談)』 제56화

黃眞(황진) 2

　　황진이는 송도의 이름난 기생으로 아름다움과 기예가 함께 뛰어나 그 명성이 온 니리에 가득했다.

　왕족 중에 벽계수(碧溪守)라 하는 사람이 있었는데, 그는 황진이를 한 번 만나 보려 했었으나 그 뜻을 이루지 못하였다. 어느날, 손곡(蓀谷) 이달(李達)에게 계책을 물으니, 이달이 말하기를,

　"황진이는 천하의 풍류객이 아니면 그 마음을 사기 어려운데, 공은 내 말을 따라 그 뜻을 이루겠는가?"

하니 벽계수는 말하기를,

　"내 마땅히 그대의 말을 따르지."

라고 했다. 손곡이 말하기를

　"공은 본래 거문고를 잘 타니 동자로 하여금 거문고를 가지고 따르게 하고, 공이 당나귀를 타고 황진이의 집 옆의 누각에 올라 술을 마신 후 거문고 한 곡을 타게. 그러면 반드시 황진이의 마음이 움직여 그대를 보러 올 것이니, 그대는 보아도 못 본 체하고 일어나서 곧 당나귀를 타고 돌아오도록 하게. 그리 하면 황진이가 반드시 그대를 뒤쫓을 것이네. 만약 그대가 취적교를 지날 때까지 뒤를 돌아보지 않으면 그대는 뜻을 이

루게 될 것이오, 그렇지 못할 경우엔 그 뜻을 이루지 못하리라."
했다.

벽계수는 그의 말에 따라 당나귀를 타고 동자로 하여금 거문고를 가지고 따르게 하고 황진이의 집을 지나 누각에 올랐다. 그가 술을 마시고 거문고 한 곡을 탄 후 곧 당나귀에 올라 떠나가니, 과연 황진이가 뒤따라와서 거문고를 든 동자에게 물어 그가 벽계수라 하는 사람임을 알고는 곧 아름다운 소리로 노래하기를,

청산리 벽계수야 쉬지 않고 감을 자랑마라
한 번 큰 바다에 이르면 다시 보기 어려우니
명월이 공산에 가득하니 놀다 가면 어떠하리.

靑山裏碧溪水 莫誇去未休
一到滄海難再見 那得不少留
明月滿空山 臨去願一游

하자, 벽계수가 이 노래를 듣고 더 이상 가지 못하고 취적교에 이르러 뒤를 돌아보다가 그만 당나귀에서 떨어지니, 황진이는 웃으면서 말하기를,

"벽계수는 멋진 선비가 아니라 풍류객에 불과하구나."
하고 곧 돌아가 버렸다. 벽계수는 부끄러워 스스로를 한탄해 마지않았다.

―『금계필담(錦溪筆談)』 제104화

黃眞(황진) 3

진이(眞伊)는 송도의 명기이다.

어미 현금(玄琴)이 매우 자색이 있었다. 열여덟 살 때 병부교(兵部橋) 다리 밑에서 빨래를 하고 있었는데, 옷차림이 화려하고 얼굴이 잘난 한 남자가 다리 위에 서서 현금에게 눈길을 보내며 혹 웃기도 하고 혹 손가락으로 가리키기도 하니 현금의 마음이 움직였다. 그런데 그 사람이 문득 사라지고 보이지 않았다.

해가 서산으로 기울고 빨래하는 아낙네들이 모두 흩어졌다. 그러자 그 사람이 또다시 다리 위에 나타나 기둥에 기대어 노래를 불렀다. 노래를 끝내자 물을 청하였다. 현금이 표주박에 물을 떠서 바쳤다. 그 사람이 반쯤 마시고 나서 웃으면서 돌려준 다음 다시 말하기를

"그대도 시험 삼아 마셔보라."

하였다. 마셔보니 바로 술이었다. 현금이 놀라움을 금치 못하였다. 이로 인하여 두 남녀는 인연이 되어 정을 통하였다. 이렇게 해서 진랑(眞娘)이 태어났다.

진이는 용모와 재예가 한 세상에서 뛰어났으며, 노래 또한 절창이었다. 사람들이 선녀라고 불렀다. 유수(留守) 송공(宋公)이 새로 부임하여 명

절을 맞이하였는데, 아랫사람들이 부아(府衙)에서 간소하게 술자리를 베풀었다. 진랑이 자리에 나왔다. 용모가 지극히 아름답고 행동이 단아하였다. 송공이 풍류객으로서 꽃 속에서 늙어왔다. 한 번 보고 벌써 범상치 않은 계집임을 알았다. 좌우의 사람들을 돌아보고 말하기를

"이름이 결코 헛되이 얻어진 것이 아니로구나."
하였다. 송공의 첩도 관서의 명물이었다. 문틈으로 엿보고 말하기를

"참으로 절색이구나. 내 일이 글렀다."
하고 머리를 풀어헤치고 크게 소리 지르며 맨발로 자리에 뛰어들기를 여러 번 하였다. 여러 비자(婢子)들이 손을 붙들고 못하게 했지만 기세를 막을 수 없었다. 송공이 놀라 자리에서 일어나니 자리에 있던 사람들이 모두 물러갔다.

그 후 송공이 그 어머니를 위하여 수연을 베풀었다. 도성에서 노래 잘하고, 춤 잘 추는 기생들도 가득히 자리했다. 그야말로 꽃밭을 이루었다. 진랑은 얼굴에 분도 바르지 않고 담장(淡粧)으로 자리에 나왔으나 경국의 미색이어서 광채가 사람을 움직였다. 밤이 늦도록 계속된 연회석상에서 여러 빈객이 진랑의 재모를 칭송하지 않는 이가 없었으나 송공은 조금도 그런 기색을 보이지 않았다. 발 안에서 엿보아 지난날처럼 변이 일어나는 것을 두려워하였기 때문이다. 술이 거나하게 되자 비로소 시비를 시켜 잔에 술을 가득 부어 진랑에게 권하여 마시게 하고, 다가와서 노래를 부르게 하였다. 진랑이 용모를 단정히 하고 노래를 불렀다. 노래 소리가 청아하고 여운이 남아 끊어지지 않았다. 고저 청탁이 절도에 맞아서 일반 창기에 비할 바가 아니었다. 송공이 무릎을 치며 감탄하여 말하기를

"천재로다."
하였다.

악공 엄수(嚴守)는 나이 일흔에 온 나라를 통틀어서 가야금의 명수였으며 또 음률에 정통하였다. 처음으로 진랑을 보고 말하기를

"선녀로다."

했으며 그 노래 소리를 듣고는 저도 모르게 놀라 일어나면서 말하기를

"이는 동부(洞府)의 여운이다. 세상에 어찌 이 같은 목청이 있단 말인가."

하였다.

이때 중국 사신이 본부(本府)로 들어오게 되자 원근의 남녀 구경꾼들이 모여들어서 길 옆에 늘어섰다. 사신 일행 가운데 한 사람이 진랑을 바라보고는 말을 채찍질하여 달리어 한동안 주시하다가 말하기를

"너희 나라에 천하절색이 있다."

하였다.

진랑이 비록 화류계에 몸을 담고 있으나 성품이 고결하여 사치를 좋아하지 않았다. 관부의 술자리라 하더라도 머리를 빗어서 정제하고, 옷을 고쳐 입지 않았다. 또 음탕한 것을 좋아하지 아니하여 시정의 천한 무리는 비록 천금을 준다 해도 돌아다보지 않았으며, 문사들과 사귀어 놀기를 좋아했다. 문학을 좋아하여 당시(唐詩)를 즐겨 읽었다. 일찍이 화담(花潭) 선생을 사모하여 집으로 찾아가 뵈었으니, 선생 또한 거절하지 않고 함께 웃으며 말을 주고받았다. 이 어찌 당대에 뛰어난 명기가 아니겠는가?

내가 갑진년에 어사가 되어 본부로 갔었다. 병화(兵火)를 겪은 지 얼마 아니 되어 관아가 황폐하였다. 나를 남문 안 서리 진복(陳福)의 집에 묵게 하였다. 복의 아비 또한 늙은 아전으로서 진랑과 가까운 친척이 되었다. 나이 여든이 넘었는데도 정신이 좋아서 진랑의 일을 말할 때마다 마

치 눈으로 보는 듯했다. 내가 묻기를

"진랑이 무슨 신기한 술법을 알아서 그와 같은 것인가?"

했더니, 늙은이가 말하기를

"신기한 술법은 모르는 일이지만 때로는 방 안에 이상스러운 향기가 있어서 며칠이 지나도 가시지 않았습니다."

하였다.

내가 공사를 끝내고 여러 날 체류하고 있었으므로 늙은이에게서 들은 것들을 이와 같이 기록하여 기담(奇談)으로서 천하에 알리는 바이다.

―『조선해어화사』, 『송도기이(松都記異)』

* 동부(洞府) : 신선이 사는 곳.

黃眞(황진) 4

가정(嘉靖) 초에 송도의 명기 가운데 황진이
라는 자가 있있는데, 여자늘 숭에서 뜻이 높고 협기가 있는 자였다. 화담
처사(花潭處士) 서경덕(徐敬德)이 학문에 조예가 깊고 뜻이 고매하여 벼슬
하지 않는다는 말을 듣고 시험하기 위해 조대(條帶)를 허리에 두르고 책
을 끼고서 찾아가 뵙고 말하기를

"첩이 들으니 남자는 가죽띠를 두르고 여자는 실띠를 두른다고 했
습니다. 첩은 학문에 뜻이 있어 실띠를 두르고 왔습니다."

하였다. 선생은 훈계하고 가르쳤다. 진이가 밤을 타 선생의 몸에 접근
하려 하여 마치 마등(摩登)이 아난존자(阿難尊者)에게 하는 것처럼 했
다. 이같이 하기를 여러 날 했으나 화담은 종시 마음이 흔들리지 않
았다.

한편 진이는 금강산이 천하명산임을 듣고 한번 놀러 가려 하였으나
벗할 이가 없었다. 이때에 이생(李生)이라는 자가 있었으니 재상의 아들
로 사람됨이 호방하고도 맑아서 함께 외방에서 놀기를 일삼았다. 그러던
어느 날 조용히 이생에게 이르기를

"내가 들으니 중국 사람들도 우리나라에 와서 한번 금강산 보기를 원

한다고 했습니다. 하물며 본국에서 생장하여 선산(仙山)을 지척에 두고도 그 참모습을 보지 않을 수 있겠습니까? 이제 내가 우연히 선랑(仙郎)을 뵙게 되었으니 함께 산이나 유람하시지요. 갈건야복 차림으로 승경을 샅샅이 찾아본 뒤에 돌아오면 또한 즐겁지 않겠습니까?"
하였다.

그리하여 이생으로 하여금 하인을 대동하지 말고 베옷과 초립 차림으로 양식보따리를 몸소 등에 짊어지게 하고 진이는 송라(松蘿)를 쓰고 베 적삼에 무명치마를 입고서 죽장망혜로 뒤를 따라 나섰다. 금강산으로 들어가 아무리 깊은 곳이라도 가지 않은 곳이 없었다. 절을 찾아다니며 걸식하기도 하고, 혹 몸을 팔아 중에게서 양식을 얻기도 했으나 이생은 탓하지 않았다. 두 사람이 여러 날을 두고 산 속을 다녀 기갈에 피로까지 겹쳐서 옛날의 모습은 찾아볼 길이 없게 되었다.

한 곳에 이르니 선비 십여 명이 시내 위 송림 사이에서 술자리를 벌이고 있었다. 진이가 나아가 절을 하니, 선비가 묻기를

"너도 술을 마실 줄 아는가?"
하고 술을 권하였다. 사양치 않고 술잔을 잡고 노래를 하니, 노래 소리가 맑고도 높아서 산골짜기에 메아리쳤다. 선비들이 매우 의아하고 신기하게 여겨 음식을 권하자, 진이가 말하기를

"첩이 데리고 온 하인이 있어 매우 굶주린 지경이니 남은 술과 음식을 나누어 주시기 바랍니다."
하고 이생을 불러 술과 고기를 먹였다.

그 후 두 사람은 길이 엇갈려서 서로 찾지 못하고 헤매다가 한 해도 더 지난 뒤에야 누더기 옷과 때 묻은 얼굴로 돌아왔다. 동네 사람들이 이를 보고 모두 크게 놀랐다.

　　선전관 이사종(李士宗)은 노래를 잘 불렀다. 일찍이 황진이와 더불어 노닐고자 천수원(天壽院) 냇가에 말을 매놓고 관을 벗어 배 위에 올려두고 누워서 목청을 돋우어 노래 몇 곡을 불렀다. 진이가 이상스럽게 여겨 말을 원의 집에 매놓고, 엿듣고 말하기를

　　"이 노래가 매우 이상스럽다. 결코 보통 가객이 아니다. 내 들으니 동성 풍류객 이사종이라는 사람이 있어서 당대의 절창이라고 하였다. 이 사람이 틀림없이 그 사람이다."

하고 사람을 시켜 알아보게 하였는데 과연 이사종이었다.

　　진이가 자리를 옮겨 사종에게로 가까이 가서 예를 베풀고 집으로 데리고 와서 며칠을 머물게 하였다. 그리고 말하기를

　　"당신과 육년 동안 동거하겠습니다."

하였다. 이튿날 가재도구와 삼년동안 먹고 쓸 것을 가지고 사종의 집으로 들어갔다. 삼년동안 이사종의 도움을 조금도 받지 않고 두 집 생활을 꾸려 나갔다. 삼년이 지난 뒤 이사종이 진이의 집 식구를 먹이기를, 진이가 사종의 집 식구 먹일 때와 같이했다. 이처럼 해서 또 삼년이 지나갔다. 그러자 진이가

　　"약속한 기한을 마쳤습니다."

하고 작별을 하고 떠나갔다.

　　진이가 병들어 죽을 때에 집 식구에게 이르기를

　　"내 살았을 때 번화한 것을 싫어했으니, 죽은 뒤에 나를 산에 장사 지내지 말고 큰 길 곁에 묻어 달라."

하였다.

　　지금도 송도의 큰 길 곁에 진이의 무덤이 있다. 당시 임자순(林子

順)이 평안도사가 되어 제문을 지어 진이를 제사지내 주었다고 해서 조정의 비평을 받았다.

―『조선해어화사』,『어우야담(於于野談)』

黃眞(황진) 5

　　공헌왕(恭憲王)　때에　사인(士人)으로　이언방(李彦邦)이
라는 자가 있었는데 노래를 잘하였으며, 목소리가 청아하여 사람들이 감
히 언방과 더불어 재주를 비교하지 못했다. 일찍이 최득비(崔得霏)가 여
자의 노래를 불러서 만좌가 모두 감탄하였다. 서경에서 노닐 때 감사가
교방기생 2백 명을 불러 늘어앉게 하고는 노래를 잘하고 못하는 것을 가
리지 않고 행수기생으로부터 동기에 이르기까지 모두 노래를 부르게 하
였다. 그리고 노래를 부를 때마다 언방이 화창했는데 번번이 선창하는
계집의 목소리와 꼭 같았다.

　송도의 창기 진랑이 그의 노래 잘한다는 소문을 듣고 그 집으로 찾아
가니, 언방이 거짓으로 그의 아우라 하고 진이를 맞이하였다. 그리고서

　"가형(家兄)은 비록 집에 없지만 나도 능히 노래를 할 줄 안다."

하고 노래 한 곡을 불렀다. 그러자 진랑이 그의 손을 잡으며

　"나를 속이지 마세요. 이 세상에 어찌 이 같은 목소리가 있겠습니까?
그대가 바로 그분이십니다. 면구(綿駒) 진청(秦靑)인들 이에 더할 수 있겠
습니까?"

하였다.

진랑은 개성 맹녀(盲女)의 딸이다. 성품이 활달하여 남자와 같았으며 거문고를 잘 타고 노래를 잘 불렀다. 일찍이 산수 사이에 이르러 금강산에서부터 태백산, 지리산을 거쳐 금성(錦城)에 이르니 고을 원이 본도의 감사를 환영하는 연회를 베풀고 있었다. 기생이 자리에 가득 앉아 있었는데 진랑이 해진 옷, 때 묻은 얼굴로 자리에 나와서, 이를 잡고 난 후 거문고를 타고 노래를 부르니 조금도 부끄러워하는 기색이 없었다. 기생들이 모두 기가 질렸다.

평생에 화담 선생의 사람됨을 사모하여 항상 거문고와 술을 가지고 화담을 찾아가서 마음껏 즐기고 돌아오곤 했다. 언제나 말하기를

"지족노선사(知足盧禪師)가 삼십 년 동안 면벽했지만 또한 내게 짓밟힌 바 되었다. 오직 화담 선생만은 접근하기를 여러 해 걸쳤지만 종시 어지럽지 않았으니 이는 참으로 성인이다."

하였다.

죽음에 임하여 집안사람에게 명하기를

"삼가 울지 말고 장례에는 음악을 가지고 인도하라."

하였다.

오늘날에 이르기까지도 노래하는 자가 그녀가 지은 것을 노래하고 있으니, 또한 이인(異人)이 아니겠는가. 진랑이 언제나 화담에게 여쭙기를

"송도에 삼절이 있습니다."

하였다. 선생이 물으니 대답하기를

"박연폭포, 화담선생 그리고 소첩입니다."

하였다. 선생이 웃었다. 이것이 비록 농담이라고 하겠으나 또한 이치가 없지 않다. 송도는 산수가 아름답고 인재를 배출하고 있다. 화담의 이학(理學)은 우리나라에서 가장 높은 경지에 이르렀고, 한석봉의 필법은 이

름이 나라 안에 진동한다. 그리고 근래에는 차씨(車氏) 부자 형제가 나서
또한 이름 높다. 그리고 진랑도 여성 중의 걸출이다. 그렇다면 이것이 망
령된 말이 아님을 알겠다.

-『조선해어화사』,『성옹지소록(惺翁識小錄)』

黃眞(황진) 6

　　양곡(陽谷) 소세양(蘇世讓)은 젊을 때에는 마음이 굳은 사람이라 자평하고 번번이 하는 말이 '색에 미혹되는 인간은 사나이가 아니다'라고 했다. 송도의 창녀 진이 재주와 인물이 다시 없이 좋다는 소리를 듣고 동배(同輩)들과 이렇게 약속했다.

　"내가 이 여자와 삼십일 동안 동숙하고 곧 끊어 버리고 조금도 미련을 갖지 않겠다. 이 기한을 넘어서 하루라도 더 머물러 있으면 너희들은 내가 사람이 아니라고 생각해라."

　송도에 가서 진이를 보니 과연 미인이었다. 그 길로 그녀와 사귀어 한 달 한정으로 머물러 있었다. 내일이면 떠나게 된 날 진이와 남루(南樓)에 올라가서 마시고 놀았는데 진이는 조금도 이별을 서글퍼하는 기색이 없고 다만 이런 청을 했다.

　"공과 서로 헤어지는 마당에 어찌 한 마디 없을 수 있겠습니까? 변변치 않은 시나 한 수 드리고 싶은데 괜찮겠습니까?"

　소공(蘇公)이 허락하자 곧 이러한 율시 한 수를 써 주었다.

　　달 밑의 뜰 오동잎 다 지고

서리속의 들국화 꽃 노래졌다
누대는 하늘보다 한 자 더 높고
사람은 술 천 잔 들어 취해 버렸다
흐르는 물소리 거문고 가락에 맞추어 차고
매화 향기 저에 풍겨 들어 향기롭구나
내일 아침 서로 헤어진 후에는
그리는 마음 저 푸른 물결같이 길리라.

月下庭梧盡　霜中野菊黃
樓高天一尺　人醉酒千觴
流水和琴冷　梅花入笛香
明朝相別後　情意碧波長

소가 이 시를 읊고 나서 대단히 감탄하고
"내가 그래 사람이 아니란 말이냐?"
하고 더 머물렀다.

-『수촌만록(水村漫錄)』 제303화

黃眞(황진) 7

　　황진은 중종(中宗) 때 사람으로 황진사의 서녀(庶女)이다. 그의 어머니 진현금(陳玄琴)이 병부교(兵部橋) 아래에서 물을 먹다가 감응하여 황진을 잉태하였다. 황진을 낳자 방안에 기이한 향기가 3일 동안 풍겼다.

　　황진은 성장하자 절색의 미모를 갖추었고, 역서와 사서도 깨우쳤다. 바야흐로 십오륙세가 될 무렵, 이웃에 사는 서생 하나가 남몰래 눈길을 주며 좋아하여 아내로 삼으려다 뜻을 이루지 못하자 마침내 이 일로 병을 얻어 죽고 말았다. 서생의 상여가 집을 나서서 황진의 집 앞에 이르자, 앞으로 나가려 들지 않았다. 이보다 앞서 서생이 병이 났을 때, 그 집에서 자초지종을 원만큼 알고 있었다. 이에 사람을 시켜 황진에게 간청하여 그녀의 저고리를 구해 관을 덮어 주니, 비로소 관이 앞으로 나아갔다. 황진이 크게 느낀 바 있어서 마침내 창기로 행세했다.

　　황진은 멀리 놀러 다니기를 좋아하고 시문도 맑고 빼어났다. 한때의 애환과 성쇠가 서린 누대나 산수를 만나면 붓을 끌어다 시를 지었는데, 어느 것 하나 자신의 감정을 곡진하게 펼쳐내지 않은 것이 없었다. 한번은 만월대(滿月臺)에 올라 옛일을 회고하면서 시를 지었는데 다음과 같다.

옛 절은 쓸쓸히 어구 곁에 있고
해질 무렵 교목에 사람들 시름겹도다
연기와 놀은 쓸쓸히 스님의 꿈결을 휘감고
세월만 첩첩이 깨어진 탑머리에 어렸다
누런 봉황새 날아간 뒤 참새 날아들고
철쭉꽃 핀 곳에서 소와 양을 치는데
송도의 번화했던 날을 추억하니
어찌 지금처럼 봄이 가을 같을 줄 생각이나 했으랴.

古寺蕭然傍御溝　　夕陽喬木使人愁
烟霞冷落殘僧夢　　歲月崢嶸破塔頭
黃鳳羽歸飛鳥雀　　杜鵑花發牧牛羊
神崧憶得繁華日　　豈意如今春似秋

또 한 번은 초승달을 두고 읊었다.

누가 곤륜산의 옥을 깎아
직녀의 빗을 만들었나
견우가 한번 떠난 뒤
시름겨워 텅 빈 푸른 하늘로 팽개쳤다오.

誰斲崑崙玉　　裁成織女梳
牽牛一去後　　愁擲碧空虛

　세상 사람들이 다투어 전송하며, 이계란(李季蘭) 설도(薛濤) 등에 견준
다. 이로 말미암아 나라 안에서 이름난 창기를 말하는 사람은 반드시 황
진을 먼저 꼽았다. 황진이 죽게 될 즈음, 사람에게 부탁하기를,

"저는 천하의 남자를 위하여 자신을 사랑할 수 없다가 이 지경에 이르게 되었습니다. 만일 제가 죽거든 금수(衾襚)도 관도 쓰지 말고, 옛 동문 밖 물가 모래밭에 시신을 내버려서 개미와 땅강아지, 여우와 삵괭이가 내 살을 뜯어 먹어, 세상 여자들로 하여금 저를 경계 삼도록 해주세요."

라 했다. 집안사람이 그 말대로 했는데, 한 남자가 그 시신을 거두어 묻어 주었다. 지금 장단(長湍) 입우물재(口井峴) 남쪽에 황진의 무덤이 있다. 황진의 시로 세상에 전하는 것이 4수인데, 여기에 2수를 기록했다.

외사씨(外史氏)는 말한다.

황진의 일은 아름답지 못하여 말할 만하지 않다. 그러나 대개 상간(桑間) 복상(濮上)의 노래가 있지 않은가? 상간, 복상의 노래가 <시경>에 실린 것은 오히려 봄에는 새들이, 가을이면 벌레들이 천기(天機)를 알아서 날거나 우는 것처럼 원망하고, 비유하고, 경계할 만하기 때문이니, 또한 옛사람이 가르침을 베푸는 한 가지 방법인 것이다. 이로써 말하자면, 저 부류들은 비록 믿는 바가 없어도 오히려 벌려 있거늘, 하물며 황진의 맑은 생각과 빼어난 가락에 있어서랴? 세상에서 전하는 황진의 다른 일들은 모두 터무니없는 것이기에 여기에 기록하지 않는다.

―『합간소호당집(合刊韶濩堂集)』

* 상간(桑間) 복상(濮上)의 노래 : 중국 은9殷)나라 주(紂)가 사연(師延)을 시켜 노래를 짓도록 했는데, 나라가 망하자 사연은 복수(濮水)에 몸을 던져 죽었다. 그 뒤로 복수에서 그 노래가 흘러나왔다고 한다. 상간은 복수에 있는 지명이다. 사연은 남녀간의 애틋한 정회의 노래를 여리고 갸날프게 불렀다고 하며, 뒤에 이런 노래를 '망국의 노래'라는 의미로 '상간 복상의 노래'라고 했음.

우리 역사 속 숨은 이야기 **名妓 일화집**

초판 2008년 10월 1일 인쇄
초판 2008년 10월 10일 발행

역 자•황 충 기
펴낸이•한 봉 숙
펴낸곳• 푸른사상사

등록일 • 1999.8.7 제2-2876호
서울시 중구 을지로3가 296−10 장양B/D 701호
전화 02) 2268−8706(7) Fax 02) 2268−8708
이메일 prun21c@yahoo.co.kr / prun21c@hanmail.net
홈페이지 //www.prun21c.com

ⓒ 2008, 황충기

ISBN 978−89−5640−649−7−93810

값 **25,000원**

☞ 21세기 출판문화를 창조하는 푸른사상에서 좋은 책 만들기에 노력하고 있습니다.
저자와의 합의에 의해 인지 생략함.